我们携带的光

[美]米歇尔·奥巴马——著　胡晓凯 刘漪——译

MICHELLE OBAMA

中信出版集团 | 北京

图书在版编目（CIP）数据

我们携带的光 /（美）米歇尔·奥巴马著；胡晓凯，
刘漪译 .-- 北京：中信出版社，2023.3
书名原文：The Light We Carry: Overcoming in
Uncertain Times
ISBN 978-7-5217-4961-8

Ⅰ.①我⋯ Ⅱ.①米⋯②胡⋯③刘⋯ Ⅲ.①随笔—
作品集—美国—现代 Ⅳ.① I712.65

中国国家版本馆 CIP 数据核字（2023）第 029426 号

"企鹅"及其相关标识是企鹅兰登已经注册或尚未注册的商标。
未经允许，不得擅用。
封底凡无企鹅防伪标识者均属未经授权之非法版本。

我们携带的光

著　　者：[美]米歇尔·奥巴马
译　　者：胡晓凯　刘漪
出版发行：中信出版集团股份有限公司
　　　　　（北京市朝阳区东三环北路 27 号嘉铭中心 邮编 100020）
承 印 者：北京盛通印刷股份有限公司

开　　本：787mm×1092mm　1/16　　印　张：18.25　　字　数：211 千字
版　　次：2023 年 3 月第 1 版　　　　印　次：2023 年 3 月第 1 次印刷
京权图字：01-2023-0642
书　　号：ISBN 978-7-5217-4961-8
定　　价：79.80 元

版权所有·侵权必究
如有印刷、装订问题，本公司负责调换。
服务热线：400-600-8099
投稿邮箱：author@citicpub.com

致所有用自己的光让他人感觉被看见的人。

这本书献给我的妈妈和爸爸，玛丽安和弗雷泽。

他们传递给我的价值观长久地支持着我行走于世，

他们朴实的智慧让我们家成为这样一个地方：

我感觉被倾听被关注，

我可以练习自己做决定，

我可以成为我想成为的人。

他们永远在我身边支持我，

他们无条件的爱

让我很早就发现了自己的声音。

我如此感激他们点亮了我的光。

如果你的家族有一个败家子，
就有一百个不是：

坏人不会赢——不会赢在最后，
不管他们声音多大。

如果他们赢了，
我们根本不会来到这个世界。

从根本上说，你是善的产物。
记住这一点，你便永远不会踽踽独行。

你是这个世纪的爆炸性新闻。
你是挺身而出的善，

尽管历经风雨，尽管在很多日子里，
你的感受并非如此。

——阿尔韦托·里奥斯[1]，《一栋名叫明天的房子》1

---

[1] 阿尔韦托·里奥斯（Alberto Ríos, 1954—），美国拉美裔诗人、小说家，作品中包含魔幻现实主义因素。——译者注（以下若无特别说明，均为译者注）

目录

第三部分

THE LIGHT WE CARRY

芝加哥南城的炎热夏天，爸爸在帮我解暑

序言
INTRODUCTION

　　小时候，有一天我突然发现，爸爸在走路时开始拄一根手杖，帮助自己保持平衡。我记不清它是哪天出现在我们位于芝加哥南城的家里的——当时我四五岁，突然，它就在那儿了，一根光滑的黑木手杖，细长而结实。这是多发性硬化症早期造成的结果，这个病让我爸爸的左腿出现了严重的跛行。它缓慢地，无声地，侵蚀着他的中枢神经系统，削弱着他双腿的力量。这种疾病很可能早在爸爸确诊前很久就已经在损害他的身体了，就在他平常去城里的水处理工厂上班，和妈妈一起经营家庭，努力把孩子培养成才的那些日子里。

　　那根手杖帮助我爸爸上楼回到家里，下楼走到城市街区。到了傍晚，他会把手杖靠在躺椅的扶手上，看电视里的体育节目，听音响里播放的爵士乐，把我抱在腿上问白天在学校发生的事情，似乎忘了手杖的存在。我喜欢那根手杖，它弯曲的手柄、黑色的橡皮头、掉在地上发出的"哐当"一声脆响，都让我着迷。有时我会拄着它，模仿爸爸的姿势，在起居室中一瘸一拐地走动，希望能亲身体验他走路时的感受。但是我太小了，手杖太大了，我便想法把它用在"过家家"的游戏中，当一个舞台道具。

　　在我们家人看来，这根手杖没什么象征意义。它只是一个工具，就像妈妈的锅铲是厨房里的工具，外祖父的锤子是修理工具一样，家里的架子或窗帘杆坏了，外祖父总要用锤子来修理。它有实用性，能起到保护作用，需要的时候可以倚靠一下，仅此而已。

我们真正不想承认的一个事实是，爸爸的身体状况在变得日益糟糕，他的身体内部正进行着一场无声的战役。这一点，爸爸知道，妈妈知道，哥哥克雷格和我也知道。虽然我们当时还小，虽然爸爸依然可以在后院和我们玩手球游戏，也会来听我们的钢琴演奏会、观看少年棒球联盟比赛，但小孩子也不傻。我们开始懂得，爸爸的病会让我们一家变得更脆弱，更不堪一击。出现紧急情况时，他很难迅速行动，把我们从火灾中或非法入室者手中救出来。我们慢慢知道，生活不在我们的掌控之中。

有时，那根手杖也靠不住。爸爸要是一步没迈稳，或是被地毯上的一个鼓包绊到，就会突然摔倒。在那个定格的瞬间，他的身体悬在半空，我们不想看到的一切就摆在眼前——他的脆弱，我们的无助，不确定性，未来更加艰难的日子。

一个成年男人轰然倒地的声音大如雷鸣，你永远不会忘记。它像地震一样摇撼着我家的小公寓，惊得我们全都冲到他身边。

"弗雷泽，小心！"我妈妈会说，好像这句话可以抵消刚才发生的事。克雷格和我会用我们小小的身体竭力帮助爸爸站起来，然后赶快又把飞出去的手杖和眼镜找回来，就好像我们扶起他的速度可以抹掉刚才发生的一幕。就好像我们可以解决所有的问题。这些时刻总会让我担忧和恐惧，尤其想到我们可能会蒙受的损失，以及这一切又多么容易真的发生。

爸爸对此常会一笑而过，表现得若无其事，并示意我们可以微笑，也可以开玩笑。我们一家人似乎心照不宣，要刻意把这些时刻忘记。在我们家，笑声是另一个好用的工具。

长大后，我了解到，全世界罹患多发性硬化症的人多达数百万。这种病症扰乱免疫系统的方式是：它从身体内部开始发起攻击，让免疫系统把"友军"错认为"敌军"，把自己视为"外人"。它扰乱中枢神经系统，破坏一种叫作轴突的神经纤维的保护层，让脆弱的纤维暴露在外面。

爸爸从未谈论过多发性硬化症给他的身体带来的痛苦，也很少因为行动不便而情绪低落。我不知道我们不在他身边时，他是否摔倒过，比如在水处理工厂，或者在往来理发店的路上。想来一定摔过，至少偶尔摔过。然而，许多年就这样过去了。爸爸照常上班，照常回家，脸上一直挂着微笑。也许这是一种抵抗的方式，也许这就是他选择恪守的生活准则。**你摔倒，你站起来，你继续生活。**

现在我意识到，爸爸的残疾很早就给我上了人生重要的一课，让我了解到，作为一个另类——带着某个你无法控制的印记在世界上生活——是什么感觉。即使我们不会一直想着它，那种作为另类的感觉也一直都在。我们全家都带着这种另类的印记。我们担忧着其他家庭不会有的担忧。我们要在其他人不必在意的地方处处留神。出门的时候，我们要默默估量路上的障碍物，盘算着怎么能让爸爸少费点力气穿过停车场，或者走到克雷格篮球比赛看台的座位。我们衡量距离和高度的角度是不同的。我们看待楼梯、结冰的人行道、高高的道牙的眼光是不同的。我们评估公园和博物馆的标准是，那里的长椅多不多，能不能让一个疲惫的身体随时得到休息。不论去哪儿，我们都会权衡风险，想方设法提高爸爸的行动效率，哪怕只有一小点儿。我们走每一步都要计算好。

一件工具不好用了，它的效用赶不上爸爸疾病的发展了，我们就出去给他找另一件工具。就这样，手杖换成了腋杖，腋杖换成了自动轮椅，最后又换成了一辆特别改装的小型机动车，上面的操纵杆和液压装置可以帮助弥补他身体无法做到的事。

爸爸喜欢这些工具吗，或者认为它们能解决他所有的问题吗？当然不。但是他需要它们吗？是的，绝对需要。这就是工具的价值。它们帮助我们站起来，保持平衡，能够更好地与不确定性共存。它们帮助我们应对变化，让我们在感觉生活失控时可以支撑下去。即使在我们感觉不舒服时，即使在我们的"神经纤维"暴露在外面时，它们仍帮助我们继续向前。

在这些问题上，我有很多思考：我们背负着什么？是什么让我们在面对不确定性时屹立不倒，尤其是在混乱的时代？我们怎样找到并依靠我们的工具？我震惊于我们中有那么多人在另类的感觉中挣扎，我们对另类的认知仍然处于更广泛对话的核心：我们想要生活在一个怎样的世界，我们信任谁，我们把谁高高托举，又把谁抛在身后。

这些当然都是复杂的问题，答案也很复杂。"另类"可以有很多种定义。但我要替那些感觉另类的人说一句话：在一个充满障碍的世界上走自己的路并不容易，而这些障碍是别人看不到或者不去看的。如果你是一个另类，你会感到，和周围的人相比，你用的是一张不一样的地图，路上遇到的也是不一样的障碍。有时，你会感觉自己根本没有地图。你的与众不同经常先你一步进入房间，人们在看到你之前就看到了它。这也让你面临着一个任务，就是要"克服"。而"克服"，单是这个词本身，就让人心累。

最后，其实也是出于生存的需要，你学会了处处留神，就像我们一家那样。你会思考怎样节省精力，走每一步都计算好。在这一切的中心，是一个令人眩晕的悖论：另类让你习惯了拘谨，同时又要求你勇敢。

我开始写作这本新书，正是从这里开始，就是感觉自己既拘谨又勇敢。2018 年，我出版了自传《成为》，当时引发的反响让我感到惊讶——实话说，是震惊。我把自己倾注在这本书中，不仅复盘了我曾经担任美国第一夫人的旅程，还回顾了我一路走来的整个人生。在书中，我不仅分享了那些快乐光鲜的部分，也分享了我经历的艰难时刻——爸爸在我 27 岁时去世，我失去了大学时最好的朋友，贝拉克和我在备孕过程中的挣扎。我重温了自己年轻时因为黑人身份而遭受的屈辱。我也坦率地谈到，在把白宫这个我们开始喜欢的家，以及我丈夫曾经作为总统辛勤工作的遗产，留给一个鲁莽冷漠的继任者时，我所感到的伤痛。

把这些都说出来，感觉有一点冒险，但也让我感到解脱。在担任第一夫人的 8 年里，我一直战战兢兢，如履薄冰。我清楚地意识到，全国人民的眼睛都在盯着贝拉克、我和我们的两个女儿。作为黑人，入主历史上一直由白人占据的白宫，我们一步都不能出错。我必须确保利用这个平台做出重要的改变。我主导的事情要执行有力，还要对总统的执政形成补充。我必须保护我们的孩子，让她们有正常的生活空间，同时还要支持贝拉克，我有时感觉他把全世界的重担都背在了自己身上。我做每一个决定都极其谨慎，考虑到每一种风险，评估每一个障碍，尽一切可能让我们一家人可以作为能够被热爱或憎恨的人，而非国家象征来成长。那种紧张感是真实的、有压迫性的，但我对此并不陌生。我又一次需要走每一步时都计算好。

写作《成为》这本书，感觉就像呼出了一口气。它标志着我下一个人生阶段的开始，尽管我还不知道未来会发生什么。这也是第一个专属于我个人的项目——不再跟贝拉克、他的团队、孩子们的生活，以及我以前的工作绑在一起。我喜欢这种独立，但也感到自己孤身走入了一个新的领域，感受到了前所未有的脆弱。我们从白宫搬出后，在华盛顿安了家。在新书发布的前一天晚上，我躺在床上睡不着，想象着这部我以最诚实的口吻讲述自己人生的作品放在书店和图书馆的架子上，被翻译成几十种不同的语言，接受全世界评论家的严格审视。按照计划，第二天一早，我要飞到芝加哥，为新书国际巡回宣传拉开序幕。在接下来的一年时间里，我要前往 31 个城市和读者见面，每一次都会有多达两万名观众到场。我愣愣地盯着卧室的天花板，感觉到焦虑如潮水一般在胸口涌动，一个个问号出现在脑海中。**我是不是说得太多了？我能圆满完成这件事吗？我会搞砸吗？然后呢？**

在这下面，潜藏着某个更深沉、更原始、更顽固，并且让人毛骨悚然的东西——那个恒久不变的问题，所有怀疑的根源所在。那六个字，即使是我认识的最有成就、最强大的人，也无法逃脱它的魔爪；那六个字，从我还是芝加哥南城的一个小女孩时起，一路跟着我到现在。那六个字就是：**我足够优秀吗？**

在那一刻，我的答案只有一个：**我不知道。**

最终让我的情绪稳定下来的是贝拉克。那晚，我心绪不宁，睡不着觉，于是上楼找他，他正在书房的台灯下工作。我把心中的每一个疑问都向他和盘托出，细细地告诉他会出差错的所有可能。和我一样，贝拉克也正在复盘我们一家从走进白宫到离开的这段旅程。和我一样，他内心也有自己的疑问和焦虑，也会怀疑自己是否足够优秀，尽管这种感觉不经常出现，而且纯粹是庸人自扰。但正因为如此，他比任何人都要理解我。

在我倾诉了自己所有的恐惧之后，他只是肯定地跟我说，这本书写得很棒，我也很棒。他提醒我，焦虑是做一件新的事情、大的事情时必然要经历的部分。然后他抱住我，用他的额头轻轻碰了碰我的额头。这正是我需要的。

第二天一早，我起床后就带着《成为》上路了。这开启了我有生以来最快乐、自我认同感最强烈的一段时光。这本书收获了许多好评。让我惊讶的是，它还在全球范围内创造了销量纪录。我在新书宣传的间隙，腾出时间参加了一些小型读者见面会，地点选在社区中心、图书馆和教堂。听人们谈起他们在我的故事中找到各种共鸣，是这次经历中最让人感到满足的部分。到了傍晚，会有更多的人来到活动现场，有时能达到数万人。每场活动的氛围都让人热血沸腾：音乐声震耳欲聋，人们在通道中跳舞、自拍、互相拥抱，等待我的上台。每一次，当我和一位主持人坐下来，开始一场时长 90 分钟的对谈时，我都会投入地讲述我的真实故事。我没有任何保留，对于自己的分享感觉良好。我感到自己的人生经历被接纳，也希望这本书能帮助更多人感受到被接纳。

这很有意思，让人感到快乐，又不止于此。

在望向那些观众的时候，我看到了一件事，它确认了我对这个国

《成为》新书巡回宣传活动是我人生中最有意义的经历之一

家，乃至整个世界的真相的认识。我看到一个肤色各异的人群，因为充满差异而更添魅力。在这些空间里，多样性受到了承认和追捧。我看到了不同年龄、不同种族、不同性别、不同民族、不同身份、不同穿着的人们——他们大笑、鼓掌、哭泣、分享。我真诚地相信，许多人出现在这里的原因超越了我或我的书。我的感受是，他们出现在这里，至少部分原因是想让自己在世界上感到不那么孤独，是想寻找某种失落的归属感。他们的出现——这些空间的能量、温暖和多样性——共同讲述了一个故事。我相信，人们出现在这里，是因为当我们的"另类"汇聚为"共同感"时，那种感觉很不错，事实上，可以说无比美妙。

我想，当时没有人会猜到接下来会发生一件大事。谁会预料到，我们在那些活动上陶醉其中的共同感，正处在突然崩塌的边缘。谁会想到，一场席卷全球的疫情会迫使我们骤然告别随意的拥抱、不戴口罩的微笑以及和陌生人轻松的交流。更糟的是，它把我们拖入了旷日持久的痛苦、失去和不确定性中，世界上没有任何一个角落得以幸免。如果我们提前知道，会做出什么改变吗？我不知道。

我深知，这些日子让我们内心震荡，惶惶不安。它们让更多的人变得保守谨慎，处处留神，与他人的联结变弱。许多人第一次对其他数百万人的日常感同身受——他们都无法掌握平衡，失去控制，对未来感到深度焦虑。在过去几年中，我们都经历了前所未有的隔离期、无可估量的悲伤，以及令人难以忍受的广义上的不确定性。

疫情在打乱我们的生活节奏，让我们感到不适的同时，也让一些痼疾继续存在。我们看到仍然有手无寸铁的黑人死在警察手里——在离开便利店的时候，在去往理发店的路上，在常规的交通检查站里。我们看到针对亚裔美国人和 LGBTQ+[1] 群体的卑劣仇视性犯罪。我们看到偏执和偏见非但没有得到遏制，反而在加速蔓延。我们看到全世界渴望权力的统治者们在加强对国民的控制。在美国，我们看着时任总统袖手旁观，任凭警察对在白宫前和平静坐的千人示威群体使用催泪瓦斯，而他们要求的仅仅是少一点仇恨，多一点公平。在美国人民蜂拥着用手中的选票合法而决定性地将那任总统赶下台后，我们看到一群愤怒的暴徒冲进了我们政府最神圣的殿堂，把门踢倒，在南希·佩洛西的办公室地毯上小便，他们或许认为这样就能让我们的国家"变得伟大"。

我会感到愤怒吗？ 是的，会。

我会时常感到沮丧失望吗？ 是的，也会。

每次看到暴力和偏见化身为叫嚣"伟大"的民粹主义政治口号时，我会感到恐惧吗？ 当然会。

但有这种情绪的只是我一个人吗？ 谢天谢地，不是的。几乎每一天，我都会听到来自四面八方的人发出的声音：他们在努力寻找跨越这些障碍的方法，他们评估自己的能量，紧紧抱住自己所爱的人，尽一切努力在这个世界上站稳脚跟。我常常与那些因为另类而挣扎的人对话，他们感觉自己被低估或受忽视，为"克服"这些感觉而付出的努力让他们心力交瘁，他们感觉自己的光芒在变得暗淡。我曾经和来自世界各地的年轻人见面，他们在努力寻找自己的声音，在情感关系

---

[1] LGBTQ，指性少数群体，L 代表 Lesbian（女同性恋），G 代表 Gay（男同性恋），B 代表 Bisexual（双性恋），T 代表 Transgender（跨性别者），Q 代表 Queer（酷儿，指既非异性恋也非顺性别者）。LGBTQ+ 涵盖的范围更广，其他性身份也被纳入其中。

和职场中，尽力为最真实的自我争取空间。他们心里有很多疑问：我要怎样建立有意义的联结？我何时、如何能够发出声音并解决问题？当你发现自己身处低谷时，"行高处的路"意味着什么？

许多人告诉我，他们努力在团体、传统和组织中寻找自己的力量，他们是边缘群体，那些事物并不是为他们建构的，他们尝试"扫雷"、摸索边界，其中许多人无法被定义，难以被看见。如果无法避开那些障碍，惩罚将是毁灭性的。这些都极令人困惑而且充满危险。

我常被要求回答问题，给出解决方案。自从上一本书出版后，我听到了许多故事，回答了许多问题，和各种各样的人交流，探讨我们怎样以及为什么要在不公和不确定性中设法前进。人们问我，我口袋里的什么地方是否藏着解决这些问题的方案，它们可以快刀斩乱麻，让"克服"这件事来得更容易。相信我，我知道那样的方案会多么有效。我也愿意提供一系列清晰的、有重点的步骤，帮助你战胜每一种不确定性，让你加速攀登到你希望抵达的高地。我希望事情可以这样简单。如果我真有这样一个秘密方案，我会马上把它交出来。但是请记住，我晚上躺在床上，有时也会怀疑自己是否足够优秀。你一定要知道，我和所有人一样，也有问题需要"克服"。那么，那些被无数人视为奋斗目标的高地呢？我走到今天，也抵达过若干个所谓的"高地"，不管你信不信，我都要告诉你，怀疑、不确定、不公在那些地方照样存在，其实，那里正是它们生长的沃土。

我想说的是，不存在什么秘密方案。幕布背后没有巫师[1]。我不相

---

[1] 典出《绿野仙踪》。在这部成长童话中，小女孩多萝西被神奇的旋风带到了神奇的土地，她要寻求奥兹国巫师的帮助，找到回家的路。这段回家的艰险旅程也是关于人生的一个隐喻。读者会发现，最终多萝西自我实现的关键不在于巫师，而在于她本人。

信人生的大问题会有条理清晰的解决方案和简明扼要的答案，因为这有悖于人类经验的本质。我们的心灵太复杂，我们的历史也太混乱。

我可以做的是，让你们看一下我个人的"工具箱"。这本书就是想为你展示我在自己的工具箱里都放了什么，以及为什么要放这些东西。我在工作和个人生活中都用到了哪些工具来帮助自己保持安定和自信，又是什么工具让我即使在高度焦虑和倍感压力时也能继续往前走。我的工具中，有一些是习惯和练习，还有一些是有形的物品，另一些则是在我不断"成为"的过程中，脱胎于个人经历和经验的态度与信条。我并不希望这本书成为一本实用指南。我希望，你在其中能看到的是，我对生活迄今教给我的东西的真诚反思，我使用了哪种"操纵杆"和"液压装置"帮助自己渡过难关。我会介绍你认识一些帮助我站稳脚跟的人，分享我从一些令人敬佩的女性身上学到的面对不公和不确定性时的人生经验。你会听到，我有时依然会被某些事情击溃，我依靠什么又重新站了起来。我还会告诉你，我逐渐放弃了哪些态度，慢慢开始理解工具不同于防御，它比防御有用得多。

没有一件工具适用于所有情况和所有人，这是不言而喻的。对你来说可靠的工具，到了你的老板、妈妈或者伴侣手中，可能就没那么有效了。一把锅铲不能帮你更换爆掉的轮胎，一根轮胎撬棒也不能帮你做煎蛋。（不过当然，欢迎来证明我是错的。）工具也会随着时间、环境的变化以及我们的成长速度而不断进化。在人生某个阶段起作用的工具，到了另一个阶段可能就会变得无用。但我的确认为，学会识别哪些习惯可以让我们内心安定、步伐稳健，哪些习惯会引发焦虑、助长不安全感，是有价值的。我希望你可以在书中有所收获——选择有用的，摒弃无用的——识别、收集和精选一套属于你自己的基本工具。

最后，我要剖析一些关于权力和成功的观念，对它们重新进行表述，让你可以更好地看到自己可以掌控的一切，更有勇气去发挥自己的优势。我相信，我们每个人内心都携带着光，它是独一无二、专属于你的，是需要保护的一簇火焰。当我们能够识别自己的光，我们就有能力利用它。当我们学会挖掘身边的人独一无二的特质，我们就更有能力建立富有同情心的社群，做出意义重大的改变。在本书的第一部分，我会专注于让你找到自身的优势和光。第二部分会考量我们与他人的关系，以及我们的家庭观念。第三部分旨在探讨我们如何更好地拥有、保护和增强我们的光，尤其是在困难时期。

在书中，我们还将谈谈如何发现个人的力量、群体的力量，以及超越怀疑和无助感的力量。我不是说所有这些事情都很简单，也不是说你在路上不会碰到形形色色的障碍。也请你记住，我知道的一切，我依靠的所有工具，都是通过尝试和犯错才获得的，经过了长年累月的不断练习和重新评估。我用了几十年的时间，在行动中学习。我犯过错误，做过调整，一路上不断纠偏。我是迈着缓慢的步伐才走到了今天我所在的地方。

如果你是一个年轻的读者，请记住，要对自己多一点耐心。你现在正站在一段漫长而有趣的旅程的起点，这段旅程并不总是舒服的。你要用很多年的时间，收集关于你是谁、你要如何行事的信息，才能慢慢找到通向更多确定性和更强自我认同感的道路。渐渐地，你才会开始发现和使用自己的光。

　　我想我们要承认，自我价值是包裹在脆弱性之中的。作为生活在地球上的人类，我们的共同目标是，不管发生什么，都要永远并坚定地向着更好的方向去努力。站在光中，我们会更加勇敢。如果你看到了自己的光，你就认识了自己，就能够诚实地看待你自己的故事。根据我的经验，这种对自我的认识有助于建立自信，从而让你更加平静，保持判断力，最终让你能够和他人建立深层而有意义的联结——对我而言，这是一切事务的牢固基础。一束光可以点亮另一束光，一个强大的家庭可以让其他更多家庭汲取力量，一个有立场的社群可以影响它周边的人。这就是我们身上携带的光的力量。

　　我写这本书的最初想法，是希望为处在人生动荡时期的读者提供某种形式的陪伴。我希望它对所有步入人生新阶段的人来说有用，也能够让人获得稳定感，不管这个新阶段的标志是一场毕业典礼、一次离婚、一次工作变动，还是一次医疗诊断、一个孩子的降生，抑或是一位亲人的离世。作为一个年近六旬，安然度过了许多动荡阶段的人，我是幸运的。这一次，我将主要站在外围观看这种动荡，从一个旁观者的角度，审视恐惧和不确定性带来的挑战。

　　对此我当然是有发言权的。

　　过去几年，我们所有人都被扔进了动荡的洪流，我们在其中随波逐流，看不到希望。这是许多人从未有过的经历，因为很多我的同龄人以及比我年轻的人，没经历过疫情在全球范围内暴发，没看到过炸弹落在欧洲的土地上，也没目睹过妇女被剥夺了对自己身体做出明智决定的基本权利。相对而言，我们过去是受到保护的。现在，情况变了。

不确定性不断渗进我们生活的每个角落，以各种方式显现出来。它可以像核威胁一样巨大，也可以像你家孩子开始咳嗽的声音那样切近。我们的体制开始动摇，我们的系统变得不稳。医疗和教育领域的工作人员承受了巨大压力。年轻人群中出现孤独、焦虑和抑郁等情况的比例是前所未有的。[1]

我们努力想知道，我们还能够信任谁，还能信任什么，何处可以安放我们的信仰。这种伤痛当然会在我们身上留下印记。研究人员估计，全球有超过 790 万名儿童在新冠肺炎疫情中失去了妈妈、爸爸或者一位隔代监护人。[2] 在美国，就有超过 25 万名儿童——大多数来自有色人种社区——在疫情中失去了一位首要或次要看护人。我们无法想象当所有的支柱都消失，会带来怎样的后果。

我们可能还需要一段时间才能再次站稳。在未来很多年，我们都会感受到这种失去的余波。我们还会一次又一次地感受到动荡。这个世界的美丽和破碎还将继续共存。这种不确定性不会消失。

但是当平衡不再可能，我们必须直面挑战，继续发展。在上一本书中，我写道，我从自己的人生旅程中学到，生活中没有什么固定的端点，我们视为开端和终点的传统标记也是如此，它们只是一段更长道路上的路标而已。我们自己也一直在行动和前进中。我们永远都处于动荡中。即使我们厌倦了学习，依然还要学习；即使我们为应对变化已精疲力竭，依然还要做出改变。没有可以保证的结果。每一天，我们都面临着任务，要把自己升级到一个新的版本。

当我们在疫情带来的挑战下设法前进，处理着不公平、不稳定的事情，担忧着不确定的未来时，我想是时候停止问"这什么时候才能结束"，而要开始考虑另外一些更实际的问题，就是如何在挑战和变化中屹立不倒：我们如何调整？ 我们怎样在不确定中让自己活得更舒服，不丧失行动力？ 我们有什么工具来支持自己？ 我们从哪里能找到其他支柱？ 我们怎样为他人营造安全和稳定的环境？ 如果我们勠力同心，能够一起克服什么？

　　就像我说的，我无法给出所有问题的答案，但我愿意进行对话。我认为，我们一起来面对这些问题是有价值的。我愿意打开一个对话空间，让更多人参与进来，让话题变得更广阔。我相信，正是借此，我们前行的步伐才变得更加稳健。

第一部分

从内心发出的光，没有什么能使它暗淡。[1]

——玛雅·安吉洛[1]

---

[1] 玛雅·安吉洛（Maya Angelou，1928—2014），美国黑人作家、诗人、剧作家、编辑、演员、导演。她还是一位活跃的人权作家，是当代美国黑人女诗人中的杰出代表。2011 年，时任美国总统奥巴马授予她"总统自由勋章"。

编织教会我如何让焦虑的思绪平静下来

第一章

小的力量
THE POWER OF SMALL

有时，一个工具只有在切实帮助到你之后，你才会认识它。有时，你会发现，最不起眼的工具会帮助你理清最庞杂的感受。我是几年前发现这一点的。当时，我给自己邮购了一副棒针，虽然我还不太知道它们对我有什么用。

那是新冠肺炎疫情刚开始时让人忧虑的几周，我待在我们位于华盛顿特区的家里，一直在网上漫无目的地购物，除了食物和手纸，还储备了棋盘游戏和美术用品等这些东西，买的时候也没想好要怎么用。我清晰而羞怯地意识到，冲动购物的确是美国人面对不确定性时的典型应对方式。当时我的脑子还没反应过来，不明白怎么一眨眼的工夫，我们就从"正常生活"进入了全面的全球紧急状态。当时我还在消化这个事实，数亿人突然陷入了严重的危险之中。而我们其他人当时能做的最安全、最有用的事情就是安静地待在家里。

我每天都在关注新闻，震惊于这个世界的极端不公。这些不公就嵌在新闻标题上、失业数据里、死亡人数中，还有救护车尖声呼啸的小区里。我看到报道说，医务人员下班后不敢回家，害怕把病毒传给家人。我看到太平间的卡车停在城市街道上，音乐会场地改造成了临时医院。

我们所知甚少，恐惧又太多。一切都感觉很严重，一切都感觉事关重大。

一切曾经确实很严重。一切曾经确实事关重大。

让人很难不感到茫然失措。

最初的几天，我一直在通过电话和朋友联络，同时确保我妈妈有安全的购物途径，她现在已经八十多岁，独自一人住在芝加哥。我上大学的两个女儿也都回到了家，她们对于正在发生的事情感到恐惧，也不舍得和朋友分别。我紧紧抱住她们，告诉她们不要担心，一切都是暂时的，不久她们就可以回到热闹的派对上，为一场社会学考试而苦恼，或者在宿舍里吃拉面。这样说其实也是帮我自己建立信心。这样说，是因为我知道这是为人父母的责任所在——即使你自己也膝盖发软，即使你焦虑的是比把孩子们送到她们朋友身边更大的事情，也要表现出多一点的确定性。即便忧心忡忡，你也要大声说出最美好的期待。

慢慢地，我们一家人的生活开始变得安静而规律，把我们联结起来的纽带是比平时更长的晚饭时间。我们会浏览新闻，谈谈我们听到或读到的内容，就是每天令人郁闷的统计数据，或者从我们以前的家，也就是白宫传来的种种令人不安的消息。我们尝试玩了我买的棋盘游戏，玩过几次拼图，还坐在沙发上看电影。有什么好笑的事情时，我们就哈哈大笑。不然，一切都太令人恐惧了。

萨莎和马莉娅继续上她们的网课。贝拉克忙着写他的总统回忆录，他的关注点日益聚焦：美国选民很快就要决定唐纳德·特朗普的去留。[1]而我把精力放在2018年我帮助发起的一个活动上，活动名为"当

---

[1] 指 2020 年 11 月举行美国大选，决定特朗普能否连任美国总统。

我们全都投票后"，旨在为选民赋能，提高投票率。在华盛顿特区市长的邀请下，我参与了名为"待在家里，华盛顿特区"的公共服务宣传活动，敦促市民就地防疫，身体出现不适要及时检测。我为疲惫的急诊室工作人员录制了加油鼓劲的信息。为了减轻许多父母的负担，我开始录制一档每周更新的音频节目，为孩子们大声朗读故事书。

这感觉还不够。

这当然还不够。

我想，这是当时很多人共同的感觉：我们所做的一切都显得那样微不足道。有太多漏洞需要修补。在来势汹汹的疫情面前，我们做出的每一项努力都显得十分渺小。

相信我，在这种情形下，我绝对不认为自己比别人更幸运、更有特权。在一个席卷全球的紧急事件发生时，只能在外围帮忙，绝对算不上受苦，特别是与那么多人的遭遇比起来。为了保障所有人的安全，我的家人也做了当时许多人被要求做的事情——在一场暴风雨中关紧舱门。

我知道，这段静默和隔离期，对包括我在内的许多人而言，是很大的挑战。它就像一扇活动门，通向一堆我不理解也无法控制的烦恼。

在此之前，我的前半生一直处于忙碌状态，**永远保持忙碌**。我想，我是把它作为获得某种掌控感的手段。在工作上，在家庭中，我从来都是依靠清单、议程和战略计划来运转的。我把它们当作我的路线图，一种了解我将去往哪里的手段，一切都是为了高效地抵达。我对取得进步和衡量进步也会有一点执念。这可能是我的基因里天生就有的。

也许是我的父母教给我的。他们怀抱着岩石般坚定的信念，认为哥哥克雷格和我必定会成就不凡，但也明确不会为我们代劳，相信我们的路自己走会更好。这种勤奋可能源于我的成长环境。在我从小长大的工人社区，机会很少主动来敲家门。你必须主动去寻找。事实上，有时你必须执着地追寻它才行。

坚持不懈对我而言不是负担。多年来，我一直致力于取得成果。我进入的每一个新领域，都成为一块"试验田"。我把忙碌当作自己的徽章。我通过学业绩点、班级排名等数据来监测自己的进步，并得到奖赏。我曾在位于芝加哥摩天大楼 47 层的一家大型律师事务所工作，我学会了从每天、每周、每月中挤出尽可能多的计费工时[1]。我的生活变成了一堆精打细算的计费工时，即使在我的幸福感开始消退之后。

我从来不是一个爱好广泛的人。偶尔，我会看到人们（尤其是女人们）织毛衣，在机场和大学报告厅，在乘公交车上班的路上。但是我从来没想过培养此类爱好，对于针织、缝衣、钩针编织等，我都完全没兴趣。我整天忙着争分夺秒，让自己的"数据"变得更好。

不过，编织就在那里，藏在我的基因里。事实上，我的祖辈中有许多女裁缝。据我妈妈说，她的家族里每个女人都会做针线活，会缝衣、钩针编织和针织。这与其说是一种爱好，不如说是出于实用目的；缝补这项技能就像一道简朴的篱笆，让她们免于坠入贫穷的沟壑。如果你会制作和缝补衣服，就永远不必担心吃饭的问题。当生活中没有什么可依靠的时候，你还可以依靠自己的双手。

---

[1] 美国受薪律师每年有计费工时（billable hours）的要求，客户按照每个律师的时薪乘以计费工时付钱。

　　我的太姥姥安妮·劳森——我叫她"妈嬷"——年轻时丈夫就去世了，但在亚拉巴马州的伯明翰，她却独自将两个孩子抚养长大，部分就是靠帮别人缝补衣服。这个本事让餐桌上总不缺吃的。同样地，我妈妈家族里的男人们也学会了木工或修鞋等手艺。这个大家族一起共享资源、收入和住所。所以，在我妈妈的成长环境中，有父母和六个兄弟姐妹，妈嬷也和他们一起生活了很多年。妈嬷从伯明翰搬到芝加哥后，仍帮人缝补衣服，主要是给富裕的白人做一些改衣的活计。妈妈说："我们从来没有大富大贵过，但知道自己永远都会有饭吃。"

　　一到夏天，妈嬷就会打包她的胜家牌缝纫机，带着它坐几个小时的公交车，到她在城北打工的一户人家家里，那家人在湖畔有一栋消夏别墅。她一次会在那里待上几天。我家里人想象不出那栋别墅的模样——帆船在湖面上下浮动，孩子们穿着亚麻的衣服，假期会持续几个月。但家里人清楚的是，天气很热，胜家牌缝纫机很沉，而妈嬷早已不再年轻。

　　这桩苦差事让她的女婿，也就是我外祖父珀内尔·希尔兹（我们后来叫他"南城的"），摇着头大声质疑：买得起度假别墅的人为什么不能给家里买一台缝纫机，这样妈嬷就不需要带着这么沉重的行李一趟趟往返。当然我们没办法礼貌地问一下管事的人。不过答案也很明显：并不是他们不能，而是他们**想都没想**。很可能他们从没考虑过这件事，所以妈嬷就得长途跋涉，整个夏天拖着那台胜家牌缝纫机来回奔波，只是为了"照顾"别人的衣服。

　　我妈妈从小听着这个故事长大。她给我讲的时候没有附加任何道德说教，但故事背后却是一种无声的、代代相传的提醒，提醒着我们这家人、我们这样的人所背负的重担——我们需要依靠缝补、服务、修理和搬运，才能勉强过活。

年少的时候，我从未自觉地思考过这些事情，但是本能地感觉到了其中的分量。它就在那里，融进了我坚持不懈的奋斗中，我感觉自己对别人负有责任，要走得更远，做得更多，妥协得更少。我想我妈妈也感觉到了这一点。记得有一天，爸爸提出克雷格和我要学着补袜子上的洞，妈妈马上表示反对，她说："我想让他们专注于学业，而不是袜子，弗雷泽。那样的话，他们有一天就能买到他们需要的所有袜子了。"

我想，你可以说，我的成长过程就是专注于此，我的目标是走向一个买袜子而非补袜子的人生。我不遗余力地取得成就，不止一次地更换工作赛道。我让自己从对计费工时的狂热中跳出来，开始做与自己的社区联系更紧密的工作，而忙碌并没有减少。我做了妈妈，这带给我无限的快乐，同时也使我迎来了一系列全新的变量，让我感觉自己每天都在跑一场障碍赛。就像许多妈妈一样，我计划、安排、整理、精打细算。我记住了塔吉特百货和宝宝反斗城的通道布置，以便最高效地购物。我仔细地构建流程和体系，为我的家庭、我的工作、我自己的身心健康服务。随着孩子们不断长大，贝拉克全身心从政，而我也在奋力向前，努力取得属于我自己的成就。在这个过程中，我需要不断地重新探讨这些流程和体系，并适时做出调整。

如果我有游离的思绪、尚未解决的伤痛或是无法归类的感觉，我通常会暂时将它们搁置在心里，想着不忙的时候再来处理。

保持忙碌的好处肉眼可见。在白宫的 8 年证实了这一点。你需要行动、反馈、代表、评论、安慰，这些责任蜂拥而至，让你很少有喘息的机会。作为时任第一夫人，我慢慢习惯了在大议题、大事件、庞大的群体、重大的结果等这些大的领域里运转。当然，大和忙总是联系在一起。令人眩晕的工作节奏让我和贝拉克很少有机会去思考负面的事情，那些和我们并肩战斗的人更是如此。我们都处在一套标准化流程中，不能有任何拖沓。从某种意义上说，这让事情变得清晰明了。它让我们的视野大而宽广，并且使我们保持乐观。忙碌就是这样一种工具。它就像给你穿上了一副铠甲：如果有人朝你射箭，不太可能会射中你，因为你实在太忙了。

然而，在疫情开始的头几个月，所有这些都被铲平了。我每天的周密安排被打乱。我一向依赖的那些清单、日程、战略计划纷纷被取消或推迟，一切都变得不确定。朋友打电话来，通常都是聊他们焦虑的事情。现在每一项未来的计划后面都标上了星号，就连**未来本身**似乎也是如此。这让我回想起小时候，每次看到爸爸摔到地板上时他那种脆弱无力的感觉，就在那一瞬间，我们看到一切都危如累卵。

旧时的感觉重新浮现。就在我以为自己已经搞定一切时，我又绕了回来——感到失去方向，失去控制。那种感觉好像身处一个路标和地标都被移除的城市。我该向右转还是向左转？哪条是通向市区的路？我已经失去了方向感，随之也失去了我的一部分铠甲。

现在我能看到，这就是"暴风雨"带来的后果：它破坏我们的边界，让水管爆裂；它摧毁建筑物，冲毁我们熟悉的道路；它刮走路标，改变我们周遭的环境，也改变了我们，而我们别无选择，只能尝试找到一条新的前进道路。

现在，我能够看清这一点，但当时，我的眼里一度只能看到"暴风雨"。

担忧和孤立的感觉让我开始内省，回望过去。我重新发现了所有我藏在心里的尚未解决的问题，还有我先前塞进来的所有疑问。而一旦把它们拉出来，就没那么容易再塞回去了。一切似乎都不合适了。一切似乎都是半成品状态。我一向喜欢的整洁有序，现在被一种令人不安的杂乱感取代。我的有些问题是具体的，比如，**贷款读法学院究竟值不值得，选择从一段复杂的友谊中抽身是不是错的。**其他问题则更宽泛、更沉重。我不禁又想到我们国家做出的选择——唐纳德·特朗普成为贝拉克·奥巴马的接班人。**我们从中又能得出什么教训呢？**

贝拉克和我一直努力坚守着怀抱希望与努力工作的原则，我们选择以善抑恶，并且相信大多数人和我们目标相同，进步是可以逐步取得和衡量的，不管多么缓慢。当然，这也许只是一个真诚而充满希望的故事，但是我们全情投入其中。我们把自己的生命交托给它。是它将我们这个真诚而满怀希望的黑人家庭一路送到了白宫。在路上，我们也遇到了数百万（这个数字不夸张）与我们同心同德的美国人。8年来，我们不仅将这些原则宣示于口，也在身体力行，我们迎接，甚至挑战了美国生活中根深蒂固的盲从和偏见，但最后我们成功走了尽可能远的路，直到今天的位置。我们明白，作为黑人，我们出现在白宫本身就表达了什么是可能性，因此我们加倍努力，播撒希望，辛勤工作，努力将这种可能性表达彻底。

2016年的总统大选不管是不是对这一切的直接指责，它都让人感到受伤，直到今天伤口**依然**在隐隐作痛。我无比震惊地听到那个接替我丈夫成为总统的人，在公开场合毫无愧疚地发表种族诽谤言论，让自私和仇恨在某种程度上可以被接受，他拒绝谴责白人至上主义者，还拒绝支持反种族歧视的示威游行。我震惊地听到他谈起"另类"，就好像那是一种威胁。这给人的感觉已经不是单纯的政治失败，而是更多更丑陋的东西。

在所有这些背后，是一连串令人沮丧的想法：**我们做得还不够，我们自己的能量也不够；问题太大了，漏洞太大了，填满是不可能的。**

我知道，专家和历史学家会继续输出他们对那场大选结果的看法，他们会有褒有贬，从人物性格、经济数据、分裂的媒体、"喷子"、"机器人"[1]、种族主义、厌女现象、虚假信息、幻灭感、差距、历史的钟摆等大大小小所有的方面分析，我们为何会等来这样一个结果。他们会为发生的事情及其原因套上一个庞大的逻辑框架，我猜这会让人忙碌很长时间。但在 2020 年可怕的头几个月，我被困在家里，看不到其中的任何逻辑。我看到的是一个不可靠的总统造成了全国死亡人数的攀升，而他的民意调查数据却依然好看。

我继续进行我的工作，就是在线上的选民登记活动上讲话，支持公益活动，倾听人们的痛苦，但在内心深处，我越来越看不到希望，只觉得越来越难以真正改变现状。后来，民主党的领导层找到我，希望我在 2020 年 8 月中旬举行的民主党全国代表大会上发表讲话，但我没有立刻答应。我一想到这件事，第一反应就是拖延，我依然沉浸在沮丧和悲伤的情绪中，因为我们输掉了这个国家。我想不出来我能说什么。我感到沮丧笼罩着我，我的头脑正变得迟钝和麻木。我以前从未有过对抗抑郁症的经验，但这次感觉自己似乎得了轻度抑郁。我不再像以前那样乐观而理智地思考未来。更糟糕的是，我发觉自己游

---

[1] "机器人"，指的是由算法操控的自动化社交媒体账号，而非真人。

走在悲观的边缘，很容易认为自己无助，而且无力面对当下的宏大问题和无尽忧虑。我最需要抵制的想法就是，似乎没有什么可以确定，也没有什么可以完成。**既然如此，为什么还要去尝试呢？**

就在我处于低谷时，我终于有空拿起自己之前从网上订购的两根供初学者使用的棒针。当时，我正在和自己的无助感，以及做得不够的感觉做斗争。我解开买来的深灰色线团，拉出一小段线，打了一个小小的活结，第一次把它套在棒针上，然后开始打第二圈。

我买了几本编织方法指南，但发现很难将书上的图解转换成手上的动作。所以我转到"油管"上，发现上面有海量的手把手教学视频，还有来自全世界的编织爱好者提供的长达几小时的耐心指导以及小妙招。我一个人坐在沙发上，依然充满焦虑，就这样看别人编织。我开始模仿，我的手跟着他们的手活动。织完正针，再织反针。织完正针，再织反针。一段时间后，一件有趣的事情开始发生：我注意的范围开始缩小，头脑感觉一点点放松下来。

在过去忙碌的几十年中，我一直以为自己的头脑可以完全掌控一切，包括告诉我的双手要干什么。我从来没有想过，事情可以反方向进行。但这就是编织教给我的。它扭转了方向，把我翻腾的头脑扣在了汽车后座上，让我的双手替班开了一会儿车。它让我暂时远离焦虑，可以稍微放松一下。每次我拿起这副棒针，都能感觉到这种调整：我的手指在工作，我的头脑跟在它后面。

我把自己交付给了一件小事，它比我的恐惧要小得多，也比我的忧虑和愤怒，以及那种压倒性的无助感要小得多。就在那不停重复的细小而精准的动作中,在棒针碰撞的轻柔节奏中,有什么东西将我的头脑引往一个新的方向。它引导我来到一条路上,这条路让我走出满目疮痍的城市,走上一道安静的山坡,一直走到一个让我的视野更清晰的地方,一个我可以再次看到路标的地方。在那里,我看到了我美丽的国家;在那里,我看到了善良宽厚的人民,他们帮助邻居,感激必要行业工作者[1]的牺牲,照顾自己的孩子;在那里,我看到街上游行的人群,他们决心让一位黑人的死被看到;在那里,我看到了新领导层出现的希望,只要足够多的人去投票;在那里,我看到了自己的希望,它重新回到了我的视线中。

正是从这个安静的有利位置,我终于能够超越我的悲伤和沮丧,重拾我失落的信仰——我坚信,我们内心蕴藏着调整、改变和渡过难关的力量。我又想到了爸爸、外祖父、妈嬷,以及在他们之前的我的祖先们。我想到他们一生缝补、修理和背负的东西,想到他们的信仰就是源于相信自己的孩子以及孩子的孩子,会过上更好的生活。我们必须捍卫他们的奋斗和牺牲,不是吗?我们只能坚持不懈,一点一点地消除处于美国生活核心的不公正,不是吗?

我迟迟没想好在大会上的发言内容,现在我终于知道自己想说什么了。我把这些想法写成文字,做了几次修改。8月初的一天,我在一个租来的小房间里,坐下来录了那段演讲,身旁只有几个人。我盯

---

[1] 必要行业工作者(essential workers),指在隔离状态下,各行各业维持社会基本运转的工作人员。

着摄像机的黑色镜头，说出了我最想对自己国家说的话。我的口吻是悲伤的，也是充满激情的。我谈到我们失去了什么，以及我们还能找回什么。我尽量清楚地指出唐纳德·特朗普没有能力带领我们战胜国家和世界当前所面临的挑战。我谈到了对他人怀有同理心，以及抵制仇恨和褊狭的重要性，然后我敦促所有人都去投票。

从某些方面来说，那不过是传递一个简单的信息。但同时，我又觉得那是我做过的感情最强烈的一次演讲。

那也是我第一次做一场没有现场观众的重大演讲，没有舞台，没有热烈的掌声，没有五彩纸屑漫天飞扬，结束后也不需要和任何人拥抱。就像 2020 年发生的许多事情一样，整场演讲令我感觉既怪异又有些孤单。但是，那天晚上我上床睡觉时，心里知道我已经从黑暗中走了出来，就在那场演讲开始的那一刻，我已经产生了影响。就在那一次，我体验到了一种前所未有的火山喷发般的神思清明之感。当你真正发自内心地讲话时，这种感觉就会出现。

这样说可能有点奇怪，但如果没有那段被迫静默的时期，以及在编织中找到的稳定感，我不确定自己是否能够抵达那种状态。我发现自己必须从小事做起，才能重新放眼大局。当正在发生的一切严重到让我恐惧时，我需要我的双手重新将我引导到那些美好的、简单的、可以完成的事情上。事实证明，这样的事情可以有很多。

现在，我会一边编织一边和妈妈通电话，或者跟我的团队开线上会议，或者在夏天午后和来访的朋友在家里的露台聊天。编织减轻了晚间新闻带来的压力。它让每天的某一段时间变得没那么孤独，也帮助我能够更理智地思考未来。

我并不是要告诉你，编织是解决一切问题的灵丹妙药。不，它既不能终结种族主义或打败病毒，也无法战胜抑郁。它无法建立一个公正的世界，既不能减缓气候变化的速度，也无法弥合任何破碎的大的东西。在这些面前，它太渺小了。

它小到几乎可以忽略不计。

而这正是我想表达的。

我逐渐认识到，有时，当你刻意将一些小事放在旁边，大事就会变得更容易处理。当一切开始感觉很大，因此变得令人害怕和无法逾越时，或者当我感受、思考或看到的东西太多而觉得无法承受时，我学会了去找一些小事来做。某些日子里，当我的头脑充斥的全都是巨大的灾难和厄运，当我因为**自己做得不够多**而感觉气馁并开始焦虑不安，我便拿起棒针，给双手一个掌控的机会，让安静的编织带我走出那个艰难的地方。

在编织中，你只要下了第一针，便会织完**第一排**。当你织完一样东西的时候，就**收针**。我发现，这些动作会让人感到无比满足——就像某个可控和有限事物的"书挡"。在这个总是让人感觉喧嚣和不完整的世界上，编织让我获得了一种成就感。

当你开始感觉周围的环境变得难以忍受时，我建议你尝试往另一个方向去——去做些小的事情。找到一件能够帮你重新调整思路的事情，或者一块能够带给你满足感的小区域——你可以在那里待上一阵子。我不是让你消极地看电视或者刷手机。我是说，你要找到一件让自己可以积极参与的事情，一件要用你的头脑也需要你的身体参与的事情。你要让自己沉浸在这个过程中。放过自己，暂时避开一会儿"暴

33

风雨"吧。

可能你像我一样，对自己要求很高。可能在你看来，每个问题都很紧迫。可能你希望自己能够成就不凡，你怀揣一个大胆的计划，拼命向前，不浪费哪怕一秒钟的时间。这都很好，你想建功立业做大事，也无可指摘。但是偶尔你会希望享受一下做成一件小事的快乐。你也许需要后退一步，让自己的头脑休息一下，不去纠缠那些棘手的问题和令人疲惫的念头。因为棘手的问题和令人疲惫的念头会一直在那里，大多处于未完成状态，很多没有解决。漏洞永远都是那么大，而答案来得永远都很慢。

所以，去同时赢得一场小小的胜利吧。要知道，你是可以去取得一点小的成果，投入你的大目标和大梦想旁边的小事的。找到一件你可以积极完成的事，把自己交付出去，即使它只对你一个人有肉眼可见的好处。也许是用一下午的时间贴浴室墙纸，或者烤面包，或者做美甲，或者制作珠宝。也可以是用两个小时一丝不苟地按照你妈妈的食谱做炸鸡，或者是用十个小时在地下室制作巴黎圣母院的微缩模型。让自己享受全神贯注带来的礼物吧。

我离开白宫不久后做的一件事，就是帮助创立了一个非营利项目，名为"女孩机遇联盟"，旨在支持青少年女孩，以及帮助世界各国推动女孩受教育的基层领导者。2021 年岁末，通过这个项目，我和一些女孩子进行了一场对话，她们全部都是来自芝加哥南城和西城的高中生，最小的只有 14 岁。那是一个周四放学后，我们十几个人围坐在一起，开始分享自己的故事。我在这些女孩身上看到了自己的影子：我和她们在同样的街道长大，上的是同样的公立学校，面临着同样的问题。我希望她们也能在我身上看到她们自己的影子。

和全世界很多学生一样，因为疫情，她们已经一年多没有去学校上课了，对此她们一直感到不安。有人谈到在疫情中去世的亲人。一个年轻女孩谈到她在同学身上看到一种破碎感。另一个女孩的哥哥刚刚在一起枪支暴力案件中丧命，她一边讲一边努力忍着不哭。许多人提到她们感觉有压力，努力想挽回失去的时间、失去的动力——那些悲伤和静默的日子从她们以及她们的家人和社区那里夺走的一切。这些失落感是真实的。挑战给人感觉是巨大的。

"我高二半个学年和高三整个学年就这样没了，我真的很难过。"一个年轻女孩说。

"我强烈地感到孤立无援。"另一个说。

"一切都让我很快就精疲力竭。"第三个人补充说。

第一个女孩再次开口。她叫迪安娜，梳着粗粗的发辫，脸圆圆的，刚刚兴奋地告诉大家她的爱好是做饭和交谈。她说，疫情导致行动受限，其中最难受的部分是，除了周围的环境以及居住的街区之外，她没办法看到其他东西。"我们其实没有多少机会出门、探索或者看到不同的东西，"她说，"我们能看到的大多是枪击、毒品、赌博、帮派。说到底，这能让我们学到什么呢？"

她补充道，她的时间可以分成四块：照顾祖母，做一份兼职工作，躲避街区的小混混，以及完成高中学业以便去专科学校学习烹饪。她说自己感觉**很累**。

"所有这些感受要把我压垮了。"迪安娜说，不过她很快耸了耸肩，似乎要让自己快速调整并看向光明的一面，"但我知道我能做到，所以也没有**那么**沉重。"她看向周围，女孩们都在点头，她改口说道："但又确实很沉重。"

这时所有人都笑了，开始更用力地点头。

我听懂了迪安娜的话，也看懂了大家点头认同的东西——我们内心来回摇摆的对生活是否艰难的疑惑。在感受上，一天可以很艰难，也可以不艰难。某个挑战一时看起来巨大无比，一时又让人感觉可以战胜，两个小时后，它又变得令人难以承受。它不仅取决于你所处的环境，还取决于你的情绪、你的态度、你的立场，所有这一切都可能瞬间改变。最微小的因素也能激起或者摧毁我们的自信，比如天气是否晴朗，我们的发型是否好看，我们睡得怎样、吃得如何，是否有人善意地看了我们一眼。还有其他一些说不太清楚的、将我们许多人打倒的力量，那就是由几代人受到的系统性压迫所塑造的社会环境。它们当然是存在的。

到了分享痛苦和失去的故事时，很多人的讲话变得很谨慎，她们意识到这容易被视为自哀自怜，而这对于一个决心越过历史藩篱、在新天地立足的年轻黑人女性而言是不体面的，是对宝贵时间的浪费。抱怨让我们羞愧，因为我们知道太多人的生活比我们的要糟糕得多。所以我们应该怎么做呢？我们常常把自己的优势展示给外界，同时把其他的藏起来，不让人看见，比如我们的脆弱和担忧。然而，在暗地里和内心中，我们骑着一个跷跷板，在"搞得定"和"承受不住"两种感觉之间上下碰撞。

就像迪安娜说的：它没有那么沉重，但又确实很沉重。

那天在芝加哥的见面会上，一些学生对更大的问题表达了担忧。她们说，她们感到内疚，因为没有能力做更多，无论是为家庭，为社区，为我们国家的破裂，还是为地球的"生病"，抑或为所有需要修补的东西。她们注意到了大事，但只觉得无助和无能为力。同时，她们为自己的无能为力而羞愧。能够拥有这样一群十五六岁的孩子，我们无疑是幸运的。她们心智成熟、富有同情心、关心世界，但是转念想一想，她们每天在上学、放学的路上，都背负着如此巨大而沉重的包袱。这怎么能说不严重呢？

我不断地收到人们写来的电子邮件和信件，字里行间带着一种紧迫感。他们表达着自己远大的梦想和强烈的感受。很多人写到了下面的话，有时两句话都有：

> 我想要改变现状。
>
> 我想要改变世界。

这些信息活力四射，充满善意，常常是年轻人发来的。他们表达了一种痛苦，他们看到了一些他们希望解决的问题，他们希望自己有所成就。这些信息普遍传递出一个感觉，那就是一切需要尽快发生，这当然是青春和激情的标志。2020 年，在乔治·弗洛伊德[1] 被害一周左右，我收到了一封信，写信人是一位名叫伊曼的年轻女孩。"我想要改变整个现行秩序，**马上就要**。"她写道，"我有一种冲动，想把一切问题都解决。"接着她补充说，她只有 15 岁。

一位名叫蒂法尼的女孩从佛罗里达写信给我，信中描述了她的梦想："我想让音乐、舞蹈和戏剧征服世界。"她说："我希望像碧昂斯那

---

[1] 乔治·弗洛伊德（George Floyd, 1974—2020），非洲裔美国公民，得克萨斯州休斯敦市人，"5·25"美国警察暴力执法事件受害人，生前是明尼阿波利斯一家小酒馆的保安。

样征服世界，*但还要超越她*。"她迫切希望完成她的人生使命，想让父母、祖父母和祖先都为她骄傲。"我想要做所有的事，"她说，然后补充道，"但有时我的心理状态会妨碍我。"

对于蒂法尼和所有人，年轻的或不年轻的，正试图在世界上所有宏大、激烈、紧急的事情中找到人生目标的人，下面是我要说的话：**是的，那句话说得很对。当你想要改变现状时，当你想要改变世界时，你的心理状态有时会妨碍你。**

那是因为事情本应如此。健康是基于平衡。平衡是基于健康。我们需要小心地，有时还要警觉地照顾自己的心理状态。

在你思考要怎样安放自己的激情、雄心和远大的梦想，以及你的伤痛、局限和恐惧时，你的头脑正在不停地、笨拙地控制着操纵杆，试图让你保持稳定。它有时会按下刹车，让你走得慢一点。当它察觉到问题，比如你走得太快，工作的方式不可持续，抑或被困在了混乱的思维和有害的行为模式中，它会释放求救信号。请小心照顾自己的感受。注意你的身体和头脑发出的信号。如果你或者你认识的人正在挣扎，不要害怕向外求助。外面有一些资源和工具可以帮助你。我们许多人会寻求专业帮助来保护心理健康，找专家或学校的心理顾问，拨打服务热线，或者咨询保健医生。请记住，你永远不是一个人。

你完全可以调整自己的速度，休息一小会儿，大声说出自己的挣扎。你完全可以把自己的健康放在第一位，将休养生息作为一种习惯。谈到改变世界的现状，我想，我们可以把这些巨大而空洞的目标分解成可操作的小目标。这样，你就不那么容易被压垮或感到疲惫，或者坠入虚无感的深渊。

这些都不算失败。真正的失败是，当伟大变成了良善的对立面——

当我们被宏大捆住手脚，甚至还没开始行动就放弃了；当问题看起来太大，我们甚至放弃了微小的尝试，也不去处理我们掌控范围内的事情。不要忘记，把你**能做的**事情放在首位，即使那只是保存你的精力，扩大你的可能性。可能是专注于完成高中学业。可能是好好规划你的储蓄，好让你在未来有更多选择。可能是努力和他人建立可持续的关系，让你将来能获得更多支持。请记住，解决大的问题，成就伟大的事业，常常需要多年的努力。我在想，蒂法尼想要告诉我的是，她有时无法调动需要的精力和火力来征服世界，超越碧昂斯。我也会想，伊曼那种"**马上就要改变整个现行秩序**"的强烈冲动是难以持续的。

这也是为什么我们在想着大事的同时要不断做些小事。它们是彼此的好搭档。做小事能帮助保护我们的幸福感，避免让它被那些大事吞噬。当我们感觉良好时，我们会发现自己没有那么无能为力。研究显示，在生活中感觉幸福的人更容易在大的社会问题上采取行动。[2] 这进一步说明，你必须热忱地照顾自己的身心健康，就如同追寻自己最坚定的信仰一样。当我们能够庆祝小小的胜利，并将其视为重要和有意义的事情时，我们便开始理解变化的本质是渐进的。投出一张选票，就可以改变我们的民主；养育一个人格健全、被爱滋养的孩子，可以改变一个国家；让一个女孩受教育，就可以使整个村庄变得更好。

住在白宫时，每到春天，我们都会在南草坪的花园中开辟一片园子，取名为"三姐妹"，就是将玉米、豆科植物和南瓜种在同一块地里。这是传统印第安人种植农作物的方法，充满智慧，已经沿用了数百年。它基于这样一种理念：每种植物都能为其他植物提供一些重要的支持。玉米长高后，会为豆科植物提供天然攀爬架。豆科植物提供氮素，这种营养物质可以帮助其他植物更有效地生长。南瓜贴着地面生长，它蔓生的叶子有助于遏制野草生长，还可以保持土壤湿润。植物生长速度不同。农作物在不同时间收获。这种混搭提供了一个互利共生的生态系统——高大的植物和矮小的植物一起持续合作。只种玉米不行，只种豆科植物也不行。只有把玉米、豆科植物和南瓜种在一起，它们才能健康生长。平衡就来自这种组合。

我开始从这个角度思考自己的生活以及更广阔的人类社会。我们的目的是互利共生。我们的平衡基于一个理想，即丰富的组合。如果我开始觉得心理失调，或者感到孤立无援、不知所措，我就会想想花园教给我的事，想想我已经种了什么，还需要种什么：谁在滋养土壤？谁在帮助遏制野草生长？我是不是同时种了高大的和矮小的？

对我来说，这已经成为一种宝贵的练习，成为我能够依靠的另一种工具。我学会了在感觉到平衡时识别它、欣赏它，也就是在我感觉最稳定、注意力最集中、头脑最清晰时，享受它、记住它，然后思考和分析究竟是什么帮助我达到这种状态。我发现，当你能够以这种方式解读自己时，你就能更好地知道自己什么时候会失去平衡，然后去寻求所需要的帮助。你开始能够看到自己内心的示警红旗，然后在事情失控之前处理它们。我刚刚是不是对我爱的人发了火？我是不是在担忧某件我不能控制的事情？我的恐惧是不是开始升腾？

一旦识别出这种失衡，我就会翻翻存放修理工具的仓库，尝试不同的方法，帮助自己重回正轨。许多是微小的事。有时，我最需要的不过是到户外散散步，做运动出出汗，或者是晚上好好睡一觉。一些简单的事情就能让我振作起来，比如整理一下床铺，或者是冲个澡，穿上得体的衣服。有时，我会和朋友长谈，或者一个人独处，把所思所想写下来。有时，我意识到自己不能再逃避某些一直在拖延的事情，比如一个项目或者一次沟通。有时，我发现在帮助他人的时候也帮助了自己，即使只是做一件小事，让别人的一天变得更容易、更灿烂。很多时候，我只需要开怀大笑，就能把情绪调整过来。

那天，在芝加哥和那些年轻女孩坐在一起时，我问她们会做什么来对抗疫情带来的失落、静默和压力，什么样的小事能给她们慰藉。从某种意义上说，我是在尝试帮助她们说出自己的失衡感，识别她们所拥有的可以带来慰藉和安定的工具。就这样，我们岔开话题，不再谈论大的烦恼以及前面提到的所有焦虑。氛围变得轻松起来，回答也变得更容易。笑声开始多了起来。几个学生谈到，舞蹈和音乐帮助她们度过了黑暗时期。其他人提到了运动。一个名叫洛根的女孩骄傲地宣称，她可以背下百老汇音乐剧《汉密尔顿》里每首歌的每句歌词，没什么原因，就是单纯喜欢。

正是这些小的调整，帮助我们解决了大的难题。正是那些"没什么原因，就是单纯喜欢"的练习，滋养了我们的土壤。我发现，小小的胜利也有积累效应。一次小小的激励可以带来下一次激励，一个平衡的行动可以引发更多。我们可以慢慢将自己导向更大的行动和影响。有时只是需要尝试一件新事物，或是完成一项看似无关紧要的任务。

我在一个名叫艾迪生的 14 岁女孩身上看到了这一点。她告诉我们，在疫情最初几个月的艰难日子里，她开始拍摄视频短片，分享给不能见面的亲人和朋友，最终这启发她制作了一份商业计划书，创办了自己的电影制作公司。一个名叫麦迪逊的女孩，因为乔治·弗洛伊德遇害事件而感到思绪不宁、极度悲伤，于是开始在本地食品捐助活动和社区清洁活动中做志愿者，并发现这个工作让她心怀感恩，也更踏实。还有考特妮，她说她在家里颓废地躺了几个月，突然意识到"我需要跳出自己的匣子，做点什么"，于是冒险参加了学生会的模拟竞选。结果失败了。她对大家说"但我做到了"，并为自己迈出了这一步而感到骄傲。这次失败的"政治竞选"赋予了她意想不到的全新自信，并激励她创立了一个少年小组，这个小组在她居住的社区做志愿者项目。

这就是"小的力量"，中间的步骤也很重要，投入眼前的事情会让人放松，而只要开始，就能更容易走向完成。

就这样，我们从"承受不住"回到了"搞得定"的轨道上。

就这样，我们不断成长。

开始做一件新事情时，你并非总能看清前面的方向。你需要接受一个事实，就是不知结果会如何。编织时，你跟着示意图（通常是一些字母和数字的组合，在门外汉眼里它们简直就是天书）打了第一针。示意图告诉你应该按照什么顺序钩什么针，但要等一会儿你才能看到结果——图案在纱线中显现。在那之前，你只要活动双手，按照顺序一步步来，就像是在某种信仰的引领下行动。

这提醒我，它其实并非微不足道。我们就是通过做这些微小的事情来践行自己的信仰。在练习的过程中，我们记住了什么是可能的。通过做这些小事，我们在表达**我们可以**，**我们关心**，我们没有放弃。

就像生活里的许多其他事情一样，在编织的过程中，我认识到，获得更宏大答案的唯一途径，就是一次钩一小针。你一针一针地钩，直到完成第一排。然后钩第二排，再钩第三排、第四排。最后，因为你的努力和耐心，你开始看到它的轮廓。你似乎看到了某种你一直期盼的答案，一个全新的安排在你手中逐渐成形。

可能是你准备送给朋友家婴儿的一顶小小绿色帽子。可能是给你夏威夷出生的丈夫织的一件圆领毛衣，他冬天怕冷。也可能是一件羊驼毛的吊带衫，有着漂亮的螺旋形带子，很适合你 19 岁女儿漂亮的棕色皮肤，她微笑着抓起车钥匙，风一样跑过你身边，走出门去，进入那个喧嚣的、从来不完整的世界。

只要一两分钟，你就会发现编织这件事很重要。你会发现你做的已经足够了。

也许这也算是进步。

不管怎样，我喜欢这样想。

所以现在，让我们开始吧。

上图：站在贝拉克旁边的是伍基人楚巴卡，

《星球大战》中那个毛茸茸的角色。萨莎被他吓坏了，躲到了卧室里，直到

我们向她再三保证楚巴卡已经离开万圣节派对，她才敢出来

下图：第二年万圣节的全家福，这次我们没有邀请楚巴卡再来

第 二 章

拆解恐惧
DECODING FEAR

我哥哥克雷格从小就喜欢恐怖的东西。他好像一点也不害怕。在欧几里得大道的公寓，我和他共用一间卧室，他晚上常听一个专讲鬼故事的广播节目，帮助催眠。透过我们之间那层薄薄的隔断墙，我听到电台主持人用低沉的男中音讲着墓地和僵尸、黑暗阁楼和死去船长的故事，中间还穿插着刺耳的音效——吱嘎作响的门、咯咯的笑声和恐怖的尖叫。

"快关掉！"我在床上大叫，"吓死人了。"

但他没有关掉，因为多半时间他已经睡着了。

克雷格还喜欢看一档电视节目，叫作《生物怪兽》，这个节目每周六晚都会播放邪恶怪物电影。有时，虽然明知道会害怕，我还是会和他一起裹着毯子窝在沙发里，全神贯注地看一些经典老片，比如《狼人》《德古拉》和《科学怪人的新娘》。或者说，**我**是在全神贯注地看，但克雷格并没有。恐怖感会直渗入我的骨髓。看着棺材盖吱呀一声打开，尸体被一把抓起，我的心脏开始怦怦狂跳。看到木乃伊复活，我会害怕地哭泣。

而我哥哥从头到尾都在咧着嘴笑，看起来愉快而着迷，又莫名地放松。等到演职员表的字幕开始滚动时，他常常已经昏睡过去。

克雷格和我看的是同样的电影，并肩坐在同一张沙发上，但显然我们的体验并不相同。这完全取决于我们如何过滤我们看到的东西。那个时候，我完全没有任何过滤；眼里看到的只有怪兽，感受到的只有恐惧。克雷格比我大几岁，有年龄优势，能够从一个更广阔的视角和背景来看待一切。这让他可以享受怪物带来的兴奋和刺激，而不会被恐惧攫住。他能够拆解眼前的画面：那些只是穿着怪物服装的演员。这只是电视节目，他在沙发上是安全的，尽管妹妹吓得不轻。

对他来说，这些根本没什么；对我来说，却是地狱般的梦魇。

但我还是会继续回去看。每隔几星期，我就会一屁股坐在沙发上，挨着克雷格，准备好看新一期的《生物怪兽》——部分是因为我不想错过每一个跟哥哥待在一起的机会，此外，我可能也希望像他那样，能看着僵尸和怪物而舒适地恐惧。

我终究也没能像我哥哥那样喜欢恐怖电影。直到今天，我对那种兴奋和刺激也完全无感。但我慢慢意识到了直面恐惧和焦虑的价值，它能帮助我们在感到害怕时找到立足点。

我很幸运能在一个相对安全稳定的环境中长大，周围都是我可以信任的人。我意识到，这给了我底气，让我知道安全和稳定是什么感觉，而这并不是所有人都有幸拥有的。提到恐惧感，很多人的经历我既看不到也不了解。比如，我从不了解被虐待的滋味。我也没有近距离接触过战争。我的生命安全虽然不时受到威胁，但幸好没有真的遇到危险。然而，我是一个美国黑人。我是一个父权世界中的女性。我还是一个公众人物，这让我成为他人抨击和评判的对象，某些时候也让我成为愤怒和憎恨的靶子。有时我会和自己紧绷的神经做斗争。我感到自己身处险境，希望能逃往别处。和很多人一样，当我需要走到台前，表达我的观点，或者做某件新事情时，我必须给自己加油鼓劲。

我现在描述的大多是抽象的恐惧，比如害怕丢脸，害怕被拒绝，担心事情出差错或者有人受到伤害。而我也意识到，险境是生而为人都会经历的，不管你是谁，长什么样子，住在哪里。我们都会以不同的方式，在不同的利害关系中遇到它，无人可以幸免。在《牛津英语词典》中，"险境"这个词的定义是"遭受失去、伤害或者失败的危险"。谁的人生不是常常与这些危险狭路相逢呢？谁不会担心遭遇失去、伤害或者失败呢？我们都在不断处理自己的恐惧，尝试从种种臆想的情况中识别出真正要恐惧的。这在媒体环境下变得尤其困难，因为恐惧经常沦为营销的工具。比如，2022 年 1 月，面对暴力犯罪数量的上升，福克斯新闻频道的字幕打出了这样的字样：**美国城市如同末日地狱，文明正在崩塌。**这本质上是在营造一个怪物电影版的美国形象。[3]如果这是真的，我们就不可能知道如何应对。我们会惊诧于自己居然还能走出家门，还能撑到 2023 年。

但我们确实能，现在可以，将来也行。

是的，我们正处在一个充满挑战的时期。是的，即使是正当合理的新闻报道也会让人深感不安。但是，当恐惧让我们感到无力行动，当它夺走了我们的希望和力量时，我们便会陷入真正的灾难。这也是为什么我认为，我们要特别注意自己评估烦恼和处理恐惧的方式。我相信，我们在恐惧时做出的选择，经常会决定我们人生中那些更大的结局。

我们的目标不是要完全摆脱恐惧。我在生活中见过很多勇敢的人，有平民英雄，也有像玛雅·安吉洛和纳尔逊·曼德拉那样的巨人。远远看去，他们似乎是与恐惧绝缘的。我曾经和一些世界领袖坐在一起（甚至还和一位生活在一起），他们经常要顶着巨大的压力，做出一些攸关他人生死的决定。我认识一些表演者，他们可以把自己的灵魂袒露在无数观众面前；我认识一些活动家，为了捍卫他人的权利，他们甘愿冒着丧失自由和生命的风险；还有一些艺术家，在他们创造力的背后蕴藏着一种深刻的勇气。但我要说，他们之中没有一个人会说自己无所畏惧。在我看来，他们的共同点就是拥有一种与险境共存的能力，在险境面前保持平衡，思维清晰。他们已经学会了舒适地恐惧。

"舒适地恐惧"是什么意思呢？在我看来，答案很简单，就是要学会明智地对待恐惧，设法让你的紧张感引领你而非阻遏你。在生活中遇到不可避免的"僵尸"和"怪物"时，你要保持冷静，这样才能更理智地与它们对抗，相信自己对于哪些有害、哪些无害做出的判断。当你能够做到这一点，你既不会全然感觉舒适，也不会全然感觉害怕。你接受了有一个中间地带，并学会了在其中行事；你清醒而理智，没有被吓退。

我还记得童年的一件事。那时我大约四岁，姑婆罗比要在教堂举行一场节日演出，我被选中上台表演。我记得我当时非常激动，因为那意味着我可以穿上一条漂亮的红色天鹅绒裙子和一双黑漆皮鞋，而我唯一的任务就是在台上一棵圣诞树前面欢快地旋转。

等我到了排练现场，却碰到一件意料之外的事。罗比和她团队的那些勤奋的教会女士一起，用闪亮的饰品和道具装饰了表演区，圣诞树周围放着一些礼物包裹，还有一些几乎跟我一样高的超大号毛绒玩具。就在我的表演位置旁边，放着一只模样吓人的绿色乌龟，它的头奇怪地斜着，有两个毛毡做的巨大眼睛。看到这只乌龟，我脑子里的警铃一下子就响了起来。不知为什么，我被它吓呆了。我摇着头，强忍住眼泪，怎么也不肯上台。

长大后回想起来，我们童年时代的恐惧似乎有点冒傻气，我的也不例外。这种恐惧经常是对未知事物以及我们还无法理解的东西的一种本能反应：空中那些噼里啪啦、轰隆作响的是什么？黑乎乎的床底下会不会住着什么东西？这个新来的人怎么跟我身边的人长得不一样？这些问题背后是另外一些本能的问题，它们引导着小孩子的反应：这个新东西会伤害我吗？我为什么要信任它？尖叫着逃走会不会更好？

萨莎对我们第一次在白宫举办的万圣节派对至今心有余悸。那天，我们敞开大门，迎接军人家属和其他数百人前来，我们准备了零食、变装用的戏服，还邀请了表演者。受到邀请的客人大都不满十岁，包括我们自己的两个孩子，所以活动特意设计得不是很恐怖，整体基调轻松愉快。不幸的是，我做了一个灾难性的、几乎不可原谅的决定，就是邀请《星球大战》里的几个角色到派对上来。

结果，萨莎一看到伍基人楚巴卡就开始大哭，而且哭了好久。如果你听到她的哭声，一定会认为我邀请的是魔鬼撒旦。我安慰她说，那个穿棕色毛绒服装的男人其实安静又温和，派对上别的孩子看到他完全不紧张，但这些都没有用。我这个平常胆子很大的小女儿这次是彻底被吓坏了。她从派对上逃走，在楼上的卧室里躲了好几个小时，就是不肯出来，直到我们再三跟她保证楚巴卡已经离开。

她的"伍基人"就是我的"乌龟"。对我们仍在发展中的理解力而言，这些都是入侵者。

思考一下，你会发现恐惧常常是这样产生的，它是人在面对混乱和另类，面对侵入我们意识的新事物或令人恐惧的事物时的内心反应。有时候，它是完全合理的；有时候，它又是完全不合理的。所以我们要学会过滤它，这很重要。

说回我小时候那场节日演出，我那位不爱说废话的罗比姑婆，把一个严峻的选择摆在了我面前——她当时时间紧迫，要管理手下一大群表演者，没工夫哄孩子，所以我要么自己去熟悉圣诞树旁那个毛绒玩具，然后穿着红裙子在观众面前旋转，要么就坐在妈妈腿上看演出，不用上台了。在我的记忆中，罗比说那番话时耸了耸肩，意思是怎么选择取决于我，后果我能承担就行。我可以选择上台表演，也可以选择不演；对她来说怎么都无所谓。她不会为了照顾我的情绪而把那只乌龟从台上撤下来。

事实证明，我真的太爱那件红色天鹅绒裙子，也太想显摆一下了。最终（在又掉了些眼泪，闹了会儿情绪后）我选择了妥协，鼓起勇气上台，心怦怦乱跳，走近了那棵圣诞树。现在我看到，罗比在这件事上的清晰立场怎样帮助了我。她给了我一个机会，让我衡量自己的选择，思考自己的恐惧是否合理。也许她当时是有意锻炼我，也许只是太忙了没办法分心，但不管怎样，她都给了我一个拆解恐惧的机会。她当然知道那只乌龟完全无害，但想让我自己来发现这一点。

等我忐忑不安地走到圣诞树旁的表演位置时，惊讶地发现那只乌龟并没有我想象的那样大。走近看，它的眼睛也并没有那么邪恶。那一刻，我看到了它原本的样子：一个柔软的、一动不动的、没有任何威胁的东西——甚至还有点可爱。它不危险，只是一个我没见过的新东西。我稚嫩的头脑其实是在处理登上一个陌生舞台的恐惧。这种感觉当然不舒服，但随着时间一点点过去，我开始熟悉舞台，恐惧感就减少了。这种感觉一旦过去，我的脚步就变得轻快，可以尽情地旋转了。

我正是这样做的。到了正式表演的日子，我在台上表演得非常投入——裙裾飞扬，满脸兴奋——爸爸妈妈高兴地流泪了，从头哭到尾。对我来说，那场小小的教堂排练正是为未来各种人生的重大时刻进行的演练。那是我第一次练习将自己的理性置于紧张之上。

我想，我们中有许多人，会在几十年里一遍遍穿过同一片心理地带，盯着这样或那样的"乌龟"，不敢走上这个或那个舞台。恐惧会让人产生强烈的生理反应。它就像一股电流，让身体突然警觉起来。它常常在新的环境下，在我们遇到新的人或产生新的感觉时，猛击我们一拳。焦虑是恐惧的近亲，它的扩散力更强，也会更有力地挑起我们的紧张感，即便没有直接的威胁，即便我们只是在想象事情会怎样出差错，害怕的只是可能发生的事情。当我们从孩子变成大人，面对的依然是相似的问题。**我安全吗？会有什么风险？我能不能接受某个新事物，让自己的世界变得更广阔一点？**

一般来说，面对新事物，我们的确必须更加谨慎。但问题是，我们有时会纵容自己的恐惧情绪。一阵恐惧或焦虑容易被误认为是一个信号，要我们后退一步，待在原地，避免尝试新事物。

随着我们逐渐长大，我们面对恐惧、压力和所有令人胆怯的事物时的反应也变得更加微妙。我们不再像小时候那样尖叫着逃跑，但我们会以其他方式退缩。成年人的逃避就相当于孩子的尖叫。它也许是你在职场上没有主动申请晋升，你没有上前向某个仰慕已久的人介绍自己，你没有选某个难度大的课程，又或者是你避开和某个你不了解其政治观点或宗教观点的人对话。你不想让自己承受冒险的担忧和不适，但可能也失掉了一个机会。如果你一直只是抓住已知的东西，就会让自己的世界越来越小。你在剥夺让自己成长的机会。

我想，问问自己下面的问题总是有益的：我感到害怕，是因为真的身处险境，还是因为面对的是新事物？

拆解恐惧意味着停下来思考自己的本能，仔细想想我们后退躲避的是什么，上前迎接的又是什么，以及——也许也是最重要的——为什么我们会后退或上前。

这些也可以迁移到更宏大的社会问题上。当我们避开新的另类的事物，让恐惧在心里不受质疑地滋长，就可能让自己生活中同质的部分得到强化、受到优待。我们会走近和自己同质的人群。我们会拥抱同一性，因为它是一种安慰，是逃避恐惧的手段。但当我们习惯了同一性，我们就更容易被另类的事物吓到。我们会越来越不愿接触不熟知的人或事物。

如果说恐惧是对新事物的反应，那也可以说，偏见通常是对恐惧的反应：为什么你看到一个穿连帽衫的黑人男孩，就匆匆忙忙穿过马路？为什么一户移民家庭搬到你家隔壁，你就要把房子卖掉？看到两个男人在街上接吻，是什么让你感受到了威胁？

我想，我人生最焦虑的一刻是贝拉克第一次告诉我，他想要竞选美国总统。一想到这件事的前景，我就深深地感到恐惧。更糟的是，在 2006 年年末，我们断断续续进行这场对话的几个星期里，他明确表示，这件事的决定权完全在我。他爱我，他需要我，我们是搭档。所以，如果我觉得这太过冒险，或者认为这会给我们的家庭带来太多问题，我可以阻止整件事发生。

我要做的就是说"不"。相信我，虽然当时我们身边各种人都在敦促贝拉克参加竞选，但我是一门心思想要叫停的。不过后来我想，为了他，为了我们，我至少应该好好考虑下这个选项。我必须越过这件事最初带给我的震动，好好想一想。我必须理清自己担忧的究竟是什么，然后做出最理智的决定。我揣着这个荒诞可怕的想法度过了几个星期。在通勤的路上，在健身房挥汗如雨时，它一直在我脑海里。晚上，在哄女儿们睡觉时，或者躺在丈夫身边时，它都在那里。

我明白，贝拉克想当总统。我确定他会成为一位伟大的总统。但同时，我自己并不喜欢政治生活。我喜欢我的工作。我决心要给萨莎和马莉娅提供稳定与不受打扰的生活。我不喜欢混乱和不可预测性，而我知道，一场竞选会带来无数混乱和不可预测的事情。我还知道，我们要把自己完全敞开，接受他人的评判。**许许多多**的评判。你要竞选总统，其实就是让每一个美国人用他们手中的选票来表达对你的赞同或者反对。

让我告诉你，这种感觉很恐怖。

只要说"不"就可以解脱了，我告诉自己。如果我说"不"，一切就会维持原样。我们会安逸地待在自己的房子里，住在熟悉的城市，做着现在的工作，周围也都是熟悉的人。不需要换学校、换住所，什么都不需要改变。

想到这里，一切终于明朗了，我的恐惧努力要掩盖的是：我不想要改变。我不喜欢不舒适、不确定性以及失控。我不想我丈夫竞选总统，因为不能预测——或者说无法想象——后面会发生什么。当然，我的担忧合情合理，但是我真正害怕的到底是什么呢？是新事物。

想通这一点，我就能更清晰地思考了。那个想法似乎没那么荒诞可怕了。我能够拆解我的担忧，减轻自己的无力感了。这件事情我已经练习了许多年，可以一路回溯到我在姑婆罗比的舞台上与那只乌龟的邂逅。贝拉克也在做同样的事情。我提醒自己，我们两个人在过去经历了足够多的变化，尝试了足够多的新事物。十几岁时，我们就离开家庭的庇护，上了大学。我们都换过工作。我们在许多房间里都曾经是唯一的黑人面孔。贝拉克在之前的竞选上赢过，也输过。我们曾经历备孕失败、父母离世和养育小孩的压力。这些不确定性是否曾让我们焦虑？新事物是否曾让我们不适？当然，有过许多次。然而，当我们每走出一步，我们的能力和适应性不都变得更强了吗？是的，其实我们现在已经相当老练了。

就是这个想法让我最终改变了主意。

很难想象，我原本会因为自己的恐惧而改变历史的走向。

但是我没有。我点头同意了。

最重要的是，我毫不后悔做出这个选择。我不想和家人围坐在饭桌前，谈论我们没有选择的道路以及可能发生的事情。我不想有一天告诉女儿们，她们的爸爸原本可能会成为总统——他得到了许多人的信任，有勇气去做一些大事，但我扼杀了这种可能性，假装是为所有人好，而其实我只是安于现状，排斥变化。

我的外祖父和祖父都是很自重的黑人，他们努力工作，把家人照顾得很好，但他们一辈子都受到恐惧的束缚。这些恐惧常常是看得见、摸得着、合情合理的。也正因为如此，他们的世界是狭窄的。他们的遗赠，既让我感受到限制，又激起我的反抗。"南城的"，也就是我的外祖父，很难信任家人之外的任何人，对所有白人几乎都不信任，所以他刻意避开很多人，包括医生和牙医，结果直接损害了他的健康。他总是担心孩子们的安全问题，认为我们如果离家太远，一定会受到伤害，即使在他牙齿被蛀烂后，或在他的身体出现肺癌早期的症状后，他都依然抱着这样的想法。他的房子离我小时候的家只有几个街区的距离，那是他的"宫殿"，一个安全而欢乐的疆域，播放着爵士乐，所有人都欢笑着，吃饱喝好，被爱包围，但你很少能在家之外的地方见到他。

我祖父又是另一副脾气。他不像我外祖父那样活泼、合群，但他们对世界的不信任是不相上下的。祖父的痛苦更加明显，这和他的骄傲相连，这两样东西有时搅在一起，表现出来就是愤怒。和外祖父一样，祖父也出生在种族歧视严重的南方，他很小就没了父亲，后来搬到芝加哥，期望能过上更好的生活，结果不仅遭遇了大萧条，还发现北方的种族歧视和南方一样严重。他梦想能上大学，结果一辈子都在打零工、刷盘子、在洗衣店帮忙，以及在保龄球馆摆放球瓶中度过。修理着，缝补着，背负着。

虽然祖父和外祖父有足够的头脑与技能可以为工会工作——祖父是电工，外祖父是木匠——但当时很少有工会允许黑人加入，所以他们找不到一份稳定的工作。在我长大的过程中，我并不十分清楚种族主义对我的祖父母、外祖父母造成的影响——那些向他们关上的一扇扇门，那些他们不愿谈起的羞辱——我明白，他们没有多少选择，只能生活在强加给他们的限制中。我也看到了这些限制的影响，看到了它们在祖父和外祖父的心里留下的深刻烙印。

我记得，在我十几岁时，有一天，因为妈妈要上班，就请祖父送我去看医生。他开车来欧几里得大道接我，我发现，他为了这次外出特意穿得很正式，看起来很威严，跟他在家里给人的感觉一样。然而，当我们开始往市区走时，我注意到他的下巴紧绷着，手紧紧地握着方向盘。他以为走的是一条双向车道，小心翼翼地想要左转会车，我赶紧纠正了他。过了一会儿，他又猛然换了车道，旁边一辆车的女司机慌忙闪躲，冲着我们直按喇叭，这让祖父又闯了红灯。

如果祖父是个喝酒的人，我可能会认为他是喝醉了。但事情根本不是那样。我意识到，他是慌了神，他不常做这件事，也不熟悉这个地方，所以变得焦躁紧张。当时他大约 65 岁，但除了家附近的几个街区，其他地方他完全不熟悉。那天，他的车似乎被恐惧控制了，一路走得磕磕绊绊。

我们受到的伤害变成了我们的恐惧。我们的恐惧又变成了我们的束缚。

对许多人而言，这是一个沉重的遗产，压在一代又一代人身上。我们有太多要对抗的束缚，太多要丢掉的负担。

我的父母是他们的父母教育的产物，所以他们趋向谨慎务实，很少冒险，也很清楚黑人往新的方向走会有怎样的危险。但同时，我想他们也看到了他们父母受到的限制，看到了他们世界的狭小。现在，我会吃惊地想到，如果当时我没同意让贝拉克竞选总统，我会错过多少机会——很多人我根本不会认识，很多经历我也不会有。如果我让恐惧挡住了去路，我对我的国家和世界根本不会有现在的认知。我要感谢我的父母，他们尽了最大的努力，打破了恐惧的恶性循环，没有让他们受到的限制变成我们的枷锁。他们想让自己的孩子拥有更多，体验不一样的人生——让我们有更宽广的舒适区可以驰骋——这表现在他们如何和我们一起拆解恐惧上。

记得小时候，在湿热的夏日傍晚，芝加哥经常会下起大雷雨，我很害怕这种天气。每当这时，爸爸就会抱着我，给我讲解天气背后的原理。他解释说，轰隆隆的雷声不过是气流交锋的自然现象，人们有办法不被闪电击中，比如远离窗户和水。他从没告诉我要战胜自己的恐惧，也没有说那是不理性的、愚蠢的。他只是用科学知识来消解威胁，递给我保持自身安全的工具。

我妈妈也给我树立了榜样，她在几乎所有我害怕的事物面前，都表现得机敏灵巧、平静淡然。她会把讨厌的蜘蛛从门前的台阶上扫走。每当我们从门多萨家的门前经过，几条狗便会跳出来狂吠，而我妈妈就会把它们轰走。还记得一个周末的早晨，爸爸妈妈还在睡觉，克雷格和我不知怎么让两块夹心饼干在烤面包机里着了火，结果我妈妈瞬间出现，拔掉烤面包机的电源，镇定地把一团冒着烟的东西扔进了水槽。

即使穿着晨衣还没完全睡醒，她依然是能力超强的女神。而我发现，能力正是恐惧的解药。

克雷格和我在长大过程中遇到过许多威胁，这些威胁都不是抽象的。芝加哥南城不是芝麻街。我们要避开某些危险的街区。我们有邻居在家里死于火灾。我们看到有人因债务不断累积而工资没有增加，然后被赶出了自己的房子。我们一家人有无数理由要保持警觉——很可能比我小时候知道的要多得多。但我父母教我们怎样思考和分析这种警觉——拆解让我们恐惧的事物背后的运作原理，想一想恐惧什么时候在为我们服务，什么时候又在让我们退缩。

父母努力把哥哥和我培养成有能力的人，创造机会让我们做出新的尝试，每当我们取得成功，都会感觉内心多了一点确定性和掌控感。我想，在他们看来，能力会带给我们安全感：紧张感本身对我们是一种保护，而能力让我们知道如何向前迈出一步。他们的任务就是让我们看到这是可能的。比如，小时候，我刚开始一个人上学、放学时，心里害怕极了，但我妈妈坚持说我该独立了。当时我还在上幼儿园，只有五岁——但也足够懂事，觉得我妈妈疯了。她真的相信我能一个人走去学校吗？

但这正是我妈妈让我这样做的原因。她明白一定要抛开自己的恐惧，让我感受到自身能力带来的力量，即便我还只是个幼儿园的孩子。她对我有信心，所以我对自己也有信心。我虽然很害怕，但也收获了一种自豪感和独立感，这成为我日后独立的重要基石。

到学校的路要走一个半街区，我还记得自己每走出一步的惶恐，也同样清楚地记得，我在回家的最后一段路上飞跑时，妈妈脸上的微笑。

她一直在等我，站在家门前的草坪上，伸长脖子，期待着我转过拐角，走进我们的街区。我能看到，她对这件事也有些担心。她也感到了一丝恐惧。

但是恐惧没有阻止她。现在它也不会阻止我。她让我看到了什么叫舒适地恐惧。

在我自己养育女儿的过程中，我一直铭记着这个理念。当我与内心那股强烈的、根深蒂固的冲动搏斗，想保护我的孩子远离这个世界上所有可怕的和会带来伤害的东西时，它让我停下来思考了很多次。在孩子们长大的路上，我时时想赶走她们的敌人，挡掉她们的风险，陪伴她们度过每一个威胁。我意识到，这是一种原始的本能，是我自己恐惧的产物。于是，我试着向我妈妈学习，让自己站在门前的草坪上，让她们找到自己的路，成长为自信和独立的个体，因为她们只有通过独立做事才能构建起安全感。我看着她们离开，等着她们回来，尽管我的脑子在嗡嗡作响，我的心脏就要跳出胸膛。因为我妈妈教会我的是，如果你不让你的孩子感受到恐惧，就无法让他们发现自己的能力。

带着一汤匙恐惧向前走，你会载着满车的能力归来。这是欧几里得大道 7436 号的信条，也是我努力向我的孩子传承的理念。尽管我满心都是挥之不去的担忧，但我努力让自己舒适地恐惧。

小时候，克雷格和我不看怪兽电影时，有时会在电视上看一个名叫埃维尔·克尼维尔的摩托车特技明星表演。他可能是有史以来最不寻常的一位美国英雄。他穿着有星星和条纹装饰的白色连体皮衣，似乎在模仿猫王的扮相，表演着危险的特技，比如驾驶摩托车跨越停车场上一排排的汽车和灰狗长途客车，或者尝试乘坐蒸汽动力火箭飞越爱达荷州高山环绕的大峡谷。他很傻，但也很有魅力。埃维尔·克尼维尔成功地完成过多次飞越，也遭遇过许多次失败。他多次摔断骨头，造成过很多次脑震荡，有时还被自己的摩托车碾压，但最后他总是能站起来，一瘸一拐地走动。这是奇迹还是灾祸？ 当时似乎没有人愿意给它下定义。我只是一直关注着这个男人开着那辆庞大而沉重的哈雷戴维森摩托车，发动，然后飞越。

2007 年，在同意贝拉克竞选总统后，我找到了一点相似的感觉——我们像是骑着摩托车突然飞到了半空中，无视万有引力定律和常识的牵引。

人们常说"发起"[1] 政治竞选，现在我知道为什么了。参加竞选的感觉正是如此——你被急速抛入稀薄的空气中。那条匝道很短，坡度又陡。你和你爱的人突然被"发射"，一次又一次，向外，向上，急速升空，还要故意造成轰动效应，吸引公众的眼球。

对我来说，这是不确定性上升到了全新的高度。但我毕竟是我父母、祖父母和外祖父母教育的产物，所以我不喜欢跳，也不喜欢飞，我是一个小心谨慎，一级级爬梯子的人。就像所有摩羯座的人一样，我喜欢看准方向再采取行动。然而，在高处，在急速运行的总统竞选所处的平流层，可没那么容易找到方向。那里的节奏太快，高度太令人眩晕，曝光也太多。更不要说，我们还带着两个女儿一起跳上了那辆疯狂的摩托飞车。

正是在那段时间，我对自己的恐惧心理有了更多了解。它是我性格中冷酷悲观的一面，确信一切事情都不会，也不可能进展顺利。我一次又一次地说服自己，不要听它的。因为如果我听了，就完全清楚下面会发生什么：我会失去勇气，丧失信心，我的脑子会认为一切都是不可能的，然后事情就会开始往坏的方向发展。

我会从那个令人难以置信的高度往下望，精确地看到我们栽下去的地方，然后我们就会坠落。我在头脑中就可以逼真地想象我们会怎样急速坠地。

---

[1] "发起"的英文是 launch，这个英文单词还有"发动""发射"的意思。——编者注

这是另一件你需要了解的事：怀疑是来自内心的。你的恐惧心理几乎总是在试图夺过方向盘，改变你行进的方向。它全部的功能就是演习灾难，吓得你不敢抓住机会，往你的梦想里丢石头。它喜欢把你淹没，让你充满怀疑，因为那样你就会待在家里，坐在沙发上，享受岁月静好，不必冒任何风险。所以你挑战自己的恐惧，其实也是在挑战一部分自我。对我而言，这是拆解恐惧的一个关键步骤：你必须学会识别并驯服内心的某个东西。你必须练习跨越这些恐惧。你练习得越多，做得就会越好。你每冒一次险，都会让下一次冒险变得更容易。

在一次接受哥伦比亚广播公司的新闻采访时，林－曼纽尔·米兰达描述了他上台前的焦虑，并将其称为一种"火箭燃料"。[4]他回忆了自己第一次上台的经历。上小学一年级时，他要在学校的才艺表演中对口型演唱菲尔·科林斯的一首歌。他突然感到一阵剧烈的胃痛，那个时刻他明白，他面临的是关于如何处理自己恐惧的更大的选择。"我意识到，我要么被它踩在脚下，要么站在它身上。"他说，"这就是我对紧张的看法。它是一种燃料来源……要么你控制住它，它就会为船提供动力；要么你不去控制它，它就会把船炸掉。"

这让我想起林－曼纽尔第一次去白宫表演的情景。那是 2009 年，他受邀在白宫首届口述艺术诗歌[1]会上进行即兴表演。他当时 29 岁，

---

[1]　口述艺术诗歌（Spoken Word Poetry），起源于美国，是一种用于表演的诗歌形式，融合了古老的口述传统中的文字游戏、头韵和语调变化。它打破常规诗歌韵律，用叙事说话的语气进行诗词表演，语气强烈，起伏较大，常取材于社会生活或时事热点等，旨在引起读者强烈共鸣。

明显有点紧张。为了我们的活动，他匆忙完成了手头正在创作的一首歌曲。那首歌最终成为后来爆火的音乐剧《汉密尔顿》的开场曲目。但当时那首歌曲还在初创阶段，他还在尝试，并不确定能否成功。我们那场活动是他首次在观众面前用说唱的方式讲述亚历山大·汉密尔顿的故事，而在他看来那是一群令人生畏的观众，他不知道他的节目能否受到认可。他跟自己说，如果那首歌曲那晚的反响不好，他就把它扔掉了事。

我想指出的是，那正是他的恐惧心理在说话。它传递的信息非常明确：**如果失败，一切就玩完了。**恐惧心理喜欢在人们压力最大的时候出现，它的目的很明确，就是想要否定一切。它根本不会围着你转。

那天晚上，当林－曼纽尔走上台，面对聚集在白宫东翼的 200 位盛装出席的观众，介绍他自己以及刚创作的音乐剧时，他的神经立刻紧绷起来。他的眼睛开始四处张望。他说他在找出口标志，以防需要逃跑。[5]他有点结巴，声音有点跑调，这让他更加紧张。

后来他在一次播客采访中回忆了这次经历。"我真的很紧张，"他说，"我做的第一件事就错了，那就是和美国总统四目相对。[6]然后我意识到，**不能看他，太吓人了。**"然后据说他又看向我，觉得我也挺吓人的。但后来他看到了我妈妈。她坐在贝拉克另一边的椅子上，脸上的表情似乎在告诉他，一切都会没事的——我对此一点也不惊讶。

接下来是可以载入史册的一刻。在钢琴家亚历克斯·拉卡默尔的伴奏下，林－曼纽尔献出了三分钟激动人心的说唱表演，用他炸裂的表演技巧和对开国元勋的全新诠释，让观众为之倾倒。表演结束后，他微笑，挥手，离开舞台，将他的恐惧转化成了某种令人难以忘怀的东西。我们所有人都看呆了，久久说不出话来。

我们见证了一个人怎样从紧张情绪中爬了出来。

那真是惊心动魄的三分钟。我想，它传递给我们一个更重要的信息：当我们找到方法将恐惧转化成"火箭燃料"后，会有怎样的可能性。

不可回避的一个事实是，每当我们接近不熟悉的事物，或者进入一个新的领域并因此感觉风险陡增时，紧张情绪几乎总会跳出来与我们同行。想想看：谁在第一天上学时会感觉非常舒服呢？谁在开始新工作的第一天不是有点畏惧呢？谁在第一次约会时不紧张呢？谁走进一个满是陌生人的屋子，或者在某件重要的事情上公开表达立场时，心里不打鼓呢？这些明显不舒服的时刻，是我们常常会在生活中遭遇的。但它们也可能是激动人心的时刻。

为什么？因为我们不知道恐惧之后会发生什么。通往目标的旅程可能是转折性的。

如果不去赴那一次约会，怎么能遇见你的灵魂伴侣？如果没有接受那份新工作，没有搬去另一个城市，怎么能出人头地？如果因为害怕而不敢离家去上大学，不敢走进一个满是陌生人的房间，不敢去一个新的国家旅行，或者不敢和一个与你肤色不同的人交朋友，你要如何学习和成长呢？未知之域，正是可能性闪闪发光之处。如果不去冒险，不经历几次"心理地震"，你就是在剥夺自己发展的可能性。

我是否可以让自己的世界变得更大一点？答案永远都是：是的，你可以。

直到今天，我依然有点惊讶，贝拉克和我居然能让我们的"摩托飞车"成功落地——我们一路走进白宫，并安然度过了 8 年。但我们的确做到了。坏消息是，这并没有让恐惧和怀疑从我的生活中彻底消失。好消息是，我不会再像当初那样被自己的想法吓倒了。

我渐渐相信，了解自己的恐惧心理是很有必要的。为什么？ 首先，它永远不会离开你。你无法赶走它。它就镌刻在你的灵魂中，在你每一次登台，参加每一场工作面试，进入每一段新关系时，都伴随着你。它就在那儿，而且不会闭嘴。你的恐惧心理就是你小时候的自我保护冲动，那种本能让你在雷雨天气吓得哭泣，在商场被放在圣诞老人腿上时声嘶力竭地大喊，只是现在，它像你一样，变得更成熟、更老练了。你曾经那么多次强迫它进入不舒服的环境，它对你也很不满。

就像我说的，它想让你跳下摩托车，回家坐在沙发上。

你的恐惧心理就像是强加给你的一个"人生伴侣"。需要说明的是，它也没有选择你。因为你很糟糕，是个失败者，还不够聪明，而且从来没有做对过任何事。所以说实在的，谁会想选择你呢？ 图什么呢？

听起来耳熟吗？ 我是耳熟得很。

现在我已经和我的恐惧心理共同生活了 58 年。我们相处得并不好。它让我感到不舒服，还喜欢看到我的软弱。它手里有一个又大又厚的文件夹，里面记录了我曾经犯下的每一个错误，走错的每一步路，并且还在不停地到处搜罗我更多的缺点。它讨厌我的样子，一直如此，不管我做什么。它不喜欢我写给同事的电子邮件。它也不喜欢我在宴会上发表的评论。它不敢相信我竟然说出那么蠢的话。每天，它都在努力告诉我，我不知道自己在干什么。每天，我都在努力反驳它，或者至少用更多积极的想法压倒它。但无论如何，它就是不肯走。

它是我认识的所有怪物的总和。同时，它也是我自己。

但是，慢慢地，我能够更好地接受它的存在了。我对它依然不满，但我承认，它已经在我的头脑中"定居"。事实上，我已经给了它正式的"公民身份"，因为这样就能更容易给它命名，然后拆解它。我没有假装它不存在，或者一直努力去打败它，现在我非常了解我的恐惧心理，就像它了解我一样。单是这一点，就让它放松了对我的控制，减少了秘密行动。在震动来临时，我没有那么容易遭受伏击了。在我看来，我的恐惧心理虽然声音很大，但虚弱无力——所谓雷声大，雨点小——不会造成多大的伤害。

每当我脑海中自我批评和负面的声音越来越大，每当我开始自我怀疑，我都会停下来，看到它，叫出它的名字。我一直在练习后退一步，和我的恐惧心理亲切地打声招呼，还算友好地耸耸肩，随意地聊上几句：

哦，你好，又是你啊。
谢谢你出现，让我又紧张起来，
但是我看到你了。
你在我眼里已经不再是怪物。

简单的拥抱是我们拥有的最强大的工具之一，用来表达对另一个人在场的欣喜

第三章

以善意开始
STARTING KIND

我有一个朋友叫罗恩，他开启新的一天的方式是和镜子里的自己打招呼。他这样做没有任何讽刺意味，而且常常很大声。

这件事不是罗恩，而是他的妻子玛特丽斯告诉我的。

玛特丽斯说，她早晨常被丈夫吵醒，听到他在卫生间洗手池前向镜子里的自己热情地道早安。

他是这样说的："你好啊，哥们儿！"

玛特丽斯模仿得惟妙惟肖，妻子们常有这样的本事。从她模仿的口吻中，你能听出罗恩在开启新的一天时，迸发出的饱满热情。他的声音充满了融融暖意，好像是在问候一个亲爱的同事或者突然出现的一个老朋友，又像是惊喜地看到一个人出现，而他们要一起度过这充满未知的一天。

玛特丽斯说，躺在床上无意中听到的这声问候，真是再好不过的叫醒方式了。

她第一次提到罗恩这个可爱的习惯时，我大笑了起来。我很容易想象出那个场景，感觉很搞笑。罗恩是一个不折不扣的聪明又成功的男人，让别人一见面就会立即对他产生好感。他充满自信，但不会自鸣得意，浑身散发着温暖、魅力和笃定的气质。他曾担任一座大城市的市长，有着可爱的孩子和幸福的家庭。他笑容灿烂，举止随和，处事稳重，令人钦佩。

后来再想起来，我意识到，罗恩的这句"你好啊，哥们儿！"不只是一个有趣的习惯，也有值得深思之处。我们从中可以瞥见一个人是如何保持从容自信，以及选择用对自己的善意开启一天的。

当然，罗恩是个男人。因此，我们可以假定，他来到镜子前时，不会像我们很多人那样有外貌焦虑。对于很多人，尤其是非男性来说，镜子前可能会是一个吓人的地方。很多人会发现自己很难轻松地靠近镜子，尤其是作为早晨要做的第一件事。我们在自我评价上会十分苛刻，很容易听进去他人对自己外貌的负面评论，那些信息会让我们感到被物化、毫无价值或者不被看见。在仪容和品位方面，人们对女性的要求总是相对更高，所以我们必须更精心地，花费更多金钱和时间去准备，然后才能感觉良好地去上班，或者仅仅是走出去迎接新的一天。

拿我自己来说，在很多个早晨，我打开卫生间的灯，看一眼镜子，就吓得赶快想把灯关掉。一看到镜子里的自己，我会马上开始历数自己的缺陷，只看到那些干燥、浮肿的部位，只想到脸上还有哪里能够更好或者应该更好。这样评价自己时，我其实是在疏离自我。在一天的伊始，我是分裂的——一半是挑刺者，另一半是小丑。我们的自我，一个在啮噬，另一个正受伤。这种感觉真的很糟糕，而且很难摆脱。

我在这里想谈的正是这个话题——以善意开始的可能性。我猜，我的朋友罗恩和我们中的很多人一样，来到镜子前时，常常是疲倦和浮肿的。他也有很多缺陷，让人不忍细看和审视。但是他首先看到的，他选择**看到**的，是一个完整的人，一个他发自内心愿意见到的人。和我们很多人不同的是，罗恩明白，开启新的一天，自我厌恶绝不是一个好的起点。

罗恩那句"你好啊，哥们儿！"蕴藏着某种让人平静的力量。它简单有效，没有任何虚张声势，而且十分私密（直到玛特丽斯透露给我）。最重要的是，这不是一句评价，后面不会跟着"你看起来一团糟"或者"为什么你不能做更多"这样的话。站在镜子前，罗恩将所有评判或自我贬低的冲动转移了方向。他没有挑自己的毛病，而是以一条表达关爱和认可的简单信息开始一天。

如果你思考一下，这正是我们许多人拼命想要从其他人，比如父母、老师、老板、爱人等那里得到的东西，得不到的时候，我们会深感挫败。在我看来，"你好啊，哥们儿！"这句话的美妙之处在于，它没有那么雄心勃勃。它不算是加油打气的话，不需要激情或口才，也没认定即将到来的一天会有多美好，或是充满了成长的新机遇。它只是一句友好的问候——用温暖的口吻说出的几个字。也正因为如此，它是我们更多人可以尝试去做的。

许多年前，电视上播过一期奥普拉读书俱乐部的访谈节目，嘉宾是已故诺贝尔文学奖得主托妮·莫里森，她讲到自己的一个重要领悟——关于育儿，以及更宽泛意义上，在孩子面前做一个成年人其或一个人意味着什么。那天她问观众："当一个孩子走进房间，不管是你的孩子还是别人的孩子，你的脸上会流露出喜悦吗？要知道，那正是孩子们期待看到的。"[7]

当时莫里森的两个儿子都长大了，但她一直记得这个领悟。"我家孩子小的时候，他们走进房间，我总会看他们的裤子搭扣是不是扣好了，头发是不是梳好了，袜子是不是提好了。"她说，"你以为，你的关怀和疼爱显而易见，因为你是在照顾他们。但事实并非如此。他们看到你的时候，看见的只是一张挑剔的脸。内心会嘀咕：**这次又是哪里不对了？**"

她发现，父母挑剔的脸最先被孩子注意到，不管它附带着多少关怀和疼爱。如果放在一起比赛，那张挑剔的脸总会获胜。即使是一个4岁的孩子，看到那张脸也会开始琢磨自己哪里做错了。我们许多人这一生都在留意身边那一张张挑剔的脸，感觉被批评的声音轮番轰炸，不断自问哪里做得不对了，那些答案内化于心，造成的伤害会伴随我们一生。很多时候，我们会把挑剔的目光直接转向自己。我们用"**哪里不对了**"来惩罚自己，甚至都没有机会瞥一眼"**哪里做对了**"。

这引出了托妮·莫里森那个领悟的另一部分，就是你可以将天平向另一个方向倾斜，这有时很重要。在孩子面前，莫里森学会了抑制批评的冲动，代之以某种更温暖、更真实、更直接的东西——一张充满愉悦的脸，一种无拘无束的喜悦，一种对出现在面前的这个完整的人，而非对他梳好的头发或者提好的袜子的认可。"因为在他们走进房间时，我很高兴见到他们。"她说，"就是这么简单。"

她学会了把喜悦放在最前面，不仅在自家孩子，也在所有孩子面前。和罗恩一样，她很重视以善意开始。

这并不意味着托妮·莫里森溺爱孩子，或者降低了对他们的期待。也不意味着，她的儿子将来会不知道怎么照顾自己，或者会永远寻求他人的认同。我认为恰恰相反。莫里森为她的孩子做的，正是我父母为我做的：她在向他们传递一个关于"满足感"的简单信息。她在认可他们的光，孩子们内心那点独一无二的光亮——她让他们明白地看到，光就在那里，属于他们，是他们可以随身携带的力量。

当然，必须说，关于"喜悦"和"满足感"的信息在生活中通常很难获得，也很少能够预支。在学校，在职场，甚至在家庭和人际关系中，我们通常会被要求证明自己的价值，所以也习惯于认为，必须通过一系列测验，才能赢得认同或取得进步。很少有老板会在第一天就完全信任你，也很少有同事会在你每次出现时都喜悦地看着你。即便是世界上最好的人生伴侣，在他们出门倒垃圾或者上楼给孩子换尿布时，看到你可能也不会面露喜色。

但当有人一看到我们，脸上就流露出喜悦时，我们会铭记。那种感觉会落到我们心底。我现在依然能忆起从小学三年级的老师西尔斯小姐那里感受到的温暖，她每天见到自己的学生都会发自内心地高兴。当别人给了我们一个善意的开始，当有人见到我们表现出无拘无束的喜悦，或者相信我们有能力取得成功时，它会产生一种持久的、令人振奋的效果。有多少人会牢牢记住那些见到我们就满脸喜悦的老师、父母、教练或者朋友？研究显示，如果老师能站在门口跟学生挨个打招呼，这个班学生上课的专注度就会提升 20% 以上，捣乱的行为也会随之减少。[8] 这其实是世界上最简单的道理：喜悦是滋养生命的。它是一件礼物。当有人见到我们表现得很喜悦时，我们的步伐会更稳健。我们会更容易保持从容自信，并带着这种感觉往前走。

孩子们让我们看到，对喜悦的需求是一种本能。他们就像吸引温情的磁铁。在白宫，我们每年都会邀请孩子们来庆祝"带娃上班日"。几百人一起参观厨房，与我们的小狗阿博和萨尼见面，窥探一下那辆被命名为"野兽"的总统专用装甲车。在他们离开之前，我会邀请他们到东翼坐下来，并花些时间回答他们想问的任何问题。孩子们会举起手，等我点名。他们会问"你最喜欢吃什么""为什么你这么喜欢健身""这里有游泳池吗""总统人和善吗"之类的问题。

在一次这样的参观中，一个名叫安纳亚的小女孩举起了手。我点到她时，她站起来问我的年龄，当时我的回答是 51 岁。她就说我看起来很年轻，不像那么老的人。我大笑起来，挥挥手把她叫到前面，给了她一个大大的拥抱。

立刻有更多的手举了起来。随着会谈快要结束，剩下的很多问题似乎都消失了，转而被一个问题取代。

"能给我一个拥抱吗？"我点到的另一个孩子说。

接着又一个说："你可以拥抱我一下吗？"

然后，整个房间声音此起彼伏，孩子们齐声喊道："我也要！我也要！我也要！"

这些孩子似乎天然地知道，拥抱是那一天他们能带走的更有意义的东西——能让他们记得更长久的是那种拥抱的感觉，而不是我说出的话语和传递的信息。他们想要那种感觉，那种我直接对他们表达出的喜悦。事实上，那种感觉我也想要。喜悦是相互的。作为第一夫人，我见到的更多是成人而非孩子，但在我感觉精疲力竭的日子，是孩子们滋养了我的灵魂，赋予了我能量。和他们见面是我做这份工作最美好的部分。我非常清楚，对于世界上的许多孩子来说，没有（也不会有）人看到他们的脸就流露出喜悦。因此，我感到这是我作为第一夫人的使命，我想成为我所见到的每一个孩子的那道光。看到那些孩子，我的脸就会流露出喜悦，就像看到自己的孩子一样。我知道，我的喜悦会让他们看到，他们很重要——他们是多么珍贵。

在后面几章，我们还会深入探讨，怎样才能找到并滋养建立于喜悦之上的关系——怎样在你的世界中识别出帮你建立自信的人，以及如何让自己帮助身边的人建立自信。我们还会谈到，哪些挑战会阻碍我们被喜悦地看见或者仅仅是被看见，我们许多人在跟一种被忽视的感觉做斗争，抑或必须克服别人的刻板印象，才能让完整意义上的自己得到认可。而现在，我只想先提醒你一下，真正的成长始于你能够怎样喜悦地看见自己。

我们再说回罗恩，他在新的一天开始时向自己问好——用温暖的口吻说出那句话。他特意将喜悦放在最前面，置于批评之前。伴随着这种喜悦，他真的变得沉稳笃定。

我们很容易忘记为自己这样做。我们可以将认可和善意"送货到家"，甚至送给镜子里那个满面倦容的不完美的人。我们可以问候自己内心的光，以及我们对事物的感知。很多书写到了感恩的力量，理由也很充分，因为它确实有用。它需要的不多，可能只是一些练习。也许是更有意识地注意某些会摧毁自己的本能反应，那些念头来得很快，切记要用"你好啊，哥们儿！"这样温和的话语来取代它们，不管那些念头是什么。

我最近一直努力在早晨醒来后，特意给自己一个善意的开始——有意识、有计划地捕捉我头脑中出现的第一个自我否定或者有点负面的念头，把它拨到一旁。然后我会邀请第二个念头进来，这个念头更好、更温情，也更有建设性，对自我更友好。我选择把它作为自己的出发点。这第二个念头通常很简单。很多时候，它只是一个安静而感恩的问候，宣告我再一次成功来到了新一天的起跑线上。

记住，它的门槛很低。以善意开始未必意味着宏大的开始。你不需要宣布这一天你会做什么，不需要发现某个自信的新源泉，也不需要假装自己战无不胜。这些都不需要大声说出来，也不一定要在镜子前做。你只是在尝试用这种或那种方式拦住内心挑刺的声音，把你的喜悦推到前面，给你的目光——即使只是修辞意义上的——注入一丝融融的暖意，友好地打声招呼。不过你可能需要克服下自己的害羞心理，或者忽略隔壁房间在咯咯笑的另一半。

无论如何，罗恩一直在坚持这么做。每天早晨起床后，他似乎都从内心举起某种强大而安定人心的东西。他用这样一条信息来问候自己：**你在这里，这真是个幸福的奇迹，让我们继续努力吧。**在我看来，这是一件美妙的事情。

即便如此，玛特丽斯和我还是忍不住笑他。我们觉得这真的很可爱。

"你好啊，哥们儿！"我们开始互相调侃，觉得好玩。

"你好啊，哥们儿！"第二次见到罗恩时，我在房间的另一头向他喊道。

他很有安全感，也很自信，知道怎样和自己友好相处，所以一点都没有觉得难为情。

他只是冲我微笑了一下，然后回了一句："你好啊，哥们儿！"

我的身高是不容忽视的——后排中间那个就是我，

在布林茅尔小学，我是班里个子最高的女孩

第四章

我被看见了吗？
AM I SEEN?

你是否曾感觉自己无关紧要？你是否感到在这个世界上你是不被看见的？

我去到每一个地方，都会有人告诉我，他们在很辛苦地让自己被接纳，不管是在学校、在职场还是在更大的团体中。他们描述了自己在所处的环境中找不到归属感时，内心生出的强烈自我意识。我熟悉这种感觉，我人生的大部分时间都在与之共同生活。

世界上几乎所有人都体验过这种如芒在背的感觉，就是你在环境中显得格格不入，像一个非法侵入者。但对于我们中的一些另类而言——不管是由于民族、种族、体型、性别、性取向、残疾、神经差异[1]，还是其他任何原因——这种不适感不是偶尔出现，而是强烈且挥之不去的。你要非常努力才能和它们共同生活。而尝试去理解是什么导致了这种感觉，应该怎么处理，往最好了说，也是令人畏缩的。

我最早感觉自己是个另类，跟黑人身份没什么关系。在我长大的街区里，我的肤色不怎么显眼。我所在的学校学生背景十分多元，各种肤色的人都有，这种多元似乎为我们所有人拓展了身份空间。

---

[1] 神经差异（neurodivergence），指人的思维功能与社会中主流的、标准的有所不同。

不过，我个子很高。身高成了我要对抗的东西。个子高让我十分扎眼。"高"成为贴在我身上的第一个标签，一直跟着我到现在。它不是我可以摆脱，或者可以隐藏的东西。第一天上幼儿园，我就比别人高，后来身高一直稳定增长，直到 16 岁左右长到一米八才停止。

在小学，我讨厌老师叫我们排队，每次课间休息，进行消防演练或者准备学校的表演时，老师都会说："好了，孩子们，按照身高排好队。"这个顺序是默认的：**小个子站前面，高个子站后面**。

我知道老师不是故意的，但这种排队方式让本来就感觉尴尬的我更加不舒服，就好像我被公开边缘化了。我接收到的信息是，"**你属于边缘**"。它在我身上破开了一个小伤口，那是自我厌恶的最小内核，让我无法看到自己的优点。作为高个子，我在大多数队伍中只能站在后排，在三年级的合唱团中也站在最后一排。我永远都是殿后的那一个。人们对我身高的关注，让我更加不自在，感觉自己像个怪胎。有时候，我会穿过一个房间，笨手笨脚，手足无措，脑子里只有一个想法：**我是那个高个子女孩，我得站在队尾**。

现在我看到，当时我实际上同时怀揣两个想法，这两个信息组合在一起时，变得尤其令人不快：**我是个异类，我不重要**。

身高没给我带来什么好处。我哥哥的情况则不同，他 13 岁时就高到可以在我家对面公园的篮球场上和成年人打对抗赛。他的力量和运动能力赢得了人们的掌声。身高成了他可以利用的工具，帮助他在街区里交到朋友、赢得尊重。这还帮助他进入大学，和运动员同伴的关系帮助他顺利完成进入大学生活的过渡，球队支持者也为他提供指导，帮助他不断拓展人脉圈。克雷格的身高和力量最终让他一路成长为一名成功的教练。

然而，在我身上，这种身高和力量的组合并不是什么优势，反而是一种负担。作为一个女孩，我不知道能用它来做什么。我记得看1976 年奥运会时，我迷上了罗马尼亚体操运动员纳迪娅·科马内奇，她在高低杠上的完美表现令世人惊艳，获得了奥运会体操项目有史以来第一个满分——10 分。不仅如此，她又接连拿了 6 次满分，获得了高低杠、平衡木和个人全能三项冠军。她的力量感扣人心弦，她的平衡感令人着迷。看着她目光坚毅地走向巅峰，我内心澎湃不已。在纳迪娅·科马内奇之前，满分只是一个理想的目标，一种昙花一现般的奇迹，但现在她让世人看到这是可以达到的——卓越又创新高度。我们见证的堪称体育界的"登陆月球"。

而且，纳迪娅当时只有 14 岁。严格来说，是 14 岁半；当时我 12 岁半。我从没接触过体操，但不要紧，我看到的是，我还有整整两年时间可以训练自己达到纳迪娅的身体状态，到时候我要一展身手，一路杀进国际比赛。纳迪娅成为我成长过程中的新榜样。我满脑子想的都是：**好吧，长到 14 岁半就是那个样子。**

就这样，我决定往同样的方向努力，认为我也能够把自己送上"月球"。

在妈妈的支持下，我报名参加了每周一次的"运动技巧"课，就在我平日上舞蹈课的梅费尔艺术学校。这个工作室成立于 20 世纪 50年代末，创始人是来自芝加哥南城的一位成功的非洲裔美籍踢踏舞舞者和舞蹈教师。他在城北富裕的白人区看到了那里教授的舞蹈和动作课程，想让自己所在街区的孩子也有机会接触。这个小小的工作室是你在南城能找到的最接近体操培训机构的地方，但它并不专门培训体操，也就是说，那里没有平衡木和体操垫，没有运动鞋和海绵坑，没有撑手跳和高低杠。只有一个跑步垫，我和其他十几个想成为纳迪娅的女孩一起，在垫子上练习空翻和劈叉。

在大半个学年里，我认真地按要求练习倒立、侧手翻和踺子。偶尔能做一个后软翻，但只是偶尔。我身体重量的分布似乎会内在地阻碍我做这些动作。我徒劳地把我细长的、像蚱蜢一样的腿踢到头顶，身体弓起时，极少能找到正确的发力方式或者支点。我会在一个笨拙的后弯练习中卡 5 分钟，胳膊上的肌肉颤抖着。最终，我只能仰面瘫倒在地板上。

在练体操的同伴中间，我开始感到有点别扭。尤其是看到新来的孩子——大多是身材纤瘦的女孩子，起码比我矮 6 英寸 [1]——穿着新买的体操服，很快就能掌握我做不到的技巧时，感觉就更难受了。

一开始，这让人有点没面子，后来就变得令人泄气了。

终于，我被迫承认我的"登月计划"失败，在 13 岁时正式退出了体操运动。

我不是纳迪娅，永远都成不了她。

事实上，我的身体条件使我注定成不了纳迪娅。我的重心太高了，四肢又太长，做不好那些团身旋转的动作。一句话，我个子太高，所以练不了体操。而且，如果想要进阶，那些专业装备和训练费用很可能让我家破产。不管我当时多么有动力，也不管纳迪娅接连拿下的满分怎样激励我，唤起了我内心证明自己的渴望，让我感觉自己也能成

---

[1]　1 英寸约为 2.5 厘米。——编者注

就不凡，我都注定成不了纳迪娅。我找了一个好榜样，但这条路是走不通的。

那我要用自己的力量做什么呢？我是一个强壮的孩子，来自一个强壮的家庭，但"强壮"感觉不是女孩子该有的标签，总之不太好听。它不是人们会珍视或者想要培养的品质。我有强壮的身体、坚强的个性和强大的驱动力。但是这种力量在我的家庭之外，似乎没什么意义。它像是我要封存在内心的某种东西。

更大的问题是，我没有其他选择，一下子也找不到其他榜样。我努力要给自己的力量找到新的出口。街区里没有女子足球队或垒球队（反正我没找到），平常也接触不到网球装备或课程。我似乎找到了一支篮球队，但本能地又对它感到反感。（我又触碰到了自我厌恶的内核。）人们都认为高个子女孩就该去打篮球，但我就不想打篮球。感觉如果去了，就像是做了某种让步。

别忘了，那个年代跟现在不一样。那时候还没有女子网球名将大威和小威，没有职业女子篮球运动员玛雅·摩尔，没有美国职业女子篮球联赛，没有美国女子足球赛或女子曲棍球赛。你很少能看到女人在运动场上流汗、拼搏或竞技。威尔玛·鲁道夫，一位黑人短跑运动员，在 20 世纪 60 年代初曾短暂地引起世界的注意；下一位美国短跑界的超级明星弗洛伦丝·格里菲思－乔伊纳当时还没有出道。那时，《1972年教育法修正案》第九条刚刚通过四年，这一具有里程碑意义的民权法修正案，禁止了教育领域内的性别歧视，最终重塑了大学体育运动的面貌，造就了新一代女性运动员，但它的实施过程很缓慢。我打开电视，每天都能看到男人们在打橄榄球、棒球、高尔夫球或篮球，但唯一看到的女性体育竞技只是偶尔几场网球赛。这也是为什么四年一度的奥运会召开时，会那样引人瞩目。

但即使是奥运会，电视上播出的女子项目也多是体操和花样滑冰这样的比赛，运动员都是娇小的白人女性，穿着莱卡紧身衣，单独参赛。这些女运动员似乎从来不会流汗，她们的力量被包裹在一种小心控制的、几乎是刻意强调的女性优雅中。我知道有黑人女运动员，但也许是因为她们只出现在非黄金档播出的赛事中，或者是因为负责转播的电视网的镜头对她们所在的国家不感兴趣，我的确不记得小时候在电视上看到过黑人女运动员，一次都没有。

而且不只是在体育方面。在电视上、电影中，杂志或书上，我很少能看到和我相像的人。在电视节目里，有主见的强壮女人通常都是插科打诨，作为男人的陪衬，她们要么多嘴多舌，要么刁蛮泼辣。黑人经常被塑造成罪犯或者女仆，很少以医生、律师、艺术家、教授或科学家的形象出现。《美好时光》中的埃文斯一家住在一个公共住宅区，生活中充满了笑料。《杰斐逊一家》中的乔治和威兹成功脱离苦海，搬进了"空中豪华公寓"。每次看到我们一边看剧一边大笑，爸爸都会翻翻白眼，摇着头说："为什么这些人总是又穷又傻的？"

小时候，我努力朝着某个自己还看不清楚的目标挺进。除了纳迪娅，我的榜样还有玛丽·泰勒·摩尔、黑人盲人歌手史蒂维·旺德和芝加哥小熊队的外场手若泽·卡德纳尔。如果把这些人混在一起，你也许能模糊地看到我想成为的那种人的样子，但是你必须眯起眼睛才能想象出来。

我发现自己在寻找英雄，一个和我哪怕只有一丁点相像的人，一个能照亮我前进的道路，让我看到未来可能性的人：**好吧，原来职业女性是这样的，强大的女性领导人是那样的，黑人女运动员可以用她**

的力量取得这样的成就。

在生活中，很难去想象看不见的东西。当你环顾四周，在广阔的世界里找不到任何榜样，看不到任何和你相像的人，你开始感到一种广袤的孤独，一种与自己的希望、计划和力量不相匹配的感觉。你开始怀疑自己的归处在哪里，又将如何抵达。

我上高中的时候很羡慕那些能快速融入集体的孩子。虽然我在班上很快乐，也有很多朋友，但因为身高，我仍然会有另类感，那种感觉一直如影随形。我真的很嫉妒那些身材娇小的女孩子，她们买衣服时一定不用考虑身高，男孩在邀请她们跳舞时也不会感到犹豫。

我花了很多空闲时间来寻找适合自己身材的衣服。大多数时候，我只能凑合买件不怎么合身的。看到我身材娇小的朋友随随便便就从货架上扯下一条 CK 牛仔裤，一秒都不需要担心裤腿会"吊起来"，我会努力抑制沮丧的情绪。我经常为鞋跟的高度而苦恼，希望能看起来很酷，又别太高。上课时我常常分心，一直拽自己的裤腿，想巧妙而时尚地把脚踝藏起来。我的衬衫和外套的袖子永远都偏短，所以我一直挽着袖子，希望没有人注意到。我花了很多精力在隐藏、调整和补足自己的"缺陷"上。

我参加学校的赛前动员大会，看着啦啦队做空翻，挥舞花球，似乎再次看到了体操运动员身上力量和优雅表演的结合，同时又有些沮丧地注意到，其中一些女孩的身高和我的腿长差不多。同时我也觉察到其中有性别力量在起作用——我羡慕的那些女孩也是弱势群体。虽然身材娇小，符合传统审美，但她们也没有太多的选择空间。她们强健而自律，却仍然只是被当作一种点缀——在男孩的橄榄球和篮球比赛上充当配角，是活泼的场外"吉祥物"。那些比赛才是更宏大、更吸引人的。观众的掌声也都是送给他们的。

我不断地尝试融入所处的环境。我们所有人都在尝试。现在我意识到，那是十几岁的孩子必经的阶段，它让我们许多人有了最早的失败经历。我经常告诉女儿们，即使是那些受欢迎的、自信的孩子，私下里也可能心怀恐惧——他们只是更好地隐藏了自己想要融入的努力而已。在那个年龄，几乎所有人都戴着某种面具。

这种自我意识可以说是一个成长阶段，你要忍受，从中学习，并努力跨越。对许多人而言，这种格格不入的感觉，游离在给定的标准之外，常常会延续到成年后。

我属于这儿吗？

其他人对我怎么看？

我外表看起来如何？

我们会问这些问题。有时为了得到不让自己受伤的答案，我们会扭曲自己。我们调整、隐藏、补足，在不同的空间里试图减轻自己的另类感。在不同的环境中，我们戴上不同的面具——其实是勇敢的面孔——希望获得更多安全感，或者尽量找到一种归属感，但是我们仍然从未有过完全自在的感觉。

你很容易认为，另类是你身上最显而易见的部分，是人们最先发现、最长久记住的东西。有时这完全正确，有时就不一定。但你很难知道什么时候对、什么时候不对。所以你没有多少选择，只能不管不顾，一直往前走。但问题是，一旦你开始留心别人对你的评价，它就会让你分心。这是自我意识的一种标志，从思考自我转变为想象别人怎么评价你。但这也会变成一种自我否定，因为现在，你突然也会先看到自己的另类。你没法集中注意力解答黑板上的数学题，因为你在担心自己的外表。你在课堂上举手问了一个问题，但同时在想，自己的声音在一屋子和你不同的人中间听起来怎么样。你跟着老板去开会，但又在猜测自己会给别人留下怎样的印象，开始纠结裙子的长度以及到底该不该涂口红。

你开始背着标签负重前行，不管那个标签是什么。你的另类像一面旗帜一样插在你身上。

所有这些都造成了一种额外的负担、额外的干扰。它让你必须多想一层，所以某些场合对别人来说很轻松，对你来说却很费力。那种感觉就像世界在你眼前安静地分成两半：一半人需要多想一些，另一半人则可以少想一点。

我有一些黑人朋友，他们在富裕的郊区长大，邻居多是白人。许多人说，他们的父母有意选择让他们在这样的地方长大，因为这里有资源更好的公立学校，更容易接触大自然，水和空气也更洁净。这常常意味着，他们必须离开家乡和亲人，花光家里所有的积蓄，在一个新的地方安家。有时，为了在这些好地方上更好的学校，他们要挤在城区边缘的一个小出租屋，旁边就是市郊通勤的火车站。但它依然是一个立足点，可以享受到很多优质资源。而这一般意味着，他们的孩子长大后会成为"孤雁",在班级,在运动队,在电影院排队买爆米花的队伍中,在杂货店的通道里,他们会发现自己是唯一的有色人种。为了给孩子提供更好的机会,这些父母可以说让自己来到了种族的"边疆"。

我有一个朋友,我叫她安德烈娅。她就是一只"孤雁",在纽约一个城郊住宅区长大,这个小镇到处都是乡村俱乐部和山地森林,爸爸们坐火车去城里上班,妈妈们大都待在家里带孩子。她的父母是成功的黑人专业人士,受过良好教育,很有抱负。他们住着好房子,开着好车。就财富而言,他们融入得很好。但是在这个清一色白人的小镇,他们的黑色皮肤依然引人注目,财富无法抵消这一点。安德烈娅很小的时候就开始注意到,别人看到她时会迟疑一下,第一次见面的人会有一刹那的停滞,心想这个黑人小女孩怎么会出现在这个特权阶层居住的地方,就是那一点额外的念头:**她怎么会到这儿来? 这是怎么回事?** 这并不是说,安德烈娅交不到真心喜爱她的朋友,也不是说她在成长过程中因为所处的环境而不开心。只是说,从很小的时候起,她就在和另类的标签抗争,接收到"不属于这里"的信号,那是一种潜伏的、藏在表面之下的暗示:她在自己的家乡也是一个非法侵入者。

这些"不属于这里"的信息给她带来了创伤,而这些创伤又不容易消除。我这位朋友后来成长为一名高学历、富有的专业人士。在职场中,她将很大一部分精力用来推进公司的多元化和包容性,确保在她工作的地方"孤雁"越来越少。许多年里,她在别人眼中一直是个异类,而她需要设法前进,在此过程中她找到了一系列工具和一套情感盔甲,这些对她很有用。然而,旧的创伤并没有消失:安德烈娅依然会情绪失控,想到她的幼儿园老师会满脸笑容地亲切拥抱她的白人同学，而一看到她就会躲开。她依然会哭泣，回忆起每次她的白人朋友拿到老师批改过的练习题，上面满是鼓励的小星星和笑脸，而她虽然同样勤奋，答案也同样正确，上面却只有冷冰冰的对勾。这很微妙，也很明显，是她身上千百个小伤口中的一个。

我父母对郊区和它们所能提供的立足点似乎没什么兴趣。他们选择让我们在家乡城市的街区扎根，挨近姑姑、姨妈、叔叔、舅舅、祖父母、外祖父母，还有堂表兄弟姐妹们。即使在其他家庭，尤其是白人家庭陆续搬走后，他们也没有搬家的打算。这可能也不是什么深思熟虑后的规划，而是因为我妈妈本来就不喜欢变化，而且我确实认为我父母喜欢我们住的地方。这里的邻居我们都熟悉。这还是一个多元化的街区，人们的种族、阶层和文化背景各异，生活在这里让人感觉很自在。这种多元化是一种庇护。对我们来说，这从来都是一件好事。

然而，这也意味着，我在人生的头 17 年从没体验过"孤雁"的感觉。直到上了大学，我才第一次真正尝到种族身份带来的隐形滋味。爸爸开车把我从芝加哥送到普林斯顿大学。突然间，我就置身于 19 世纪的石头建筑间，走在蜿蜒的小路上，躲避着穿着休闲衬衣的预科生越过古朴的四方院扔过来的飞盘，大为震惊。我惊讶于世界上居然还有这样的地方存在，而我，欧几里得大道的米歇尔·鲁宾逊，居然一路来到了这里。

这个地方很美丽，对我而言，还有点令人兴奋。我从没有到过一个以白人男性为主的环境。（这不是随口说的一句话，而是一个事实：大学的时候班上超过四分之三的学生是白人，其中接近三分之二是男生。[9]）我强烈感受到了他们的存在，但对他们而言，我的存在感一定没那么强。作为一个年轻的黑人女性，我是双重意义上的少数派。穿过校园，感觉就像穿越一个力场，或者某种边疆。我必须努力不去想我是多么与众不同。

尽管我很显眼，但很快我就意识到其实没什么人注意我。我就像一缕空气一样无足轻重。普林斯顿大学整体有一种无动于衷的气质。这可能和它古朴的哥特式拱门，以及有200多年历史的傲慢的精英主义（或者称为"学术卓越"）有关，它们共同营造出一种感觉，那就是，我们所有人，不管来自哪里，都不过是一些过客。这座大学会比我们所有人都更长久地存在。但你也能清晰地感觉到，在这个环境中，我的一些同学适应得更好，他们不会对这里资源的丰富大惊小怪，也不会执着于要证明自己。对于一些人而言，上普林斯顿大学是他们与生俱来的权利——我后来发现，我的同班同学中有八分之一是走校友子女特殊录取通道进来的。[10] 他们的父亲、祖父或外祖父都从同一个拱门下走过，所以理所当然地认为，自己的孩子有一天也会这样做。（那时候，男女同校仅仅实行了12年，所以作为母亲、祖母或外祖母的校友还不在此列。）

我当时什么都不懂，也还没有掌握特权的概念。我并没有意识到，我的一些同学表现出的笃定和安适，后面有几代人积累的财富和深厚的特权人脉的支撑。我只是感觉自己是个另类，偶尔会觉得受人轻视。我确实被这所学校录取，但这并不保证我一定能找到归属感。

生活在一个地方，但到处都看不见和自己相像的人，这是令人不安的体验。就好像你的"同类"已经从地球上完全消失了，这几乎让人不得安宁。你从小到大熟悉的祖辈所传下来的食物、文化、说话方式，现在突然消失不见了。你自己的现实生活好像也消失了。教室和餐厅墙上挂着的肖像画中，没有像你这样的面孔；你每天走进去的那些建筑都是以白人的名字命名的。你的老师和你不像。你的同学和你不像。即便来到更大城镇的街道上，也几乎没有人跟你相像。

在上大学之前，我确实没有意识到一点，美国很多富裕的地方更像普林斯顿大学，而不是我长大的地方，也就是说，那里基本不存在多元化差异。对很多人来说，这才是正常的。我开始注意到，第一次见面的人看到我会有一瞬间小小的迟疑，需要多一秒来消化我的另类以及我在这个地方的存在。我开始明白，我的许多同学从小到大身边围绕的人都是与他们外表和行为相似的人，他们的生活就是由同质化塑造的，在那样的环境中他们才感觉更自在。有些人从未有过有色人种的同伴，所以我在他们眼中几乎是不可名状的存在，比外星人还要像外星人。难怪他们会那么轻易地对我形成刻板印象！难怪他们好像害怕我的头发、我的肤色！像我这样的孩子根本无法走进他们的世界。在他们长大的地方，像我这样的人压根就不存在。

随着时间推移，我在大学的某些地方找到了庇护所和伙伴们：首先是我的宿舍，那里有我的朋友安杰拉和苏珊娜；然后是校园的多元文化中心，有色人种学生经常聚集之处。在这些地方，我们可以放下自我意识，感觉更自在，不需要担心别人怎么看我们。在这些地方，我交到了朋友，认识了很棒的导师泽妮·布拉苏尔——她是多元文化中心的主任，后来成为我工作和学习上的导师，致力于帮助我取得成功。我之所以能在大学里生存下来，是因为我给自己构建了一个非正式的圈子，里面有我的朋友、闺密和顾问，和他们在一起，我可以随意地开玩笑，包括调侃作为一只"孤雁"的疏离感。我认识的每一个黑人学生，对于他们所背负的标签都有自己的故事要讲。当"黑人"和"大学生"这样两个标签放在一起时，前者几乎总是会遮蔽后者。我有一个朋友，晚上走回宿舍时，不止一次被校园保安跟踪。另一个朋友提到，她的白人室友私下里对她很友好很热情，但到了派对上就假装不认识她。

也许因为没得选择，我们只能设法让自己对这些事情一笑了之。不过在笑声背后，我们其实是在做一件很有用的事情，就是把我们的经验聚拢在一起，得出一个有益的、令人心安又怪异的真相：我们没有疯。这不是我们的幻觉。我们个人体验到的脱节和孤立，就是让我们形成自我意识的东西，并非凭空想象出来的，也不是因为我们有什么内在缺陷或者不够努力。那些让我们沦为边缘人的偏见根本不是我们的臆想。那些都是真实存在的。即使我们还不知道如何改变，但知道这一点，意识到这一点，也是很重要的。

我的朋友圈子减轻了我的孤独感，但是为了完成学业，为了脱颖而出，我依然不得不走出自己的舒适圈，进入更广阔文化下的力场。有时候，我发现自己穿行在校园餐厅或演讲厅，想要融入但又高度敏感于自己的另类，我的思维会同时在两条轨道上运行。我在专注地寻找座位，但同时脑海中又会出现我寻找座位的画面，就是我想象着别人看到我的想法：**那个黑人女孩来了，她在找座位。**

换句话说，**我是个异类，我无关紧要。**

如果你放任它，这个想法就会一直烦扰你。

我依然能想起那些时刻带来的不安。我感觉自己被连根拔起，和自己的身体分离，就好像被从身体中抛了出去。

自我意识能做到这一点。它会抽掉你立足的根基，抹去你对自己的真实认知。它会让你感到笨拙和不确定，让你对自己是谁、身在何处感到茫然。那种感觉就像世界举起了一面角度对你并不友好的镜子，让所有人都看到你的不可名状，以及你在所有方面与这里的格格不入。有时，这个形象会成为你眼里唯一能看到的东西。社会学家、民权领袖杜波依斯[1]在他1903年那部里程碑式的著作《黑人的灵魂》中，曾用一句名言来描述这种紧张感。"那是一种奇异的感觉，"他写道，"这种双重意识，感觉总在透过他人的眼睛审视自我，那个世界带着轻蔑和怜悯对你嘲弄地微笑，而你却总在用那个世界的卷尺丈量自己的灵魂。"11

这种感觉那时就存在了，一定还可以回溯到更早的时间。

它又是那样司空见惯，直到今天依然如故。

现在的问题是：我们要拿它怎么办？

我爸爸因为疾病的关系，身体会不自主地颤抖，走路时拖着脚跛行，有时会引来街上的人停下来盯着他看。他常常微笑着耸耸肩，告诉我们："如果你对自己感觉良好，就没有人能让你感觉糟糕。"

这是一条简单而绝妙的格言，对他来说很有用。我爸爸可以做到什么事都不往心里去。他不容易受刺激，不喜欢挑事。他的性格内敛而冷静，经常有人到我们家来征求他的意见和建议，因为知道他思想开放，虑事周全。他衬衣前面的口袋里总是装着三美元，折成一沓，碰到有人问他要钱，他就会抽出两张来。这种事情经常发生。我妈妈

---

[1] 杜波依斯（W. E. B. Du Bois，1868—1963），20世纪上半叶最具影响力的黑人知识分子，也是第一个获得哈佛大学博士学位的非洲裔美国人。

说，爸爸故意留下一美元是为了照顾对方的自尊，这样找他要钱的人感觉会好一点，知道他们没有拿走他全部的钱。

我爸爸并不在意别人看他的眼光。他活得十分自洽，清楚自己的价值，尽管身体不平衡，但内心沉稳。我不知道他走过了怎样的心路历程，一路上有怎样的领悟，但他似乎想明白了如何摆脱他人的眼光过自己的生活。他身上这种特质非常明显，在房间另一端你都能看到。这种特质也吸引人们到他身边。它表现出来就是一种泰然自若——不是来自特权或财富，而是来自某种不同的东西。那是一种尽管有挣扎，尽管不确信，却能淡然处之的感觉。那是一种来自内心的自若感。

这让他变得引人注意，受人瞩目。

我爸爸没有让世界的不公消耗自己，就像消耗他的父亲那样。我相信这是一种刻意的选择。这个例子再次说明他在障碍面前可以有别的选择。他自己曾遭受过诸多不公：他生于大萧条时期，5岁时父亲就上了二战战场，家里没有钱供他上大学；住房和教育政策都将他排除在外，他崇拜的一些英雄被刺杀，自己还得了这样一种无药可治、行走困难的疾病。但他在他的父亲，就是我祖父身上，也看到了恐惧如何造成限制，沉溺痛苦会造成怎样的伤害。

我爸爸选择了另一条路。他不允许不公带来的痛苦侵入他的灵魂。他决心不让自己沉溺在痛苦和窘迫中，因为知道它们不会给自己带来好处。他认识到，能够摆脱这些东西的困扰，不纠结于某些时刻，本身就蕴藏着某种力量。他理解不公永远存在，但拒绝被拖下水，知道这些大都不在他的掌控范围内。

他转而教克雷格和我对世界的运作方式感到好奇，在平等和正义的议题上教育我们。在餐桌上，他会回答我们关于吉姆·克劳法[1]以及当年马丁·路德·金被刺后在芝加哥西城发生的暴乱事件的问题。在选举日，他必定会带我们一起去投票站（地点就设在我们小学对面教堂的地下室），让我们看到投票是多么酷的一件事。周日，他还会开着他的别克车带我和哥哥到南城富裕的黑人区，希望我们头脑中有一个具体的画面，知道大学教育会带给人怎样的改变，从而激励我们努力学习，保持思想开放。那就好像他开车带我们到了一座山的山脚下，然后将山顶指给我们看。这是他的一种表达方式，潜台词是：**你们可以到那里去，尽管我去不成了。**

凭着这种沉稳，不管世界在他面前举起怎样的镜子，怎样试图让一个挂着双拐的蓝领黑人感到自卑或被忽视，他的视线都会越过那面镜子。他没有一味关注他不是什么或者他没有什么，而是用他是谁和他拥有什么——爱、街区、冰箱里的食物、一对高个子的闹哄哄的儿女、来敲门的朋友——来衡量自己的价值。他将这些视为成功，视为前行的动力。这些都证明了一点：他很重要。

你怎样看待自己是最重要的，那是你的根基，是改变你周围世界的起点。我从他身上学到这一点。爸爸的受人瞩目帮助我找到了自己的道路。

　　如果你对自己感觉良好，就没有人能让你感觉糟糕。我用了很多

---

[1] 吉姆·克劳法（Jim Crow Laws），泛指 1876 年至 1965 年，美国南部各州和边境各州对有色人种（主要针对非洲裔美国人，但同时也包含其他族群）实行种族隔离制度的法律。

年才将爸爸的这句格言充分内化并融入自己的生活。我断断续续、慢慢建立起自信。我是逐渐学会如何有尊严地做一个另类的。

在某种程度上，这始于接纳。在小学的某个时候，我习惯了自己是班里个子最高的女孩。毕竟，我也没有别的选择。后来到了大学，我也必须习惯做班里和校园活动中的"孤雁"。同样是因为我没有选择。随着时间推移，我习惯了置身于男性在数量和声音上都超越女性的空间。这些都是现实存在的环境。我开始意识到，如果我想改变这些空间的态势——为了我自己和后面的人，为另类创造出更多空间，让更多人找到归属感——就必须首先找到自己立足的根基和坚定的自豪感。我学会了不去隐藏我是谁，而是去拥抱它。

我不能打退堂鼓，不能逃避困难。我必须让自己舒适地恐惧。除非我决定放弃，否则就要继续往前。爸爸的人生也给我上了生动的一课：带着自己所拥有的，坚定向前走；找到自己的工具，并根据需要进行调整，勇往直前；要百折不挠，因为前方道路上会有很多障碍等着你。

我的性格和爸爸的不同，我不像他那样有恒心。我表达观点会更激烈。我无法像他那样遇到不公不往心里去，这从来不是我的人生目标。但我从他身上学到了一点，就是真正的稳定来自你的内心。而我发现，正是因为有了稳定这块基石，我才能够走向更广阔的生活。

可能是因为我看到父亲对自己的另类泰然处之，在他进入的每个空间都能有尊严地做个另类，我开始想明白，什么能够将恐惧挡在我的头脑之外，并让我在所有场合都能更好地表达自己的观点。那就是，我可以选择，可以掌控。在那些不安的时刻，我就是这样告诉自己的——每次进入一个新的力场，穿过一个满是陌生人的房间，我都会如芒在背，觉得自己不属于这里，人们都在审视我，而此时，我就会想起那句话。

不管那些空间发出了怎样的信号——人们认为我是另类，不应该出现在那里，或者某个方面有问题，即便这些信号只是无意和无心发出的——我都不需要把它们放在心上。对此我是可以选择的。我可以让我自己的生活，我自己的行动，来为"我的真实"代言。我可以一直出现，持续工作。那些不善的言行并不属于我。

我发现，我可以让自己感觉更好地做一个另类。在进入一个新的场所时，这样做有帮助，就像是心理上挺起了胸膛。我可以用一点时间，找到自己在家里、在朋友中间时的真实感受。那是我发自内心对自己的认可。它让我能够带着那种力量进入一个新的场所。

在我的头脑中，我可以随时为自己改写那个"我不重要"的故事：

> 我个子高，这是好事。
>
> 我是女人，这是好事。
>
> 我是黑人，这是好事。
>
> 我是我自己，这是非常好的事。

当你开始改写关于"我不重要"的故事时，你就找到了一个新的中心。你不再从他人的镜子里审视自己，而开始从你自己的经验、自己熟悉的地方出发，更充分地表达。这样你便能更好地找到自己的骄傲，更容易跨越所有的障碍。虽然这并没有消除障碍，但有助于缩小它们。它会帮助你计算胜利，哪怕只是小小的胜利，然后你会知道自己做得还不错。

我相信，这是自信的真正根源，也是一个起点。慢慢地，你会越来越受人瞩目，意志力变得更强，有能力带来更大的变化。这不是你通过一次、两次或者十几次的练习就可以成功的。你要努力，才能让自己从别人的镜子里走出来。你要练习，才能把正确的信息留存在头脑中。

认识到是什么让这项工作如此困难也是有帮助的。我们背负着这样的任务，要在一沓沓既有的剧本上书写我们自己的篇章。我们必须努力将"我们的真实"置于那些长久以来暗示我们不适合、不属于或不重要的叙事之上。这些故事被奉为传统，融入日常生活，许多时候形成了我们所处时代实实在在的背景。它们无意中塑造了我们对自己和他人的看法。它们意图告诉我们谁是卑微的，谁是伟大的，谁是强者，谁是弱者。它们选定了英雄，制定了标准：**这些人才是重要的。这样才算成功。这才是医生的样子，科学家的样子，母亲的样子，参议员的样子，罪犯的样子，胜利的样子。**

在你成长的过程中，不管是看到邦联的旗帜在州议会大厦上空飘扬，或是在某个奴隶主的纪念公园里玩耍，还是在学校通过一套几乎完全由白人书写的准则来学习本国历史，这些故事都在你的内心。梅隆基金会最近资助了一项研究，调查了全美各地的纪念碑，发现其中绝大部分是致敬白人的，其中一半是奴隶主，40% 是富家子弟出身。黑人和土著人口只占其中的 10%，女性仅占 6%。美人鱼雕像的数量远超女国会议员的雕像，二者的比例是 11：1。[12]

我要再说一次：我们很难想象看不见的东西。你很难奔着一个看不见的目标去奋斗。改写"我不重要"的故事需要勇气和坚持。说起来令人沮丧，这个世界上有一些人就喜欢让别人感到孤立、破碎、不受欢迎，这让他们感觉更舒服、更强大。他们很乐于让你一直渺小。

在我们今天争议最大的公民辩论中,中心议题就是"谁应当被看见"。州立法院在争论要不要禁止公立学校的老师在课堂上讨论系统性种族主义的问题,同时,学校董事会投票禁止与纳粹大屠杀、种族主义或LGBTQ+ 群体相关的图书进入学校图书馆。我们要清醒地认识到,谁的故事在被讲述,谁的故事在被抹除。这是一场决定"谁是重要的""谁应当被看见"的战斗。

美国是一个年轻的国家,却被一个古老的叙事模式主导。许多这样的故事被奉为圭臬,口口相传,无人质疑,以至于我们已经很难认出它们只是故事,反而将它们内化于心,奉为事实。我们忘记了要努力对它们进行解码。

举个例子。我哥哥克雷格 12 岁那年,他的自行车太小没法骑了。他长得太快,以至于他的旧自行车不再合适,因为那是一辆儿童车,即便把车座调到最高也不行。所以父母出门给他买了一辆成人自行车。那是一辆亮黄色的 10 速山地车,是戈德布拉特百货大楼搞促销活动时买的。克雷格太爱这辆新自行车了。他骑上它,像个国王一样到处穿梭,又骄傲又兴奋,他终于拥有一辆和身高完美匹配的自行车了。直到一天下午,他骑着那辆 10 速自行车去了离家不远的公共湖滨公园,结果被一个警官拦了下来,后者指控他的自行车是偷来的。

为什么? 因为他是一个骑着一辆高级自行车的黑人男孩。这显然不符合那个警官对黑人男孩以及他们所骑自行车的印象——尽管那个警官自己也是黑人。他已经将某种故事当成事实,并内化成一种刻板印象,这驱使他将一个男孩与他的自行车,甚至是他的自尊分离。(那个男人后来道了歉,不过是在我妈妈狠狠责骂了他一通之后。)

那个警官传递给我哥哥的信息清晰明白又司空见惯:

> 在我看来，你没有资格享受你拥有的东西。
> 我怀疑这个让你骄傲的东西不属于你。

这正是我们许多人在他人眼里看到的那种怀疑，当我们穿过一个陌生的房间，进入一个新的力场，都会敏感地注意到我们被视为非法侵入者，我们的尊严需要额外的证明。所以，我们有责任重新书写这些故事，不只是为自己，也是为了那个不肯接纳我们的世界。

斯泰茜·艾布拉姆斯，那位倡导选举权的活动家和政治家，曾经讲过这样一个故事。[13]1991 年，她上高中时被选为荣誉致辞生，致辞结束后她和来自家乡佐治亚州的其他荣誉致辞生一起，受邀到亚特兰大的州长官邸参加一场下午举办的招待会，庆祝他们作为学生取得的成功。这个机会让她非常兴奋。她和父母穿上最好的衣服，乘坐市政公交从家附近的迪凯特市出发，一直坐到巴克海特区，那是一个树木繁茂的高端城区，州长官邸就坐落在那里。艾布拉姆斯说，他们下了车，顺着车道走到门口，被一名保安拦下了。他看了他们一眼，说："这里举办的是私人活动。你们不能进来。"

在保安眼里，一个买不起私家车、乘公交车过来的黑人家庭，一定不会受邀和州长交际。

这传递出一个熟悉的信息：**在我看来，你没有资格享受你拥有的东西；你是个异类；你无足轻重。**

斯泰茜·艾布拉姆斯是幸运的，她的父母没有吃这一套。她回忆，她母亲抓住她的胳膊，不让她转身跑回公交车上。她的父亲开始和那个保安争辩。在强迫那个男人在写字夹板的嘉宾名单上找到斯泰茜的名字之后,他们一家人最终成功走进了招待会。名单是按照姓名首字母的顺序排列的,斯泰茜的名字排在第一位——然而,伤害已经造成,一滴毒液掉落;一个年轻女孩的尊严被剥夺,那一天被蒙上了一层阴影。

"我不记得有没有和佐治亚州州长以及其他荣誉致辞生见面。"多年后,艾布拉姆斯告诉《纽约时报》,"那天我唯一记得的,就是那个站在门口的男人跟我说我不能进去。"[14]

这些信息是毁灭性的,特别是当对象还是个自我意识正在形成的孩子,特别是当我们正感觉舒展又骄傲时,突然接收到一个处于权威地位的人发出的这类信息。你是不可能忘记那些传递这些信息的人的。他们像幽灵一样纠缠着你。我们中有多少人,依然在内心和几十年前曾经贬低或轻视我们的人进行单向对话? 我们中有多少人,依然在默默回击那个说我们抵达不了梦想之地的人? 我们一次又一次地回到那些门前,一遍又一遍地向自己讲述那个故事,努力重新找回属于自己的骄傲。在《成为》中,我写到我高中时的大学申请顾问怎样在和我见面仅仅 10 分钟后,就轻率地否定了我的志愿,建议我不必费力申请普林斯顿大学,因为在她看来,我不是"上普林斯顿大学的料"。

我很受伤,很愤怒,摧毁我的不仅是她的话,还有她冷漠的态度,以及她做出判断的速度。她只是看了我一下,就做出了评估,她根本没看到我内心的光。反正给我的感觉是这样。从那一刻起,我的人生道路,至少在部分意义上,就被那一句话——一个几乎素不相识的人随便说的一句话——决定了。

信息的力量就是这么强大,这也是为什么我们需要格外留心我们传递信息和接收信息的方式。孩子们希望别人看到他们的光，这是很自然的。他们渴望被关注。只有这样他们才能健康成长。如果他们感到被忽视，常常会用其他不健康的方式寻求关注。每次读到年轻人卷入犯罪和暴力事件的故事，我都会想到这一点。如果孩子们没有机会感受自尊，他们就没有任何理由尊重他们所处的空间以及将他们推入边缘的当权者。毁坏不属于你的东西往往更容易。

我要感谢人生中那些支持我的成年人，因为他们，我才能很快将那个申请顾问带给我的伤害转化为前进的动力。我立志要加倍努力，证明她是错的。我的人生就是对她的回应：**你的限制不会成为我的限制**。直到今天，她都不会得到我的丝毫感激，但我在回击她冷漠态度的过程中，发现了自己身上的某种东西，是某种决心。如果我许她权力决定我属于哪里或不属于哪里，那么不管她给我怎样的安排，我要努力开创的人生都将比它更宏大、更有意义。她对我的低期望，成为我要跨越的一大人生障碍。

那个在州长官邸门前拦住斯泰茜·艾布拉姆斯的保安，很可能在下班后回到家，和家人一起吃完饭后再也不会想起她来。但是，她当然不会忘记他。他和他传递出的"你不能进来"的信息，一路跟着她上了大学，拿到两个高级学位，写了十几本书，发动了史上最成功的选民动员活动。她还曾两次竞选佐治亚州州长，希望能将那扇门开得更大，在这个过程中那个信息当然也跟着她。那个保安是她要跨越的人生障碍。

斯泰茜·艾布拉姆斯依然会谈起她和那个保安的遭遇，这个经历让她看清了一点，那就是，她自己深沉的决心。"我这辈子所做的一切，有意无意地，都是想证明他错了。"[15] 她说道，"但这跟他无关，跟他在我身上看到和没看到的东西也无关。跟我是谁和我想要成为谁有关。"

我想象在她脑海中，那个保安永远都站在那扇门前，就像在我头脑中，那个大学申请顾问永远坐在桌前一样。他们在我们头脑的边缘安静地存在着，与其他所有的障碍一起——我们取得的每一点成就，给出的每一个答案，都会让这些障碍缩小一点。我们记住它们，只是因为它们没有打倒我们，只是因为它们给了我们跨越的理由。

在我们书写下的更宏大、更有趣的人生逆袭故事中，他们已经沦为无足轻重的小角色。而他们唯一的力量，不过就是提醒我们，我们为什么还要坚持。

第二部分

我们互为收成；

我们互为事业；

我们互为力量和纽带。

　　　　　　　　　　　　——格温德琳·布鲁克斯《保罗·罗伯逊》[1] 1

---

[1] 格温德琳·布鲁克斯 (Gwendolyn Brooks, 1917—2000)，美国黑人女诗人，其作品关注美国城市中黑人的生活。1950 年凭借诗集《安妮·艾伦》，成为第一位获得普利策诗歌奖的美国黑人女诗人。《保罗·罗伯逊》是她书写美国黑人歌王保罗·罗伯逊 (Paul Robeson, 1898—1976) 的同名诗歌。

我和闺密们互相依靠，友情是我们获得力量、安慰和快乐的源泉

第五章

我的“厨房餐桌”
MY KITCHEN TABLE

　　我是个很看重朋友的人。我交朋友很认真，维护友情则更加认真。朋友们有时会开玩笑说，我有点像个教官，即使是在维护我们之间的关系时。他们说这话时的口吻十分亲切，偶尔也暗示他们有点累。我懂他们的意思。我接受他们的爱，也接受他们的疲惫。我在与关心的人交往上确实比较热切。我热衷于组织集体远足、周末短途旅行、打网球，或者单独约朋友沿着波托马克河畔散步。我喜欢总有可以期待的事，总有想见面的朋友。对我来说，友谊既是责任又是生命线。我紧紧抓住，并小心守护着。

　　我曾经写过，住在白宫的时候，我每年都会打几次电话，邀请十多位闺密一起去戴维营度假。我会先用“水疗周末”“养生之旅”这样的宣传语吸引她们，等来了她们才发现我给所有人安排的是一天健身三次，而且不能吃肉，不能吃垃圾食品，也不能喝酒。于是她们送给我们的度假地一个新名字——“训练营”。同时，她们开始提意见，说如果我想让她们经常来，按照我安排的那样健身的话，就得至少增加一些牛排，一些甜点，还有必不可少的一些葡萄酒。我们都是职业女性，时间很宝贵，所以度假放松的时候，希望可以一揽子全都享受。我们大多有正在上学的孩子、忙碌的伴侣和高强度的工作。我们有很多人要照顾，习惯了只能利用零碎的时间睡觉、锻炼、放松和亲近，但质量一定不高。当你脑子里塞满了一堆琐碎的、让人抓狂的问题，它们会在深更半夜或者白天你见客户时突然冒出来，你还能好好放松吗？我是不是错过了夏令营报名的截止日期？家里的花生酱是不是没了？上次喂沙鼠是什么时候？

在我看来，那些周末就像是长长地呼吸了一口新鲜空气，在那三天，我和朋友们可以重新调整优先事项，尽管只是暂时的。忘记孩子，忘记伴侣，忘记工作。忘记那些没完成的家务以及逼近的截止日期。忘记那该死的沙鼠。把自己放在第一位，其他的全往后排。对我来说，最快速有效地消除压力、聚焦当下的方式，莫过于一次酣畅淋漓、挑战极限的健身——或者更好的是，可以连续安排几次。我想你可以说，活力是我的"爱语"之一。我喜欢让身体感受到一点压力，喜欢看到朋友们在挥洒汗水中发现内在的决心和力量，并从中获得快感。健身之后，我们会把疲惫的身体丢在壁炉前的沙发上，聊天直至深夜。

不过那是在我答应朋友们恢复提供葡萄酒和零食之后的事情了。关于友谊，我们还要记住一点：如果你以为规矩都可以由你定，那你一定是疯了。交朋友重要的是经常见面，感受亲密，做出承诺与妥协，甚至疲惫的时候也在一起。而在我看来，最重要就是常见面。

我深信，如果你身边至少有几个可靠的朋友，在彼此需要的时候从不缺席，见到对方会不由自主地开心，你在人生道路上一定会走得更远。我是在普林斯顿上大学时清楚地认识到这一点的。我发现，有一个朋友圈子是多么重要，他们为我提供情感上的庇护所，让我心情愉悦，赋予我一种团体的力量，让我更有底气转身投入令学生们抓狂的日常生活。

后来，我嫁给了一个工作起来几天不回家的人。那时候，是朋友们在支撑着我，特别是那些他们的孩子愿意和我的孩子一起玩耍的朋友。我们成为亲密的同伴，一起拼车去上舞蹈课和游泳课。有人需要加班时，其他人会帮忙喂孩子吃饭。有人需要发泄、感到受伤或者要做出重大的人生决定时，其他人也会随时体恤地倾听。不管我自己的生活多么忙乱，只要朋友们需要，我就会立刻把自己的烦恼抛在一旁，先帮助解决他们的。我们互相照应，让彼此在人生道路上能走得更加顺利。在我们之间，传递的信息永远都是，**你还有我，我会在你身边**。

我发现，亲密的友谊也会帮助减轻婚姻带来的压力。贝拉克和我从来没有试图成为彼此生活中的"全部"——承担对方需要的全部关注。我并不期待他倾听我所有的故事和想法，帮助我厘清所有的担忧，全权负责我每天的开心和快乐。我也不想为他做这些。我们选择分散这些负担。我们有其他的情感救助方式。许多朋友，包括他的朋友、我的朋友、我们共同的朋友，替我们分担，我们也尽全力为朋友分忧。

我最需要朋友的时候，应该是 2009 年年初刚到华盛顿时，当时我压力特别大，简直要把自己全部的力量都掏空了。贝拉克成功当选总统，我们要在 9 个星期内把在芝加哥的家当全部打包，给萨莎和马莉娅办理退学手续，然后全家搬到华盛顿，那个我几乎一个人都不认识的城市。在总统就职典礼前几周，我们住在一家宾馆，两个女儿入读新学校，贝拉克忙着组建他的新内阁，工作量是以前的三倍。而我每天要为那个依然模糊的未来做几十个决定——从选择将在白宫使用的床单和餐具，到为我在东翼的办公室招募工作人员。我们还邀请了大约 150 位亲友参加就职典礼，包括朋友、家人和很多孩子，每个人都需要安排行程、发放典礼入场券和预订宾馆。

这段时间我印象最深的是，一切都好像蒙上了一层奇异且崭新的光泽，过去的生活飞快地被新的取代。我们身在一座全新的城市，身边是许多新认识的人，我们有了新的工作、新的生活。我每天的日子变得很不真实，平淡与非凡、现实与历史交织在一起。我们需要给萨莎准备一个铅笔盒，给我自己准备一件晚礼服。我们需要一个牙刷架，还需要一个经济救助计划。此外，我很快意识到，我们真的很需要朋友的支持。

我很高兴有那么多朋友来到华盛顿和我们一起庆祝，见证历史。对美国而言，这是一个政治权力交接仪式；但对我个人而言，则是从一种生活和存在方式到另一种的惊心动魄的转变。我也需要朋友们做我的见证人，他们将享受这一天的荣耀，它诉说着公平、进步以及我丈夫的辛勤工作。等一切结束后，他们会找到我，紧紧拥抱我，清楚地知道我会多么想念我们曾经一起的生活。我的朋友伊丽莎白从纽黑文赶来。我法学院的朋友韦尔娜从辛辛那提赶来。我的朋友凯莉也会到场，她在一年前搬来了华盛顿，在我怀孕和初为人母的几年里，她与我是患难之交。此外，还有我在芝加哥的一大群朋友。他们全都在忙着买礼服、定计划。我把他们安排在靠近总统就职典礼舞台的座位，因为知道自己到时会紧张，会想要感受到他们的在场和支持，尽管我都不知道该怎样在人群中找到他们。重要的是他们在那里，就像飞鸟在树林中。

搬到白宫后，我一直隐隐担忧，担心我的友谊可能不会再跟从前一样，担心我们一家都珍视的友情会发生变化，就因为现在环绕我们的豪华隆重的排场，以及我们角色的突然转变。我担心萨莎和马莉娅能否跟其他孩子正常相处，因为她们现在上课、进行足球训练或者参加生日派对，都会有特工跟着。贝拉克每天都有十万火急的政务需要处理，我不确定他是否还有时间参加社交。而我自己在这些新的混乱和安保之中，也不知道该怎样跟好朋友保持密切联系，以及是否还有空间再结交几个新朋友。

到今天为止，我成年后结交的朋友大多是随着时间慢慢积累的，常常因为机缘巧合、志趣相投等原因偶然结交。我认识朋友桑迪是在芝加哥市区的一家美发沙龙，我们在聊天的过程中发现彼此都在怀孕中。我认识凯莉是因为工作关系，但直到我们同时有了孩子之后，才常常约着一起。我的朋友安妮塔是一位妇产科医生，我的两个女儿都是她帮我**接生**的，我们的丈夫经常在一起打篮球，所以我们也越走越近。我想说的是，在我的生活中，新朋友就像雏菊一样突然冒出来，我努力地呵护它们成长。如果碰到一个看起来很有趣的人，不管是在工作中、在节日派对上，还是在美发沙龙，或者，后来越来越多是通过孩子和他们的活动，我通常会主动出击，要到对方的电话号码或者电子邮箱，然后约着一起吃午餐，或者在游乐场见面。

现在，我跟年轻人聊天时，经常听到他们说起对结交新朋友的关键一刻，就是从"很高兴见到你"转变为"嘿，我们约起来吧"那个关键点的恐惧或犹豫。他们说，主动结交一个潜在的朋友，请人喝咖啡，相约在办公室或学校外见面，跟某个在网上认识的人面对面聊天，这些都让人感觉古怪又尴尬。他们担心自己表现得太热情，会让他们显得太渴求、不沉着。他们害怕冒险，担心被拒绝。恐惧毫不意外地成了他们的桎梏。有数字显示，这种桎梏真实存在。根据2021年的一项调查结果，三分之一的美国成年人称他们的密友不到三个，而12%的人称他们没有密友。[2]

2014年，维维克·默西博士被贝拉克任命为美国卫生局局长之后，做的第一件事就是到全国各地走访，对美国人的健康和幸福状况进行调研。让他印象最深刻的是人们深深的孤独感。"男人，女人，孩子，训练有素的专业人士，商人，拿最低工资的人，没有一个群体能够幸免，不管他们受教育的程度、财富或成就如何。"[3]默西在他2020年出版的《在一起：人际交往对孤独的疗愈力》一书中如是写道。这本书出版时，疫情刚刚发生。早在疫情破坏我们的交友和社交模式之前，很多美国人就在说，他们生活中缺少的是一种归属感，一种与他人相处时简单"自在"的感觉。

我们许多人在寻找一种家的感觉。我明白这并非易事。默西（后来又被拜登总统任命为卫生局局长）还发现，人们不愿承认自己孤独，觉得尴尬而羞耻，尤其是在自力更生被视为国民美德的文化中。[4]我们不想让自己显得需要关注或者能力不足，不想承认感觉自己被排除在外。然而，有些系统传递的正是同样的信息，但我们许多人沉迷其中。比如，只要刷一下手机应用"照片墙"，你就会感到，所有人都发现了快乐、被爱和成功的秘诀——除了你。

和一个人建立真正的联系，确实能够帮助抵消这些感受。我说的不是你在"照片墙"或"脸书"上交的朋友，而是一对一、面对面、现实生活中的朋友。通过这样的友情，我们才能看到别人真正的生活，而不是网上常见的那种加了滤镜、精心摆拍的生活。在真正的友谊中，你不需要滤镜。我真正的朋友见过我不化妆，在光线不好、角度不佳时的样子。他们看到过我一团糟，甚至闻过我脚的味道。但更重要的是，他们了解我最真实的感觉和最真实的自我，我也了解他们的。

那些数据让我想到，我们是否已经放弃了学习和使用某些社交技巧，而这已经成为一种文化现象。疫情在这方面当然没起什么好作用，但背后的原因也许更复杂。我想到，有多少人（包括我自己在内）竭尽所能地将孩子培养长大，但也会暗暗焦虑，不确定自己做得是否足够。我们提前安排好每一次玩耍约会，把孩子的时间安排得满满当当——运动、上课、上辅导班，但凡我们能找到和负担得起的，恨不得都一股脑塞给他们。这样的做法即便初衷是想保护他们的安全，结果却是让他们远离了更宽松、更随性的环境，而只有在那样的环境中，他们才可能掌握各种各样的社交技巧。

如果你小时候是"散养"的，周围都是和你一样天天在外面疯跑的孩子，你可能明白我在说什么。我们这一代大多数人，从小长大的社区有点像蛮荒西部，孩子都要自己寻找朋友、结成联盟、解决纷争、赢得属于自己的胜利。所有这些都没有清晰的规则可循。所有这些都没有大人在旁指导和影响他们的反应，也没有人只因为你露面就给你发奖杯。这种环境有时会变得一团糟，但孩子身处其中也确实学到了东西。这种体验并不总让人感觉舒服或看得到回报，就像上空手道课或者钢琴课那样，但我认为我们忘记的正是这一点：感觉不舒服或看不到回报的时候，正是你可以学到东西的时候。处理这些事情是生活中的一种练习，在我们感受到压力时，我们能借此看清楚自己是什么人。如果你的工具箱里缺少了这个工具，你在成人世界，在错综复杂的友情关系中，就会走得比较艰难。

这也是为什么我认为，我们必须不断练习敞开心扉，和他人建立联系，这是一门艺术。当然，交朋友要冒一点风险，所以你要稍微抑制住内心的恐惧。至少在最初的时候，交朋友就像一场情感赌博——很像是情侣约会。你必须展露一部分自我，才有可能交到朋友。而在展露自我的同时，也有可能会受到评判，甚至遭到厌弃。你还必须愿意承担一种可能，即出于各种原因，你最后可能压根儿不会跟这个人成为朋友。

每一段友谊都有一个燃点。它必然意味着，一个人主动对另一个人表示好奇。我认为，我们永远都不要羞于迈出这一步。告诉别人**我对你感到好奇**，是一种表达喜悦的方式，而喜悦，我们前面讨论过，是滋养人的。是的，第一次问别人是否愿意见面喝个咖啡或者参加你的生日派对，的确有点难为情。但是如果他们**真的**答应了，你**真的**会感觉很好，你们两个就都得到了礼物。你是在寻找另一个人心里的光，你们正在共同创造某个新的事物。你是在营造一种家的感觉。

我要分享一个有趣的故事。我和我的朋友丹妮尔最初接触，是有一次在白宫的车道上，她的女儿奥利维娅受邀来和萨莎一起玩耍，她开车过来接女儿回家。我们的女儿还处在交朋友的早期阶段，在学校慢慢开始熟悉，在同一支业余篮球联赛队伍里打球，相处时还带着一点羞涩。我先前参加过几次学校的活动，也远远地注意到房间另一头的丹妮尔，她总是在人群后面。老实说，我很欣赏她见到我表现出的冷淡态度。

我当时刚搬来华盛顿，对周围环境还很陌生，正在努力习惯别人对身为第一夫人的我表现出的强烈兴趣。我每次出现，都会改变一个房间的气场，不是因为我是谁，而是因为我的**身份**。因此，我对那些主动往上扑的人不怎么感兴趣，反而对那些待在后面的人更有兴趣。

那时，我的社交重点依然主要是围着女儿转。我很兴奋，萨莎想要邀请奥利维娅和其他几个女孩一起过周六，在官邸周围奔跑，然后在室内影院看一场电影。我整个早晨都在假装做其他事，默默地在孩子们玩耍的地点附近逡巡，每当萨莎的房间爆发出一阵笑声，我心里都会一阵激动。我们搬进白宫几个月，各种细节让我操碎了心，现在我终于感到了一阵宽慰。这是生活正常化的一个信号，对我们一家而言是个分水岭：**家里来朋友了。**

与此同时，丹妮尔也在操心她生活的细节。她收到我的助理发给她的邮件，是关于这次玩耍约会接送事宜的详细说明。和所有白宫访客一样，她要提前几天提供社会保障号码和车牌信息，方便特工人员登记后放她进来。只是把孩子送上门就是一套程序。谢天谢地，丹妮尔努力强装镇定，好像她三年级的孩子受邀在某个周六到总统家里玩不是什么大事。但这当然是件大事。多年后，在我们可以笑着谈起这件事时，她告诉我，当她知道可以开着家里的车，驶入白宫巨大的南草坪周围气势庄严的车道时，她特地去洗了车，做了头发，还做了美甲。尽管邮件明确说，她只能待在车里，不能下车。

这是我们作为第一家庭的新生活中另一个奇怪的方面：人们感觉需要让自己配得上我们所处的奢华环境。想到有人认为他们需要为了我们而精心打扮，哪怕只有一秒，我都感到难为情。到我家来，仅仅是**开车**到我家，都会把人累坏，我虽然理解但并不喜欢。但这就是我们，曾经住在芝加哥的普普通通的一家人，现在住在一座拥有132个房间的宫殿里，身边保镖环绕。人们没办法接近我们。几乎事事都有规矩，绝对不可以随心所欲。我依然在努力适应，依然在较劲，希望尽可能将真实注入我们的生活中。所以在那天玩耍约会结束后，我决定送小奥利维娅下楼，跟她妈妈打个招呼。

这不太合规矩。正常来说，访客进出都是由白宫迎宾员陪着的。但是我对"正常"有自己的理解，那就是在玩耍约会结束后，和孩子家长打个招呼，说说孩子们玩得怎么样。我不在乎自己是什么身份，这么做是应该的。所以我就这么做了。我有点吃惊地发现，每次我决定不遵从既定的白宫礼仪，人们就会冲过来照顾我的意愿，尽管这容易造成一阵骚乱。如果我向一个意料之外的方向走去，就会听见周边一阵喇喇声，特工们突然开始对着自己的手腕麦克风讲话，我身后的脚步会突然加快。

那天，我带着奥利维娅走到室外的阳光下，看见丹妮尔坐在她那辆刚洗完的闪闪发亮的车里，惊讶地看到一支全副武装的特勤局反恐突击队不知从哪儿冒了出来，把她的车团团围住。

这也是礼仪。每次贝拉克和我从官邸里走出来，这些队伍就进入高度警戒状态。

"嘿，你好！"我喊道，打着手势示意请她下车。

丹妮尔犹豫了一秒钟，盯着那些戴着头盔、身穿黑色战斗服的警戒人员——想起门口的警官特意严肃地叮嘱她"请一直待在车里，夫人"——然后非常非常缓慢地打开车门，走了出来。

我记得，那天我们俩只聊了几分钟。但就在那几分钟，我已经感觉到丹妮尔会是怎样一位朋友。她有着一双棕色的大眼睛，笑容温和。她努力无视身边发生的奇怪事情，问孩子们玩得怎么样。她聊了几句孩子的学校，还有她在公共广播公司的工作。在给奥利维娅系好安全带后，她回到车里，假装若无其事地冲我挥挥手，开车走了，使我既高兴又好奇。

你瞧，一朵雏菊冒出来了。

我开始在观看女儿们的篮球赛时，和丹妮尔坐在一起。不久，我向她发出邀约，等下次奥利维娅过来玩的时候，请她来和我一起坐坐。就算你是第一夫人，就算有管家给你的朋友端上午餐，在那个有点不自然的最初相识的阶段，你依然会忐忑不安。我们入住白宫后，对我来说现在多了一个新难题：我需要担心八卦。我知道，我对一个新认识的人说的任何话，都可能传到其他人的耳朵里；我给人的印象或者我随便的一句评论，不管是积极的还是消极的，准确的还是不准确的，都可能成为他人的谈资。这是关于新生活的另一个我理解但不喜欢的部分：有很多人关注我的私生活。我是个糟糕的妈妈吗？我是一个令人讨厌的、爱发脾气的第一夫人吗？我真的爱我的丈夫吗？他真的爱我吗？外面一直有人热衷于寻找证据，证明我们不过是假装相爱的。这让我在行动上，在向谁展露什么上更加小心。我知道，我们不能走错一步，经不起一点误解。我依然要计算好走出的每一步，心里总是怀有一丝恐惧。

要放下戒心并不容易，不仅是对丹妮尔，也是对任何在这个时间段进入我生活的人。但我也知道，如果不放下戒心会发生什么。最终我会感觉孤立，变得神经质，永远只看到白宫高墙外那个有限视角下的世界。如果我不放下恐惧，不敢向新朋友和新认识的人敞开心扉，我就不能正常地参与孩子的生活。参加学校宴会或聚餐时我会感觉不自在，人们和我相处也会有那样的感觉。如果别人和我相处不自在，我又怎么做一个称职的第一夫人呢？我意识到，对人们保持开放心态，是这份新工作的关键部分。

研究显示，孤独有自动加重的倾向。一个孤独的大脑会对社交威胁高度敏感，让人不愿接触人群。[5]而与他人脱节让我们更容易陷入阴谋和迷信思维，最后导致我们不信任那些和我们不同的人。我们就这样走进了死胡同。[6]

尽管新角色让我感觉很脆弱，但我下定决心不往那个死胡同里走。贝拉克和我曾经讨论过这个话题，我们为自己，也为整个白宫定下了一个目标，那就是，我们要最大限度地做到开放而非封闭。我们想邀请更多人进来，所以我们增加了白宫向公众开放部分的参观人数，将每年参加复活节滚彩蛋活动的人数几乎增加了一倍，开始举办面向孩子的万圣节派对和国宴。我们把开放视为更好的选择。

在私人社交上，我走得慢了一点，但也是奔着同样的目标。对我来说，友谊的建立常常是循序渐进的，有点像摇下车窗跟一个刚认识的人说话。可能一开始，你只摇下了几英寸，你们就通过那点缝隙来交谈——有一点谨慎，小心权衡着分享的尺度。如果你感到安全，如果你的新朋友在认真倾听，你可能会再摇下一两英寸，分享更多。如果感觉很好，你会再往下摇，直到最后窗户完全摇下来，车门也打开了，突然你们之间只剩下新鲜空气。

我不知道丹妮尔是在哪个时间点感到足够放松，在和我见面之前她不再洗车和做头发了。那时我们两个外表怎样，给对方留下什么印象，已经变得不那么重要。慢慢地，我们做回自己，不再带着紧张或者期待遥遥望着对方，而是可以踢掉鞋子一起窝在沙发里。每次我们聚在一起，都会再放下一点各自的戒心，找到我们的女儿玩"波莉口袋"[1]或在南草坪爬树时那种无拘无束的感觉。我们相处得越来越愉快，也能更真诚地谈论自己的感受。风险变小了。我不再需要担心我分享的任何东西，不管是琐碎而无聊的牢骚，还是深切而现实的担忧。

她让我感觉安全，我也让她感觉安全。我们现在是朋友了，而且会一直是朋友。

几年前，电视剧《喜新不厌旧》的女演员特雷西·埃利斯·罗斯在"脸书"上发过一条动人的信息，是给她的朋友时尚编辑萨米拉·纳斯尔的颂词。她写到她们二人如何在为同一份杂志工作时相识相知。一天特雷西看到了房间对面的萨米拉，心想"她的头发跟我的很像……我们一定会成为朋友"。[7]结果证明她是对的。她们现在已经做了超过 25 年的好闺密。"没有她我都不知道这辈子怎么过，"特雷西写道，"我是附着在她生命上的藤壶。"

这真是一个美丽的表达。我把人生中的朋友比作雏菊和飞鸟，他们点亮了我的每一天；而这是另一种恰当的比喻。如果你去过海边，见过那种有着隆起的坚硬外壳的甲壳纲动物，附着在海底的岩石上或船的底部，你就会知道，再没有比藤壶更顽固、更坚硬的东西了。类似的话也可以用来形容一个特别的朋友。如果你很幸运，最终可能会有几个这样的朋友"附着"在你的生命上，他们忠诚而坚定，会接纳

---

[1] "波莉口袋"（Polly Pocket），一种美国的古董玩具，盛行于 20 世纪 80 年代末至 90 年代后半期，深受女孩喜爱。经典款式的"波莉口袋"为一个个形状、大小、颜色各异的盒子，打开后有公寓、酒店、餐厅等各式各样的场景，里面有小人儿等配件。孩子们可以发挥想象力虚构一个个情节。美国南方的孩子称之为"八宝盒"。

你的全部，在艰难时刻出现，给你带来欢乐——不只是一个学期，或者同住一个城市的两年，还可能跨越许多年。藤壶的外表并不花哨，在我看来，最好的友谊也是如此。它们不需要见证人。它们的成果不是可以度量或兑现的，其中的内容大都是悄悄发生的。

我的朋友安杰拉是我的"藤壶"之一。我们是刚上大学的时候认识的，后来成了室友，同屋还有另一个伙伴，苏珊娜。安杰拉来自华盛顿特区，语速很快，智力超群，她的衣服是我见过的最学院风的。在认识安杰拉之前，我没见过几个敢穿粉红色拉尔夫·劳伦绞花毛衣的黑人女孩。但这就是大学的迷人之处，你的认知边界在这里得到拓展。它将一堆陌生人抛到你面前，重塑你关于可能性的观念，常常会掀掉你认为不存在或者不可能存在的盖子。安杰拉大笑起来的时候很有感染力，她喜欢早晨 5 点起来学习，中午打个盹。我们从彼此身上学到很多。有一年夏天，我们一起在纽约的乡下做营地顾问。因为回芝加哥的路费太贵了，我就开始跟着安杰拉回她家过感恩节和一些假日周末。我看到她和家人相处的样子，感觉她家跟我家差别不大。大学毕业后，她是我的朋友中第一个结婚生子的，一边照顾孩子一边继续读法学院。看着她进入母亲的角色——平静又耐心地给两个儿子换尿布、喂饭，哄孩子——我感觉我一定也可以做个好妈妈。

随着时间推移，我们的友谊被磨得更粗糙、更持久——更像藤壶——我们依然可以像学生时代那样笑得前仰后合，但也开始面对人生的种种阴霾。毕业 5 年后，我们失去了共同的室友苏珊娜。那之后不久，我又失去了父亲。我刚跟贝拉克谈恋爱时，半夜常会接到安杰拉的电话，我听到她在电话那头叹气。她的婚姻正在缓慢地解体，她需要找人倾诉。她见证了我努力备孕的过程，我见证了她婚姻的破裂。

我们被生活打得鼻青脸肿，但总是会在对方需要时出现。

　　每当我在白宫心情低落，我就会想要安杰拉过来看我。她每次都会出现，穿着色彩明丽的衣服，拿着鲜艳的手包，对那些特勤人员和怪异豪华的排场视若无睹。她总是未见其人，先闻其声。她的手包里装着一张皱巴巴的纸，那是一份清单，列着我们上一次分开时她想到的，现在要和我聊的事情。几十年就这样过去了，我们的话题从未枯竭。

　　在安杰拉之外，我还有很多朋友，是他们帮助我度过了人生的不同阶段，一些是老朋友，一些是新朋友——但都是需要时总会出现的人。在心理学上，这有时被称为你的"社交护航队"，就是你人生中沉淀下来的最重要的那些关系，它们保护着你免受伤害，就像护航队那样。找到并维护健康的友谊，并不是一件简单的事，特别是现在疫情让人们对轻松的交流心怀担忧，但这样做的好处是肯定的。研究显示，如果你有牢固的社会关系，你的寿命可能会更长，压力也会更小。[8]科学家也认为，一个强大的社会支持系统，会降低罹患抑郁症、焦虑症和心脏病的概率。[9]即使是不起眼的社交互动，比如去买杯咖啡或遛狗，也被证明可以提升心理健康水平，帮助在一个社群内建立更牢固的关系。[10]

　　我也说不好为什么交朋友会让人感觉像是赢得了一场小小的胜利，即使只是早晨买咖啡时跟别人交谈三分钟。但事实似乎就是这样。可能像我之前提到的，是因为我们随身携带着一面小小的长方形"盾牌"，就是手机，它妨碍了我们进行面对面的社交，也让我们错过了很多机缘。每当我们与现实生活中的一次微小联系擦身而过，在某种程度上就是错过了可能性。我们在等咖啡的时候浏览新闻或者玩《糖果传奇》游戏，对周边的事物浑然不觉，显然也漠不关心。我们戴上耳机，对狗狗公园或杂货店里的其他人不理不睬，让别人明白地看到，我们的思绪飘到了别处。我们天天抱着手机看时，也就同时阻断了许多微小但有意义的联结通道。我们将周围生机勃勃的生活挡在外面，限制了自己去近距离感受他人带来的温暖。如果我在做头发的时候一直刷手机上的"推特"，很可能根本没心思跟桑迪聊天，而她现在已经是我最亲近的朋友之一了。如果安杰拉到了普林斯顿大学之后还跟她高中预科的那帮同学一样沉迷于"色拉布"，我们可能永远都不会成为亲近的朋友。

当然，我承认事情还有另一面。毕竟，手机是一个工具，而互联网是一扇门，它将我们带入一个巨大的、无边无际的世界，其中有很多潜在的联结。它们让我们许多人获得了新鲜的视角，放大了先前听不到的声音，在社会各领域鼓励合作和提高效率。从最积极的方面来说，它们让我们能够更深入地观察这个世界，让我们既目睹暴行，又看到勇敢和善良，而如果没有手机和互联网，我们对这些可能一无所知。它们给了我们更多的机会，让强权者受到约束，让不同国界、不同文化的人们感受到联结和共鸣。我和许多人聊过，他们说网络社群已经成为他们获取信息、寻求安慰、感受亲密的重要生命线，帮助他们缓解了孤独感。

这一切都很好。但即便我们手里一直握着这个嗡嗡作响的连接入口，我们依然感到孤独——也许比以往任何时候都孤独——迷失在内容的大杂烩中。许多人不知道该相信什么，该相信谁。

《爱德曼全球信任度调查报告》每年发布一次，它在全球 28 个国家调查公众信任度，它在 2022 年得出的结论是，不信任已经成为"默认的社会情感"。[11]同时，社交媒体刻意设计得让我们有饥渴感，从小孩子到大人物，都在不知疲倦地寻求别人的点赞、点击量和认可。这也意味着，我们看到的图片、接收到的信息，经常不是由事实决定，而是由它们会引发的反应决定。暴行更夺人眼球。冲动行为可以娱乐大众。正如社会心理学家乔纳森·海特指出的，由于社交媒体的设计原理，我们现在更多是在表演，而非真正联结。[12]通过这种方式，我们正在被社交媒体操纵，远离了他人的真实，很多时候也远离了自己内心深处的真实。

我也是这样认为的，就是手机并不能提供我们所需的数据，让我们克服对他人和其他观点的不信任，至少现在还不够。我经常说，我们很难去憎恨一个离你很近的人。当我们放下对"新事物"的恐惧，向别人敞开心扉，即使是通过快速而轻松的互动，即使是戴着面具，比如，在电梯里跟人打招呼，或者在杂货店排队时跟人聊天，我们就是在练习与他人建立微小的联结。我们是在表达我们之间的融洽关系，为世界增加一点社交凝聚力，这正是世界迫切需要的。

当我们花时间真正与人互动，我们可能会发现彼此之间的差异不像起初想象的那般大，也不像某些媒体或知名人士希望我们相信的那般深刻。真实世界的联结常常会削弱刻板印象。它们有着强大的令人平静的力量。事实上，这种微小而有力的方式，能帮助我们调整坏情绪，战胜更大的不信任感。但你记住一点：要抵达那里，你必须先放下手里的盾牌。

我的社交准则是全然老派的，这要追溯到童年时我家在欧几里得大道的厨房。在那里，我可以一直做自己，我的感受从来不会受到压制，不管当时看起来多么可笑。我呼吸着小区"蛮荒西部"的社交空气，回来在厨房跟家人分享所有的细节——每一次吵架，青涩的暗恋，新划定的"三八线"。我知道在这里我可以完全放开，我是安全的、被接纳的、自在的。我们在欧几里得大道的厨房对其他人似乎也有某种吸引力：邻居们会过来串门；堂表亲们会过来吃饭；和我哥哥一起的那帮十几岁的男孩子，会在这里一屁股坐下，向我爸爸寻求建议；我妈妈会一边做饭，一边给我的朋友们端上花生酱和果酱三明治，让我们在地板上玩"抓子"游戏，还有聊聊学校的八卦。厨房本身面积很小，大约只有 100 平方英尺[1]，天花板很低，里面放着一张桌子和四把椅子，桌上铺着塑料桌布，但它给我的舒适感和安全感是巨大的。

现在我正努力为我的朋友们提供同样的东西：家的感觉、安全感、归属感和善解人意的倾听。这也是我在友情中寻找的东西，那种将你包裹起来的感觉。我把我的朋友圈子称作我的"厨房餐桌"，他们是家人之外我最信任、最喜欢和最依赖的人——为了他们，我什么都愿意做。在人生中，正是这些朋友，我会邀请他们拉把椅子坐在我身边。

我还发现，支持、爱和认同可以来自任何地方——不只来自你的家庭。一些坐在我"厨房餐桌"旁的最重要的朋友比我年纪要大。在我年轻时，她们花时间教导我；她们敞开自己的生活，让我看见人生的可能性，补上了我父母无法提供的。泽妮，我在普林斯顿大学那位风风火火的工作和学习上的导师，把我纳入麾下，让我观察她作为一个单亲妈妈和职业女性的一举一动，为我近距离上了一堂重要的人生

---

[1]　1 平方英尺大约为 0.09 平方米。——编者注

课，教我如何在繁忙的生活中找到平衡。瓦莱丽·贾勒特在生活和工作上就像我的一个大姐姐，她后来帮助我完成了人生最重要的事业转型——从公司法进入公共服务领域。她引领我完成了各种过渡，在我努力做出决定时为我提供建议，在我心情沮丧时让我平静下来。她让我成了附着在她生命上的"藤壶"。

我的餐桌还聚拢了一大群年轻人，我珍视他们的声音，他们使我可以保持新的视角，促使我不断与时俱进。我们聊的话题非常广泛，从美甲流行元素到如何欣赏丹波节拍[1]。他们让我了解了手机应用 Tinder 和 TikTok。每当我说出一些在他们听来老派或者无知的话，他们就会给我指出来。我的年轻朋友让我不断在学习。

总的来说，我的"厨房餐桌"从来没有"停止进化"。朋友们来来去去，在你人生的不同阶段，他们占据了或多或少的重要性。你可能只有一小群朋友，或者仅有几个一对一的朋友。这都没问题。最重要的是友情的质量。在选择信任谁以及和谁走近上，要有洞察力。结交新朋友时，我发现自己在默默评估我是否感觉安全，以及在一份新的友情中，我是否因为我是谁而被看见、被欣赏。和朋友在一起时，我们总在寻求简单的认同，确认我们是重要的，我们的光被看见，我们的声音被听见——我们也要给予朋友同样的认同。我还想说，如果相处不愉快，你可以选择疏远或离开。有时我们不得不放弃某些朋友，或者至少减少对他们的依赖。

来到我"厨房餐桌"的朋友们并不全都彼此认识，还有一些从未

---

[1] 丹波节拍（dembow beat），丹波音乐是起源于多米尼加的一种音乐流派，后来风靡美国纽约街头。

见过彼此。但合在一起，他们是强大的。我在不同的时间，以不同的方式依靠不同的人。关于友谊另一件值得指出的事情是：没有一个人，没有一种关系，可以满足你所有的需求。你不能要求每个朋友在每一天都能为你带来安全感和支持。不是所有人都正好能或愿意在你需要的时候，以你需要的方式出现。这就是为什么你要一直为你的"餐桌"留出更多空间，保持开放，聚集更多的朋友。你永远不会不需要他们，也永远不会停止向他们学习。我可以向你保证这一点。

在我看来，成为别人朋友的最好方式，就是为他们的独一无二而着迷，感激他们所给予的，接受他们本来的样子。这有时意味着，你不能对朋友太苛刻，你要明白有些东西是他们不能或者无法给予的。我有一些好动的朋友，喜欢爬山和旅行；也有一些朋友，就喜欢端着一杯茶懒洋洋地窝在沙发里。在危急时刻，我会打电话给其中一些朋友，不会打给另外一些。一些朋友会给我建议，另一些会讲她们的约会故事逗我开心。有几个朋友喜欢大半夜参加派对，其他朋友则会雷打不动地晚上9点准时睡觉。有的朋友会牢牢记住别人的生日和一些重要的纪念日，有的朋友在这件事上则很随性，但和你坐在一起时，他们会真诚而全神贯注地听你倾诉，这是他们给你的礼物。重要的是，我能看见和欣赏他们，他们也能看见和欣赏我。我的朋友们赋予我洞察力。他们让我知道我是谁。就像托妮·莫里森的小说《宠儿》中的一个角色谈起另一个人时所说："她是我精神上的朋友……我是一堆碎片，她把它们用完全正确的次序捏拢了，又还给我。"[1] 13

随着时间推移，我原本一些没有交集的朋友，也开始彼此走近，

---

[1]　引自潘岳、雷格译《宠儿》，南海出版公司，2013 年。

这要感谢我的"教官"性格，只要一有机会就组织集体活动。我们形成了一个团结融洽的圈子，在其中为彼此加油鼓劲。我们分享取得的胜利，遇到问题时听取反馈。我们努力克服困难，通过鼓励和悉心聆听等微小的方式推动彼此。和朋友在一起时，我们的话多得说不完。我们互相来到彼此的"餐桌"，感受亲密，坦诚相对。

"不要一个人过活。"我经常告诉我的女儿们。对于那些带着另类印记生活的人来说，为了生存，创造一个让你感觉安全、自在的空间尤为重要。找到能让你卸下盔甲、摆脱焦虑的人，是值得花点力气的。在别处不能说的话，和最亲近的朋友一起时，就可以畅所欲言。你可以尽情发泄你的怒气，说出你对不公和被轻视的恐惧。因为你不能把所有情感都放在心里。你无法独自处理另类所带来的挑战。憋在心里真的太沉重、太痛苦了。独自带着它，会慢慢让你受损、枯竭。

你的"厨房餐桌"是你的避风港，一个在暴风雨中可以休息的地方。在这里，你可以暂时停下那无休止的、令人疲惫的克服日常困难的脚步，安全地剖析你遭遇的种种侮辱。在这里，你可以尖叫、呐喊、咒骂、哭泣。在这里，你可以舔舐伤口，补充能量。在你的"厨房餐桌"，你可以补给氧气，再次呼吸。

贝拉克担任总统时，在白宫西翼的办公室，有很多优秀的同事围着他，他们是专业精通、才智卓越的内阁成员和工作人员，共同组成了一个高效运转的团队和一个出色的支持系统。但我依然可以近距离看到总统身份给他带来的孤独感——我丈夫作为主要决策者背负着巨大的压力，这种压力越积越多，没有缓解的时候。刚处理完一件紧急的事，又会出现另一件。因为自己无法控制的事情遭到批评，对他来说已是家常便饭；有时他还会被一些急于求变的人严厉斥责。他面对的是一个争论不休的国会和一个经济衰退的国家，还有各种各样的海外问题。我看着他吃完晚饭，走进书房，知道他会一直工作到凌晨两点——独自一人，保持清醒，努力跟进处理所有问题。

他其实也不能算是孤独——因为实在太忙，连孤独的时间都没有——但确实需要歇口气。我很担心持续工作带来的压力会影响他的健康。在他担任总统几年后，有一年他过生日，我给他准备了一个惊喜，邀请他的十几个朋友到戴维营度周末，给他庆祝生日，同时好好放松一下。那是8月，国会还没进入开会期。当然，他还是会和顾问们一起出差，接收每日简报，但我想，至少他可以暂时放下手头的工作。

他确实这样做了。我不确定还有谁像我丈夫那样在那个周末如此迅速地进入了尽情玩乐的模式，这也清楚地表明，他多么迫切地需要缓解一下。他高中时代的朋友从夏威夷赶来，大学的一些朋友也来了，还有他在芝加哥最好的几个朋友。他们做什么了？就是玩。萨莎、马莉娅和我，还有其他几位一起过来的妻子和孩子，我们大多数时间待在游泳池旁，男人们则把戴维营里所有的项目都尽情玩了个遍。

他们就像拿到了一张自由逃离监狱的卡片，终于可以摆脱工作和家庭责任的束缚，那感觉就像我和朋友一起度过的"训练营"周末，他们一秒钟都不愿浪费。他们打篮球、玩纸牌、扔飞镖。他们还玩双向飞碟射击，打保龄球，玩本垒打比赛，打橄榄球。他们每个项目都要记分，每场比赛从头到尾互骂脏话，热烈地讨论着比赛结果，直到深夜。

这个聚会后来被我们命名为"营地项目运动会",并成了贝拉克生活中的一个固定节目。现在,每年我们都会在马撒葡萄园岛组织一次这样的聚会,后来发展到还有开幕式和奖杯。对于我那勤奋工作、头脑清醒的丈夫来说,这是他期盼和需要的放松,让他可以回到童年的无忧无虑,和他珍视的朋友们一起叙叙旧、干点儿傻事。这就像是上学时课间休息的操场,让他可以和朋友们一起玩耍,自由奔跑,放飞自我。和朋友们聚会让他找到了快乐。

生活让我看到,牢固的友谊常常是用心经营的结果。你的"厨房餐桌"需要精心打理,你要主动邀请朋友来,好好照顾他们。你不仅要对某个潜在的朋友说"我对你感到好奇",还要在这份好奇心上投入时间和精力,让你们的友谊深深扎根,茁壮生长,并将它置于那些不断堆积的需要你关注的事情之前。友谊很少会给你造成这样的压力。我发现,为友谊设立仪式和固定节目是有益的,比如每周喝咖啡,每月喝鸡尾酒,每年一次聚会。我的朋友凯瑟琳和我会相约在固定几天的早晨到河边散步。我有一个小组,每年都会组织一次"母女滑雪周"活动,已经持续了十多年。这个活动已经成为我们日程中的固定安排,所有事情都要为它让路。就连我们的女儿们也很重视,她们现在也开始明白"厨房餐桌"在她们的生活中意味着什么。我的"训练营"周末活动没有之前组织得那么频繁,也没有那么严苛了,但是我依然喜欢和朋友们一起健身,挥洒汗水。

弗吉尼亚大学的研究人员曾做过一个实验,来验证一个关于友谊的理论。[14] 他们找来一群志愿者,给他们背上沉重的背包,让他们挨个站在一座大山前,似乎要让他们爬山。每个志愿者都被要求评估一下这座山有多陡峭。其中一半的志愿者独自一人站在山前,另一半则是和朋友一起。结果，那些和朋友一起的人都觉得山没那么陡，爬山的路也没那么艰难。而当两个老朋友一起站在山前时，结果就更加明显了：山坡似乎又平坦了很多。这就是与他人同行的力量。这就是你要照顾朋友的理由。

这就是我最想对那些在新的友谊边缘犹豫试探、畏缩不前的人说的话。当听到年轻人告诉我，他们因为紧张而不敢去寻找和认识新朋友，担心冒险或者尴尬，我就会担心这个问题。我想告诉他们，如果你愿意用这种方式扩展好奇心，如果你能让自己保持开放，你就会在其他人身上获得丰富的给养和安全感。你的朋友会成为你的"生态系统"。结交新朋友，就像是在你的生活中放入更多的雏菊，也像是在把更多的飞鸟放入林中。

贝拉克是我最好的朋友，我的至爱，改变我整个生活的那个人

第六章

做好伴侣
PARTNERING WELL

2021 年，我们的两个女儿在洛杉矶合租了一间公寓。她们刚巧都生活在那座城市：萨莎在读大学，马莉娅则从事初级撰稿工作。她们自己出去，在一片安静的城区找定了一间让两个人都称心如意的小房子。我觉得她们会选择对方做合租室友，是很美妙的一件事。想到我们抚养长大的两姐妹到了二十多岁的年纪，彼此还是好朋友，真令我欣慰。

她们入住新房的第一天，两个人把自己的东西搬进了空荡荡的公寓。看上去，她们的个人物品里一多半是衣服。和她们这个年龄的许多孩子一样，我们的两个女儿在此之前的大部分人生里，始终是搬来搬去，居无定所的，只有因为新冠肺炎疫情封锁在家的那几个月除外。她们从一间大学寝室搬到另一间寝室，又在各个转租的公寓房间里辗转停留，全部家当只用一辆汽车的后备厢就装得下。每年会有不多的几次机会，姐妹中的一个或两人一起回家跟我们度过一两周的假期，一头扎进属于"成年人"的丰裕生活中，兴奋地享受我们装满美食的冰箱、没有室友也不需要排队用洗衣机的自由，还有与家中小狗懒散闲适的亲近。在短暂的归巢期间，她们会集中补充一波食物、睡眠、缺失的隐私感，以及享受与家人共处的时光。然后她们便把几件物品塞进壁橱，把行李箱里的冬天衣服拿出来，再填一堆夏天衣服进去，或是反过来，像扑闪着翅膀飞走的候鸟般再次离巢而去。

不过，现在事情又变得不一样了。她们为自己找到了一个"成年人"的住处。一个感觉不那么临时的落脚点。她们自己也开始变得更像大人了，在成年人的世界里更牢固地扎下了根。

她们搬进新家后的大约第一个月，我有时会在视频电话里瞥见她们为装点家居空间所做的努力。我会注意到她们不知从哪里搞来一把可爱的新椅子，或是墙上很有艺术感地挂着几幅镶框的摄影作品。她们弄到了一台吸尘器。她们买了抱枕和毛巾，还买了一套牛排餐刀——这让我觉得有点好笑，因为姐妹俩对烹饪都没有多少兴趣，也并不喜欢肉食。事实上，她们就没怎么做过饭。但重要的是，她们在精心而充满自豪地为自己建设一个家。她们在学习"家"是如何建造而成的。

某天，我在视频电话里和萨莎聊天，但我的注意力被背景里的马莉娅吸引了，她在萨莎身后来回走动，手持"速易洁"静电除尘掸子，在一个放满了小摆件和书的架子上扫来扫去。她在给自己的家居物品做清洁！这一幕看上去非常"成年人"，虽然我没法不注意到，她还没有学会把架子上的东西拿起来或挪到一边去扫，这样就能把架子的每个面都扫到了。

但是看哪，她已经马马虎虎算是在打扫灰尘了！我的心喜悦得快要爆裂。

贝拉克和我一抽出空来，就会去洛杉矶看望姐妹俩。萨莎和马莉娅兴高采烈地带我们参观她们的新公寓。她们把小房间收拾得不赖。因为预算有限，她们主要从庭院旧物集市和附近的宜家购置家具。她们睡在没有床架的弹簧床垫上，但找到了漂亮的床单铺在上面。她们从跳蚤市场上淘到了一组奇形怪状的小边桌。她们有一张餐桌，但还没找到足够便宜的椅子来搭配。

我们晚上要一起去饭店，但她们坚持先在家里请我们喝一杯。贝拉克和我坐在沙发上，马莉娅端上她自制的火腿奶酪小拼盘，宣布说，之前她从来不知道奶酪竟然这么贵，贵到离谱。

"而且我还没买特精致高档的那些呢！"她说。

萨莎努力给我们调了两杯度数挺低的马提尼酒——**等等，你什么时候学会调马提尼酒的？**——用的是喝水的玻璃杯。放下杯子之前，她先往桌子上放了两个新买的杯垫，以免我们弄脏她们崭新的咖啡桌。

我有些惊异地看着这一切。准确地说，我并不是惊讶于我们的孩子长大了，但这整个场景——特别是那两个杯垫——标志着某种不同的、里程碑性质的东西，那种每个为人父母者都会在他们子女身上一连多年执着寻找的东西：他们拥有常识的证据。

那天晚上萨莎在我们面前放下杯子时，我想到了从前她和她姐姐还是小女孩，由我们来照顾的时候，她们总是对要用杯垫感到不耐烦。因此，多年来我总是需要想办法擦掉桌子上的各种水渍，住在白宫的时候也不例外。

然而，形势逆转了。现在是我们在**她们的**餐桌前做客。她们是这桌子的主人，而且在保护它。她们显然学到了这一课。

※

我们每个人，是如何长大成熟，如何过上成年人的生活，进入成年人的关系的呢？大多数人似乎是通过不断尝试与犯错，通过努力将事情弄明白来成长的。我认为，我们中的许多人只是随着时间的推移逐渐解开关于自己身份的谜团，弄清楚我们自己是谁，以及在这世间生存需要些什么。我们凭着猜测，跌跌撞撞地走向成熟，经常亦步亦趋地跟随某种模糊的、关于我们心目中成年人的生活看上去应该怎样的概念。

我们在演练中学习，又将学到的东西加以演练。我们犯错，然后又从头开始。在很长时间里，很多事情感觉像是试验性的、不稳定的。我们尝试形形色色的存在方式。我们浅尝许多种生活态度、立场、影响和工具，然后抛弃它们，直到我们开始更清楚地懂得其中哪些对我们最合适、最有裨益。

当我看着我们的女儿逐渐在西海岸安顿下来，开始置办家居用品和餐具，并尽力以她们所知的最好方法打扫房间时，我一直在想这件事。

她们在演练。她们在学习。她们正在经历这个过程，朝着她们想要抵达的地方前进。每一天，她们都在一点一滴地完善关于自己的个体身份和自己想要过何种生活的概念。她们试图弄清楚，自己在何时，以何种方式，和哪些人在一起，才能感到最安定最安全。

从社会角度来讲，萨莎和马莉娅正处在那个稍微有点野、有点穷困潦倒的"跳蚤市场"阶段。处在这个人生阶段的人能轻而易举地交到朋友，每个新朋友都是激动人心的宝藏。我还记得自己二十出头时也是一样。寻宝之旅永远让人兴奋，市集总是让人目不暇接，获得新发现的快乐简直妙不可言。不过，与此同时，她们也在下意识地进行一项更严肃、更富有常识的事业：她们在学习分辨哪些人靠得住，哪些人跟自己合得来，哪些关系可以持续终生——因而最值得继续投入。她们正在开始经营自己的"厨房餐桌"。

恋爱关系也是一样。马莉娅和萨莎所做的事情，与我和贝拉克在她们这个年纪所做的事没什么两样：广泛撒网，到处约会。（顺便说一句，我女儿们这个年纪的孩子，已经不再使用"到处约会"这种表达。）我的意思是，她们已经和不同的人约会过，并且尝试过不同风格的恋爱关系。这只是她们当代年轻人生命构建过程中要经历的，是整个人生拼图的一部分。

其实，我希望我们的女儿不要太快脱离这个"跳蚤市场"时期。我希望她们能在这里多逗留一些时日，让她们的各种人际关系继续保持这种年轻的、自由流动的状态。我最希望的是她们能把学习自立所需的那些技能摆在第一位，比如如何赚钱养活自己，如何照顾好自己的身体，让自己吃饱肚子，快快乐乐的。在签下那纸契约，发誓与另一个人终身相守之前，得先学会这些。我告诉她们，要专注于成为完整的、能够凭自己就过得很好的人。当你知道了自己的光在哪里，你就能更好地与另一个人分享它。但你必须在这整个过程中一直演练才行。

我坚定地支持我的两个女儿通过在恋爱关系中学习来逐渐变得成熟，而全不在意她们最后能不能"修成正果"。我不希望她们将婚姻视作一个必须去竞逐的奖杯，或者相信一场盛大的婚礼是圆满人生必不可少的，或者感到生育孩子是某种必须完成的任务。相反，我希望她们可以体验各种不同层面上的承诺，学会如何结束错误的恋情，开启值得期待的新关系。我希望她们知道如何解决冲突，希望她们体验到亲密关系多么令人神魂颠倒，也希望她们知道在爱情中受了伤是何种滋味。如果有一天我的孩子们最终选定了人生伴侣，我希望她们是作为一个强大的人，一个知道自己是谁而且知道自己要什么的人而这样做的。

关于我女儿们的恋爱生活，我在这里就不透露更多了。这是出于对她们隐私的尊重（也是因为要是再往下说，她们会杀了我）。我就暂且这么说吧：看着她们两个演练和学习，是件美好的事。

我对她们最大的希望是什么？

我希望她们能找到自己的家，无论这个家最后看起来会是什么样子。

经常有人特地向我咨询婚恋方面的建议。他们从我和贝拉克在一起时的照片——我们两个开怀大笑，或是注视着对方，满足而放松地并肩坐在一起——推断出我们一定很享受彼此的陪伴。他们问我们是如何做到婚后三十年仍然相亲相爱的。我想说，**没错，有时候我们自己也感到很惊讶！**我并不是在开玩笑。当然了，我们的婚姻也有它自己的问题，但我爱这个男人，他也爱我，我们相爱三十年如一日，而且看上去会永远如此。

我们的爱虽不完美但很真实，而且两个人都致力于经营它。这种确定的感觉，就像一架巨大的三角钢琴，稳稳立在我们进入的每个房间正中。在很多方面，我的丈夫和我都非常不同。他是"夜猫子"型，偏爱独来独往；而我是只早起的百灵鸟，喜欢一屋子人热热闹闹的。在我看来，他花在打高尔夫球上的时间太长了；而在他看来，我看了太多没营养的大众电视节目。但是我们之间有一种充满爱意的笃定感，我们就是知道对方会一直在那里，无论发生什么。我觉得这就是人们在那些合影中看到的那种特别的东西：一种微小的胜利，因为我们深知，尽管已经携手相伴了半生，尽管我们有很多不同，也时不时地会让对方气恼，但两个人都已经认定对方，从没想过分开。我们还在这里。**我们始终都在。**

成年后的这些年里，我在好几个地方居住过，但就我个人而言，真正的家只有一个。我的家就是我的家人。我的家就是贝拉克。

我们的伴侣关系，是两个人共同创造的。我们每天生活在其中，改进我们所能改进的地方。有时，如果我们两个都需要长期忙于其他事务，也会暂时将它"原样搁置"在那里。我们的婚姻，是我们征程的起点和终点，一个可以让我们彻底放松，做回那个常常有些恼人的自己的地方。我们渐渐习惯了这个两人共同居于其中的世界，我们两个之间流动的能量和情感并不总是规整有序的，还经常同我们对关系的期待有出入。但始终有一个简单而令人安心的事实：我们的感情历久弥坚。对我们来说，它已经成了这个什么都不确定的世界里最坚固的确定性。

我在社交媒体上或电子邮件里收到的提问，很多是围绕着"亲密关系中的确定性"这一点展开的。他们问：如何判断自己可以放心到哪种程度？这种确定性需要多强烈，或者感情中多大的波动是正常的？怎么确定自己找到了那个"对的人"，那个值得做出承诺并与之厮守终生的人？有时会厌烦伴侣，这有错吗？如果父母在这方面并不是值得效仿的榜样，那我该如何好好地去爱另一个人？当关系中出现冲突和恼怒、困难和挑战时，是什么样的情况？

给我写信的人中，有些正在考虑走进婚姻，他们认为只要结了婚，恋爱关系中遇到的一些问题就能自动解决。有些在考虑生个孩子，他们认为一个新生命可以挽救自己摇摇欲坠的婚姻。也有些在犹豫要不要离婚，他们不知道，当亲密关系让人感到不舒服或很受困扰时，究竟该走还是该留。我还收到了这样一些人的留言，他们认为，婚姻本身大抵就是乏味的，是个植根于父权制的陈旧传统。我还听到年轻人说他们担心在亲密关系中犯错误，或是已经犯了错误，现在不知道怎么办。

"米歇尔女士你好，"不久前，一个名叫莱克茜的年轻女子从亚拉巴马州写信给我，"我在跟男孩子交往方面遇到了很多问题……"然后她就一股脑地向我倾诉了所有心事。

坦诚地讲，我没有这些问题的答案，也无法给任何个体遇到的困难开处方。我唯一了解的爱情故事，就是我自己每时每刻身处其中的这个。你获得确定性的路径——如果确定性真的是你所追求的——会和我的看起来很不一样，正如你对"家"的看法，对谁和自己是一路人的看法，都是你自己独有的。

我们中的大多数人，只有到后来才渐渐弄清楚，自己需要从亲密关系中获取什么，又可以为这段关系付出什么。我们演练。我们学习。我们把事情搞砸。我们有时会得到一些工具，但事实上它们对我们并无用处。我们中的大多数人，最开始时多少会在一些错误的东西上投资，比方说，买一套牛排餐刀，因为我们以为这就是我们当时该做的事。

我们太纠结，思虑过多，总是把精力用错地方。有时我们听信了错误的建议而无视了正确的。受到伤害时我们会撤退。感到恐惧时我们会筑起防御。被激怒时我们会进攻。感到羞耻时我们会投降。你也可能像很多人那样，认定自己不需要跟任何人配对，一个人的生活也可以非常充实幸福。若是如此，我希望你能够大大方方地亮出自己的态度——这完全是一种成功而合理的人生选择。我们中的很多人也会下意识地模仿我们成长过程中耳濡目染的亲密关系模式，比如我们还是孩子时，接触到的"家"是什么样的，而这可能让我们顺风顺水，也可能让我们把生活搞砸，或在这两者之间。我认为，真正恒久的爱情，大多数时候出现在"中间地带"。你们两个人要共同寻找下面这个问题的答案：**我们是谁，又想成为谁？**

现在，有时我隔着稍远些的距离看我的丈夫，会感觉自己的目光仿佛穿透了时间的帘幕。我眼前出现的，是那个头发变得灰白，稍微不那么瘦削，略显疲倦的沧桑版本的 27 岁青年。30 多年前，他作为暑期实习生走进我供职的那家律师事务所的办公室，因为没有打伞而被雨淋湿了西装，为自己第一天上班就迟到感到羞赧，但也只有一点点。是什么让他的微笑如此刻骨铭心？为什么他的声音竟会那么动听？

当年的他很有魅力。现在的他也是。当年，他已经稍有名气，他卓越的头脑在法律圈子里引起了一阵轰动；而现在，我得说，他已经举世闻名。尽管如此，他在本质上还和当年是同一个人，举止风度还是那么沉稳，还有着同样的一颗心和同样的苦恼，仍然很难做到准时赴约，仍然会忘记许多基本的、实用性的小事，比如雨天出门要带伞。他仍然是那个堂吉诃德式的理想主义者，在社交达人和书呆子两种模式之间来回切换。他还是那个许多年前我在事务所前台的接待室里遇见的人，我和他握手，第一次细细打量他高高瘦瘦的身材和不寻常的面容，全然不知自己正注视着的，是我今生的至爱，是将要改变我整个生活的那个人。

当时我只知道前方有着光辉灿烂的无尽可能。我**以为**自己知道的是，我们最后会有一个圆满的结局：梦幻般的盛大婚礼，接下来是许多年浓情蜜意的爱恋，还有一种充满激情、永远不会退而求其次的生活方式。事情难道不是本该如此吗？当时我还是太年轻了，还无法坦然地接受一件事，就是我父母拥有的那种婚姻对我来说可能已经足够好。他们两个忠于婚姻和彼此，关系和睦，经营着家庭这个运转良好、氛围友善的"合作机构"，以常识做他们的指引。他们会引得彼此大笑。他们共同分担家务。每年的情人节和妈妈的生日，爸爸都会开车去长青购物中心，买上一身高级时装，用精美的礼盒包装送给她，还会在盒子上打一个蝴蝶结。

我知道他们两个总体上是挺幸福的，但我也看了太多的《我的孩子们》，剧中女主角埃丽卡·凯恩的感情生活总是波澜壮阔、充满激情，相比之下我父母的婚姻就显得有点平淡无趣了。我转而让自己想象出一种奇妙而梦幻的婚姻和家庭生活，就像我和朋友们小时候用玩具娃娃"芭比和肯"玩过家家时排演的那类浪漫情节。同时，我也从我祖父母辈的例子中看到，婚姻并不总能走到最后。我的外祖父、外祖母在我出生之前很久就分开了，而且据我所知，他们分开之后再也没和对方说过一句话。我父亲小的时候，他的父母也曾分居很久，但令人惊奇的是，后来他们竟然修复了关系，重归于好。

我现在能看到，我身边所有这些例子，都表明长期伴侣关系鲜有光鲜亮丽或一路顺遂的。我母亲直到今天还会讲述她和我父亲第一次吵架的故事，那是在 1960 年，他们刚举办完婚礼不久。当时她 23 岁，他 25 岁。短暂的蜜月旅行之后，两个人开始住到了一起，随即突然意识到，他们是带着两套截然不同的习惯、两种积习深重的行事方式，进入这段彼此束缚的伴侣关系的。他们第一次吵架是因为什么？不是因为钱，或是生育计划，抑或是当时外面世界正发生的任何大事。不，他们吵的是把厕纸挂在卫生间的纸巾架上时，该怎么放才对——拉出来的纸巾应该盖到卷纸上面，还是自然垂下。

父亲来自一个支持"垂下派"的家庭，而母亲家则是"盖上派"的坚定拥护者。至少在最开始那段日子里，他们在此事上的矛盾显得格外突出，而且不可调和。因为纸巾要么垂下来，要么盖上去，这意味着一定要有一方让步，并接受另一方的处理方式。争吵本身可能显得琐碎无聊，但它背后的东西绝对不可等闲视之。一旦将你的生活与另一个人的生活融合到一起，你就会突然发现自己要面对，甚至经常被要求适应另外一个家庭的整个历史和行为模式。在"1960年厕纸之争"这个案例中，最后是我母亲放弃了坚持，因为她先受不了了，毕竟为这种事大吵大闹实在太蠢。于是她决定，随它去吧。自此之后，我们就成了一个和平安宁的"垂下派"家庭。他们之后再没有重启这个话题，至少在我和克雷格长大成人并各自找到伴侣之前没有。（我后来发现，奥巴马家是"盖上派"，而且直到今天仍然如此。）婚姻中充满了这样大大小小的谈判和妥协，争执的对象既有利害攸关的大事，也有相对不重要的生活小节。

在《成为》中我写过，我父母的婚姻总体上相当稳固，但我母亲也曾考虑过离开父亲的可能性。她时常会在头脑中做这样一种思想练习，让自己尽情幻想：如果她选择从欧几里得大道上这所房子的大门走出去，和另外一个男人在另外一个地方开启一场全新的生活，会怎样？要是她人生的折纸占卜游戏朝着另一个方向打开，又会发生什么？要是她最后和一个百万富翁在一起了，会有怎样的人生遭际？要是她和一个南方来的神秘男人，或者她初中时认识的某个男孩在一起了呢？

她这些胡思乱想经常在春天发生，因为在挨过又一个寒冷刺骨的芝加哥的冬天，挨过一段阴冷晦暗、几乎整日困在我们那间狭小公寓里的日子之后，"另一种生活"就会显得格外美好。它就像大地终于回暖，紧闭的窗子终于可以打开时，飘进来的第一缕新鲜空气。它是一种格外迷人的绮思遐想，是她头脑里进行的一次模拟蜜月旅行。

然后，她会对自己笑笑。想想吧，南方来的神秘男人，不知会给她的生活带来多少未知的灾难；初中时认识的男孩，或许也有自己的烂摊子；而任何一个会出现在她生命里的百万富翁，身上肯定少不了各种怪癖。

就这样，短暂的模拟蜜月旅行结束。她又回到了现实生活，回到我父亲的身边。

我想，这是她默默地在自己心中重新唤起某种东西的方式，她用这套程序提醒自己，她拥有一个多么体面、多么充满爱意的家庭，她没有理由不留下。

如果你选择试着和另一个人共同生活，这个选择就成了你的生活。你将发现，自己此后必须一次又一次地选择留下，而非离开。做好这样的准备会有帮助：在进入一段严肃的关系之前，准备好付出努力，准备好让自己谦卑下来，心甘情愿地接纳，甚至享受在美好与糟糕两极之间的"中间地带"来回摇摆的感觉，有时两者的转换就发生在一场对话之中，有时则要过上好些年。在那个选择和那些岁月中间，你几乎一定会发现，完美的、五五开的平衡是不存在的。相反，你实际的体验会更像算盘上的珠子一般，来回滑动——账目很难算得一清二楚，方程式永远无法彻底配平。亲密关系就是如此，它是动态的，充满了变化，始终在发展演变。没有一刻会让你们两个同时感到完全公平和平等。总有人需要调整和适应。总有人需要牺牲一些东西。当一个人走上坡路的时候，另一个可能陷入低谷；有时必须由一个人承担更多经济上的供给，而让另一个肩负照料家人的义务。这些选择以及与之伴生的压力都是真实的。不过，我渐渐意识到，每个人的生命都有自己的季节。你们两个人的收获期——在爱情、家庭以及职业生涯中的成就和完满——几乎不会同时到来。在一段稳固的伴侣关系中，两个人会轮流做出妥协，在"中间地带"上齐心协力，建起一个共同的家。

　　无论你们两个人爱得多么狂热、多么深，你总是需要接纳你伴侣的一大堆毛病。你需要忽略各种鸡毛蒜皮的烦心事，还至少要对几个大的缺憾淡然处之，并努力在经历了所有这些不如意和不可避免的裂痕之后，仍然坚定地选择爱和忠诚。你需要尽可能经常地，怀着尽可能大的同情，做出这个选择。你**还需要**找到一个同样有能力并且愿意一起营造同样宽容的氛围，能够为你做出同样妥协的人——爱你，并接纳你身上附带的一切，包括当你的人生跌入谷底，接纳你的状况差到无以复加时的样子和行为。

　　如果你仔细想想，就会发现这其实是个苛刻至极、实现可能性极低的提议，而且也不总是有效（也**不应该**总是有效，如果你在一段关系中受到了伤害，就该及时从中抽身才对）。但在它真的有效的时候，你会感觉像是生活在一个真切可感、如假包换的奇迹之中，而说到底，爱情本来就是一个奇迹。这就是我想说的全部。任何一段长久的伴侣关系，实质上，都是由坚定的信仰驱动的。

当初贝拉克和我做出终身相伴的承诺，并不是因为我们已经有了一整套现成的保障条件。我当时真的无法预测任何事情。我们的经济条件还很脆弱，两个人都还有许多年的学生贷款要还。在任何一个方面，我们都无法保证我们的婚姻会有好的结果。实际上，我嫁给他的时候，就很清楚他是个喜欢突然改弦易辙的人，他总是——你甚至可以指望这一点！——会在两条道路中间选择更不确定会通向成功的那条。你可以预判这个人必定会拒绝所有常规路径，跟一切太容易到手的东西过不去。他坚定地选择同时在几份工作之间来回奔波，而拒绝企业里安逸的高薪职位，因为他想要写书、教课、做符合自己价值观的事。我们两个都没有丰厚的家产作为后盾。我们不久后便得知，就连我们生育子女的能力可能也被打上了问号，于是我们开始了连续数年的困难重重的生育治疗。当然，还有他那疯狂的、像摩托车特技飞行一般大起大落的政治生涯。

我们携手闯进这片混乱，心里确定的事只有一件，那就是我们最好作为一个团队来共同面对它。

我很早就知道，伴侣不是解决你问题的万金油，也不是填充你需求的工具人。一个人只能是他自己。你不能让某个人扮演他自己不愿扮演的角色，或成为他自己不想成为的人。我想要的伴侣，是一个坚定地遵从自己内心价值观的人，而与我是否爱他无关。我希望，他诚实是因为他珍视诚实的品质，他忠贞是因为他相信忠贞的价值。

现在，我这样对我的女儿们说：你不会想要和某人进入婚姻，只是因为你希望找个人赚钱养家，或希望他照顾你，或给你的孩子找个父亲，或把你从麻烦中拯救出来。在我的经验中，这种婚姻极少奏效。你的目的应该是找到一个**和你一道**付出努力的人，而不是找一个为了你而努力的人，你应该找到一个会共同参与生活的方方面面、以所有方式做出贡献的人。如果某人希望只扮演单一角色，说出"是我在赚钱，所以不要指望我给孩子换尿布"这种话，我的建议是，赶紧跑，跑得越远越好。我告诉我的女儿们，成功的伴侣关系就像一支能拿下比赛的篮球队，需要两个技术娴熟的个体，两个人都有全面的技术，可以灵活地随时互换位置。每个球员除了懂得投篮，还要熟悉如何运球、传接和防守。

这并不是说，你们不能有分工，以互相弥补对方的弱点或差异。只是你们要作为一个团队来掌控整场比赛，每个球员都要始终保持自己多方面的能力。伴侣关系并不会改变你这个人，尽管它会向你提出挑战，需要你照顾和接纳另一个人的需求。贝拉克在我们认识的这三十三年里并没有改变多少，而我也是一样。我仍然是第一次与他握手时那个理智的进取者，而他也仍然是那个充满书卷气的、能够全面思考问题的乐观主义者。

改变了的是存在于我们之间的东西，我们两个人为了接纳彼此的亲密存在而做出的上百万次微小的调整、妥协和牺牲。我和他共同产生的这种混合能量，已经经受了几十年岁月的洗礼和战斗的考验。初次见面那天两人之间悄然萌动的微妙心绪，我们握手并开始交谈时，两个人心中暗暗种下的那颗彼此好奇的种子，**就是**我们这几十年间共同培育、逐渐成熟的东西。这就是那个从未停止的奇迹，那场仍未结束的对话，我们共同生活在其中的那个家。他还是他。我还是我。只是现在我们真的非常非常深地了解了彼此。

我一直试图劝说人们，请透过我和贝拉克的婚姻光鲜亮丽的表面，更清楚地看到表面之下的两个真实的人。我曾相当努力地尝试破除关于我们的神话，包括我的丈夫是个十全十美的人，我们的婚姻完美无瑕，以及更一般意义上的，相爱是件水到渠成、不费吹灰之力的事。我曾讲过我和贝拉克去做——而且迫切需要——婚姻咨询的事，当时我们的孩子还小，而且两个人都觉得力不从心，彼此疏远且满怀怨气。我曾用开玩笑的语气说起所有那些我受够了我丈夫，简直想把他扔出窗外的时刻。那些时不时冒头的琐碎怨恨，即使是现在，仍然会在我心中生根发芽，可能我永远都无法摆脱它们。真正的亲密是很让人疲惫的。但我们仍然在一起。

尽管我如此频繁且公开地谈论我们身上不大好的部分，有些人仍然更喜欢维持虚假的表面。有一次，《纽约时报》的某位专栏作家对我大加抨击，只因为我把事实讲了出来：我的丈夫不是一个神，只是个偶尔会满地乱丢袜子、忘记把黄油放回冰箱的凡人。我个人在这件事上的态度从来没有变过，而且我认为这一点对所有人都适用：只有当我们隐藏真实的自我时，我们才会伤害自己。

我有一个朋友，就叫她卡丽莎吧。她和一个男人约会了一年多，全程始终在拼命避免面对彼此真实的一面。卡丽莎三十多岁，是个光彩照人的非洲裔大美女，她有自己的生意，朋友很多，在任何意义上都算是成功人士了。但唯一的问题是，她不喜欢单身，总得有个伴儿才行。她还希望有一天可以当上妈妈。她是在网上认识的这个男人，对他一见倾心。他们开始约会。他们很快就同游了加勒比海，旅程非常愉快。他们回到美国后还常常见面，但两个人都忙于事业，也有各自的朋友圈子。卡丽莎说，他们打算先保持一种"轻松随意"的关系。

她直到后来才意识到，自己和这个男人实际上只是在一遍遍地重复初次约会，而抗拒在情感上进一步接近对方。他们被"轻松随意"的枷锁困住了。没错，他们在一起的时候的确玩得很开心，但两个人从来都不敢冒险发生一点小争执，也不会试图深入交流，撞开对方的心扉，或做其他事后需要弥补缓和的事情。"轻松随意"的本意，是让两个人都没有压力。在一起必须是全然愉快的，无须为之付出任何努力，也从不会让人不舒服。然而，实际上"真相"总是会显现出来。它迟早会以某种方式找到你。

他们的关系就这样持续了一年多。某天晚上，卡丽莎约了男友和她的一个亲密女友来家里吃饭，第一次介绍两人认识。在餐桌上，她看着自己这位性格外向的女友以天真而热切的语气不断向那个男人发问，几乎像是在有条不紊地替卡丽莎盘问他，问出了一大堆此前她不知道的事情。原来，他与父亲的关系不大好。他小时候感到自己不被爱。他在之前的几段恋情中一直抗拒做出承诺。

这些不一定会是问题。只是，它们揭开了卡丽莎在这个人身上从未见过的一面。她意识到，自己一直太恐惧了，害怕去触碰这些。她几乎从不多问他的事，他也从来没有问过任何关于她的深刻或真实的事情。这么久以来，他们仿佛只是两个定期见面的"炮友"，一直回避情感上的亲密。两个人都在避免受到伤害。卡丽莎说服自己相信"轻松随意"正是她想要的，尽管这与她的人生目标完全背道而驰。另外，

"轻松随意"是这个男人真正想要的吗？她甚至连这一点都无法确定。他们从来没有认真坐下来探讨过这件事。现在开始谈又显得太迟了。感觉就像这一年多以来，他们一直在用糖果代替正餐。

卡丽莎后来意识到，她的真实自我始终躲在一个虚假的表象背后，假装自己并不渴望获得更多或更好的东西，同时认为仅仅是时间的推移，就能算作他们的关系更进了一步。

后来，他们终于还是分手了。她告诉我此前她一直在克制自己，避免流露出太多的好奇心，或要求对方做出承诺，因为她认为这会让自己显得"难以取悦"，男人就会对她退避三舍。她尽可以在事业上野心勃勃，对日常生活的细节一丝不苟，但只要涉及和一个男人的亲密关系，她就会觉得这些品质对自己不利。

卡丽莎不想让自己看上去像一个愿意努力经营亲密关系的人，她担心这会减损她在某个男人眼中的吸引力，但实际上，她甚至都算不上认识这个人。

"我不想看上去太饥渴，太恨嫁，"她说，"我只是在故作洒脱。"

但是，她的故作洒脱最后让她——让他们两个的关系——走进了死胡同。

我有时会和年轻人交流，发现他们中的某些人已经将拥抱"轻松随意"和故作洒脱变成一种生活艺术，而逃避了这样一个事实，即只有勇敢地暴露自己真实和脆弱的一面，才能支撑起真正的亲密。他们还没有领会到，亲密关系可以容纳许多深刻和真实的东西，哪怕他们还处在人生的"跳蚤市场"阶段。他们会把二十几岁的青春时光全都用来四处与人厮混，但从未练习过该如何做出承诺、进行良好的交流。他们不知道将自己真实的情感和脆弱的一面与人分享是可能的。他们吃下大量的糖果，却没有锻炼出任何肌肉。然后，到了该认真起来的时候，到了开始考虑结婚成家，过一种更安定的生活的时候，他们就突然——经常是火急火燎地——从头开始学习这些技能。这时他们才意识到，稳固而恒久的承诺与"轻松随意""洒脱"毫无关系。

贝拉克身上最与众不同的一个特质，就是他对摆出轻松随意的姿态毫无兴趣。起初，他的直率甚至让我有点吃惊。在认识他之前，我跟一些对自己和他们想要什么都没那么确定的男人约会过。我和一两个"玩咖"出去过，这些人长相帅气，跟他们约会也很让人兴奋，但你经常会发现他们的目光越过你的肩膀，打量着房间里还有些什么人，有没有新的目标可以搭讪。我最早的几场恋爱，带给我的教训和其他人的没什么两样：不止一个前男友劈腿、说谎。那是在我人生的"跳蚤市场"阶段，当时我自己也在尝试各种不同的生活方式，努力为未来的成年生活做准备。在最初那几场恋爱中，我自己也很不确定。可能我并没有投入太多感情。我还在学习，还在试着了解自己，弄清楚自己的需求和欲望。

贝拉克和我之前认识的那些人都不一样。他态度直接，并且很清楚自己想要什么——他的这种笃定很不寻常，至少对当时的我而言是这样。要是没有之前几段恋爱演练带给我的经验，很可能我就不会意识到这有多么不寻常。

"我喜欢你，我觉得我们可以开始约会试试。我想要带你出去。"在我们第一次见面几个星期之后他这样对我说。在此之前，我们一起出去吃过几次工作午餐。

尽管我做了很大一番心理斗争，不知道要不要屈服于自己从他身上感觉到的越来越强烈的吸引，也担心办公室恋情会违反职业规范，但贝拉克始终沉着镇定，安静而坚持，深信我们两个适合对方。他给我足够的空间去考虑，但自始至终都把自己的态度表达得很清楚：他对我感兴趣，和我在一起让他很愉快，他想要和我进一步发展关系。当时他分享自己看法的方式，和多年后我看到他坐在椭圆形办公室里时所使用的没什么两样：并拢的手指做支起帐篷状，有理有据、条理分明地逐一列举他的观点。

首先，他认为我聪明又美丽。

其次，他相当确定，我也很喜欢和他交谈。

再次，这根本不能算办公室恋情，因为他只是一个暑期实习生。

最后，他只想和我，而不是其他人在一起。考虑到再过八周左右他就要回到法学院，留给我们的时间其实不多了。

那么，说真的，为什么不呢？

和他在一起，不会有恋爱关系中常见的那些擒纵游戏。他对那种随便玩玩的关系毫无兴趣。相反，他从一开始就将所有猜测和试探排除在外。他将自己的情感一览无余地摆在桌面上，就是这样。他好像在说：*这是我的兴趣。这是我的尊重。这是我的出发点。我们只能从这里开始，继续往下走。*

我不得不承认，这种坦诚和笃定的结合，让我感到既荣幸又耳目一新，而且性感得要命。

他的这种笃定，成了我们关系的基石。跟我约会过的男孩子里，没有一个像他这么坚定，不带疑虑，而且毫不在意自己是不是洒脱的。他会问我许多问题，关于我的感情、想法和家庭，也会回答我向他提出的所有问题。和他在一起，我可以渴望他的故事、他的爱意、他的支持，而不会因此患得患失，因为他也同样渴望着我。我们俩一点都不洒脱。对我来说，这就像是面前打开了一个全新的世界。我们对彼此充满好奇的探问驱散了我在恋爱中的局促不安。那些把大量心力浪掷在纠结约会对象会不会给我回电话的日子，从此一去不复返了。每次参加派对，或者进入陌生卧室，抑或来一场关于自己想从生活中得到什么的深入对话时的惴惴不安，也从此离我远去。我的内心突然变得强大起来。我感到自己被尊重、被看见。

我们当时相爱了吗？说相爱可能还太早。但我们深深地、狂热地对彼此感到好奇。在这种好奇心的驱动下，我们的关系从夏天延续到了秋天，然后贝拉克回到东海岸继续学业，而我再一次将自己淹没在日复一日的法律工作之中。然而，那时我的身上多了一点不一样的东西，仿佛有个开关被打开了。这个男人，他的好奇心为我的世界带来了光。

我们交往了几个月之后，贝拉克邀请我和他一起回火奴鲁鲁过圣诞节，想让我看看他从小生活的地方。我毫不迟疑地应允了。我还没去过夏威夷呢，甚至从来都没想过要去夏威夷。我对那个地方唯一知道的，就是大众媒体所描绘的某种画面：尤克里里、提基火炬、草编裙和椰子之类的。我的这些印象大部分，甚至可以说是全部来自 1972 年《布拉迪一家》在瓦胡岛上拍摄的那三集，在里面格雷格爱上了冲浪，简和马西娅穿比基尼，爱丽丝学跳呼啦舞时不慎扭伤了腰。

这些我自以为知道的东西，构成了我对将要在夏威夷度过的圣诞假期白日梦般的想象。再加上当时贝拉克和我的关系还处在充满浪漫幻想的热恋期，所以一切都显得格外合理。我们还一次架都没吵过呢。

我们电话里的交谈，大部分时候在缠缠绵绵、欢欢喜喜地互相腻歪，充溢着某种满怀期待的情欲。当我挂上电话时，心里想着，我们在一起的第一个假期去夏威夷度过，当然是再完美不过的了。临近圣诞节，芝加哥的空气渐渐变得寒冷刺骨，天黑得一天比一天早。我出门上班的时候天还没亮，下班回家时天已经黑了。在这种时候，我就会用即将到来的夏威夷之行给自己打气，幻想着温暖的微风和风中摇曳的棕榈树，沙滩上的小憩和傍晚的迈泰鸡尾酒，还有在慵懒而悠长的假日里无所事事地谈情说爱。

从飞机舷窗看出去，瓦胡岛美得像一个梦，正是我想象中它的样子，现实与幻想在此几乎完美重合了。12 月下旬的那个下午，我们乘坐的飞机在火奴鲁鲁上空盘旋，贝拉克坐在我的身边，而下面就是"天堂"。我看见太平洋波光粼粼的碧蓝色海水、绿意葱茏的火山，还有怀基基海滩圆润的白色弧线。我几乎不敢相信这一切真的发生了。

我们从机场乘出租车，来到位于南贝里塔尼亚街上的公寓大楼，贝拉克十几岁时曾和他的外祖父母住在那里。他母亲是位人类学家，常年在印度尼西亚做田野调查工作，很少回家。我还记得当时我坐在车上，惊异于火奴鲁鲁竟然是个这么大、这么现代化的地方，它是一个濒临大片开阔水域的都市，在这一点上它跟芝加哥差不多。城中有高速公路，有穿梭的车流，有摩天大楼，我可不记得在《布拉迪一家》里看到过这些，它们在我的白日梦里也从没出现过。我的大脑高速运转，像处理数据一样努力将这一切都收进脑海。当时我 25 岁，第一次来到这个地方，坐在一个我觉得我已经熟识，但远远算不上完全了解的男人身边，试图想明白这一切意味着什么。我们路过了一大片鳞次栉比的高层公寓大楼，你能看见阳台上满满当当地堆着盆栽植物和自行车，还有家家户户晾晒在窗外的衣服。我记得当时我心里想，**唉，好吧，现实生活就是这样的**。

贝拉克外祖父母住的公寓楼也是高层，不过不太大。楼房是座方方正正的现代主义建筑，用实用低调的混凝土建成。街对面是个历史悠久的教堂，有绿草如茵的宽阔院落。我们乘电梯到了十楼，提着行李，在湿热的空气里穿过位于大楼外侧的一条露天走廊，终于到达他们家门口——这次漫长旅程的终点，贝拉克迄今为止住过最久的地方。

没出几分钟，我就认识了家里的所有人：贝拉克的妈妈和他的外祖父母（他叫他们"姥姥""姥爷"），还有他的妹妹玛雅，当时她十九岁。（大约一年后，我又见到了他来自肯尼亚的父亲那边的家人，包括他的姐姐欧玛，他们姐弟俩的关系格外亲近。）他们待我很友善，对我充满好奇，但最让他们高兴的还是贝拉克回来了——他们叫他"贝儿"（Barr，是"贝里"的昵称，听起来很像"小熊"）。

接下来的十天里，我开始对火奴鲁鲁有了一点了解，并对贝拉克的家人有了很多了解。我和他借住在玛雅朋友的公寓里，每天上午，我们都会手牵手走去南贝里塔尼亚街的公寓那边，在那里待上几个小时，和全家人聊天，有时一起专心致志地拼一幅大拼图，有时闲坐在能看见街对面教堂的小阳台上。公寓面积不大，但温馨舒适，室内的装饰品由许多印尼蜡染花布和中西部小摆件组成，那些摆件让我想起我在芝加哥的祖父母住的那间老房子。看到他的家，我很快就意识到，他和我一样，是在经济不大充裕的环境中长大的。公寓只有一间舱式厨房，连一张餐桌都摆不下，我们只能在客厅的折叠小桌上吃饭。姥姥会给我们做金枪鱼三明治，用"纷乐旗"黄芥末酱和甜腌菜调味，也像是我小时候在欧几里得大道的家里会吃的东西。

我和贝拉克两个人是那么不同，却又如此相似。现在我可以更清楚地看到这些了。通过观察他在与家人分开一年后重新建立联结，我研究了熟悉事物和陌生事物之间的空隙。

贝拉克和他妈妈重新建立联结的方式，是长时间激烈地讨论地缘政治和当下的世界局势。姥爷则喜欢到处开玩笑。姥姥几年前刚从在银行的工作岗位上退休，正被背痛的毛病折磨，这让她的脾气变得有点差，但她喜欢打牌。看得出来她是个实事求是、讨厌废话的人，在过去的许多年里，一直是她肩负着养活全家人的重担。玛雅是个活泼甜美的姑娘，会给我讲她第一年在纽约上大学时的故事，还向贝拉克咨询选课方面的建议。

在我看来，他们这个家庭就像一个横亘在天空中的星座，每个人都有相对于其他人的固定位置，五个人作为整体，就构成了一个全然独特的、只属于他们自己的形状。家庭成员之间总是相距遥远，聚少离多，但即使隔着茫茫的海洋和大陆，他们仍然可以毫无障碍地开展家庭生活。五个人有三个不同的姓氏，贝拉克和玛雅是同母异父的兄妹，两人父亲的文化背景迥然不同。他们的母亲安有着出众的才智和独立自由的精神，她出生在一个父母都是保守派的堪萨斯州白人家庭，并固执地选择了一条与父母完全不同的生活道路。在贝拉克身上，我看到一个在这些闪烁频率各异的光束之间找到了自己位置的人。他继承了母亲的叛逆精神，外祖母的节俭和强烈责任感，以及外祖父的奇思妙想。他也继承了他缺席的父亲身上的许多东西，那位老贝拉克·奥巴马几乎从未在他这个儿子的生活中出现过，但仍然留下了一整套极为严格而切近的期许，包括智性上的严谨和纪律感。

和我的家庭不同的是，贝拉克的家人们经常互相拥抱。他们频繁地对彼此说"我爱你"，简直到了让我不适的程度，因为这种外露的、宣示性的亲密对我来说完全是陌生的。在某种意义上，这部分地解释了贝拉克在表达感情方面那种让我耳目一新的直率。他家人使用语言的方式极具表现力，而我和我的家人从来不会那么说话。我后来意识到，这很可能是因为多年来他们都依赖语言来保持紧密联系。他们通过断断续续的书信来往和长途电话交流，隔空遥遥诉说爱意，讲得越是生动有力，这爱意就能在他们之间的漫漫时空中回荡得越久。那些拥抱、情绪激烈的交谈、专心致志的拼图游戏，也都是出于同样的目的。他们每次见面时，都感觉下次再见不知要到多久之后了。

我家的"星座"排列方式，则与此全然不同。我的绝大多数家庭成员长住芝加哥，不仅如此，他们全都住在芝加哥南城的一片相对紧凑的区域。我们不想住得太分散，喜欢离彼此近一点。我的每个亲人都在从我家开车15分钟可达的地方。尽管已经是年轻的职业人士，但我仍然住在我父母的楼上，也就是欧几里得大道上那所房子的二楼，而且我仍然会在周日跟我哥哥和一大堆堂表亲见面，大家一起吃麦卡洛尼芝士意面和烤肋排。我的家人不习惯说"我爱你"，或是很生动地用语言表达自己的感情。相反，我们只是耸耸肩，说"好，那什么，周日见咯"，心里清楚到时候所有人都会在。重复，可靠，从不掉链子。对于鲁宾逊家的人来说，稳定就是爱。

在此后的许多年里，这将成为我和贝拉克终归要通过不断尝试和犯错来拆解的东西。比如我们两人大相径庭且互相冲突的家庭观，一段严肃的、彼此承诺的伴侣关系究竟应该是什么样子，我们两个人的星星在天空中的相对位置，我们是否有能力处理好所有存在于"中间地带"的不确定性。每次他迟到，或对自己需要出席某些场合的义务表现得漫不经心，我都会很生气。而他反感我总是把他的日程排满，或是为我们两个做太多的计划，把太多人牵扯进来。在哪些事情上，我们需要努力弥合差异？又有哪些事情，我们只需要简单地承认双方看法不同，然后就彼此放过？由谁来做出调整和让步，或是试图忘记自己已经知道的东西？

我们花了一些时间，经过大量的磨合练习之后，才找到了解决争端的合适方法。我发现，贝拉克是个"当场解决者"。他喜欢在我们关系中的问题刚冒头时就马上着手处理，试图立即开启对话，把双方的意见沟通清楚。他在表达感情时倾向于经济高效。我想，这很可能也是因为在他的家庭里，大家每年聚在一起的时间只有十天左右，因此不得不努力往这十天里塞进尽可能多的东西。有时，我会发现他想快速搞定那些困难的分歧，飞快地调动自己全部的理性洞察力，急不可耐地试图推进讨论，希望将矛盾当场化解，让两个人的关系重新回到之前那种温馨和睦的状态。就像他还是个孩子时不得不学会的那样，收集和处理所有信息，高效地行动，迫切地想要解决问题。

而我的性子更烈，而且我所习惯的推进事情的节奏要比我丈夫慢得多。我很容易被激怒，然后大发雷霆，需要过些时候才能逐渐恢复理智。这可能是我从小长大的宽松环境造成的。小时候，家里鼓励我无论有什么想法都可以随时大声讲出来。在我的家庭里，时间永远不会不够用。冲突发生的那一刻，我经常火冒三丈，气得脑袋都要炸了，那时我最不想要的，就是马上坐下来冷静理性地逐条展开辩论，掰扯究竟谁对谁错，或者问题该怎么解决才好。事实证明，我气急败坏的时候，会说出一些极其愚蠢和伤人的话。我们的关系中有过很多这样的时刻，贝拉克强烈要求立即对话，然后就被正在气头上的我大骂一顿。

我们不得不逐渐摸索出一条应对之道。我们不得不练习如何用对方可以接受的方式做出回应，这需要考虑两个人各自的过去、不同的需求和生存方法。贝拉克已经学会如何给我更多的空间和时间去冷静下来，慢慢处理我的情绪，因为他现在知道，我从小习惯了拥有这份空间和时间。而相应地，我也学会了在处理情绪时更高效、更克制。我也在努力不让一场争执拖得太久，因为我知道了他从小就无法忍受坐视事态发酵而不去解决。

我们渐渐学到，在处理问题的方式上没有绝对的对与错。不存在一套预先规定的"伴侣守则"，让我们只要严格遵守就万事大吉。很多时候，答案只能由身在其中的两个人自己去寻找。作为两个有着独特个性的个体，我们在年复一年、日复一日的相处中，通过不断地施压和妥协，消耗大量的耐心，才能在互相理解的路上前进一点点。比起语言，我更看重本人在场。我重视守时、时间上的付出、惯例和规律性——这些在养育他长大的家庭里都不那么重要。贝拉克看重的则是留有余裕去思考、有能力反抗任何形态的建制，以及高度灵活且随时可以轻装上阵的生活方式——这些在我成长的家庭中都不太重要。准确地表达自己的感觉，将两个人的一些分歧放在双方个人生活史的背景下去理解，而不是一味地指责对方，对于解决问题总是有帮助的。

那个圣诞假期里，每天下午我和贝拉克就从他外祖父母家出来，走几英里[1]路到怀基基海滩上人比较少的一边，沿路在一家便利店停下买点零食。我们会在靠近海边的位置找一块空地，在沙滩上铺一张藤编垫子。只有这时，我才终于感到我们是在度假，远离工作和家人，完全沉浸在二人世界里。我们会下海游泳，然后仰面躺在阳光下晒干身体，一连交谈几个小时，直到某个时刻，贝拉克会突然站起来，用毛巾擦去身上的沙子，说："哎，我们得回去了。"

唉，好吧，我想，心里涌起一丝失望。现实生活就是这样的。

事实上，当时我想要的只是我幻想中的那个夏威夷。不是不情愿地拖着脚步再走几英里回到南贝里塔尼亚街，和贝拉克的外祖父母坐在电视机前吃一顿没什么花头的简朴晚饭；不是呆呆看着贝拉克一直到深夜还在帮玛雅梳理她的学费支付计划；也不是跟他母亲聊她一直在拖延进度的博士论文——她写的是印度尼西亚农村铁匠业的经济体系。我更想和他一起坐在附近某家餐厅的露台上尽情享受温柔的晚风和迈泰鸡尾酒，只有我们两个人，把所有的责任和义务都抛到脑后，就这样一起看着海平线上的天空一点点从粉红色变成紫色，再变成黑色。最后，我最想要的是欢欢喜喜地牵着他的手，一起溜进某家旅馆顶层的蜜月套房。

这就是我在芝加哥那家事务所的办公室里，为这几天来之不易的假期提交休假申请时，心里幻想着的场景。这就是为什么，当贝拉克

---

[1]　1 英里约为 1.6 千米。——编者注

卷起沙滩垫，唤我和他一起走回去的时候，我要很努力才能忍住不嘟起嘴巴抱怨。

你们看，我当时还太年轻。我的头脑里有一张"资产负债表"——一栏列着我的收获，另一栏列着我做出了哪些牺牲。然而，当时我并不知道什么才是真正宝贵的财富。当时的我，还在设法弄明白什么才是自己未来许多年的生活和岁月所需要的，什么才是能够在漫长的人生中真正抚慰我心的东西。

我现在可以告诉你们，不是迈泰鸡尾酒和蜜月套房。不是遥远的地方美不胜收的日落，不是豪华的婚礼或者很多钱，也不是在世人面前保持一个耀眼的形象。和这些都没有关系。

直到很久以后，我才意识到当时他给我看到的是什么。只有一个晚上是不够的，我必须一连十个晚上坐在南贝里塔尼亚街那间小小的高层公寓里，才能真正理解我所看到的东西，它最终会变成我个人那张资产负债表上一笔巨大的进项。和我在一起的这个男人固执地深爱着他的家人，每个上午和每个晚上都会回到他们身边，因为他知道自己下次再回来可能要到一年以后了。我所看到的，是他秉持的那种稳定性，还有他安排自己天空中"星星"的方式。在我们搬到一起之后，我认识到尽管他和家人天各一方，但贝拉克始终是他家庭的支柱，这是他母亲的前后两任丈夫都未能承担的角色。很多时候是他在关切地指导安和玛雅，为她们出谋划策，让她们能面对生活中的种种危机。无论什么麻烦出现，他的家人都会第一时间打电话给他。

我此时看到的这一切，在后来我们的婚姻面临最严峻挑战时，帮助我们挺了过来。当时我们的两个女儿还小，而贝拉克却因忙于政治事务，每周有三四个晚上不能回家。这与我从小到大形成的对婚姻中的稳定和亲密的期待，有很大差异。这意味着我被一个人留在家里，感到脆弱和坐立难安，他的缺席让我感觉像被遗弃。我担心我们之间的裂痕会越来越大，最终无法弥合。

然而，当我们能够坐下来谈这件事，特别是在一位咨询师的帮助下谈的时候，我们就又想起了我们所拥有的东西，以及我们之间已经建立起的共同理解。我知道贝拉克的故事，他也知道我的。这让我们明白，我们是可以战胜婚姻中的裂痕的，只要我们能一直认识到它们的存在。我们可以在"中间地带"生活。我们都知道，距离是他所熟悉的，即使我不熟悉。他知道如何做到即使相隔遥远，也能传达爱意，因为他被迫一生都在练习这样做。不管发生什么，我和女儿们都始终是他世界的中心。他永远不会离弃我。这件事，在我们第一次旅行的时候，他就展示给我看了。

我们共同度过了第一个圣诞和新年假期。在火奴鲁鲁那间小公寓里，我一连十个夜晚看着贝拉克收拾、清洗晚餐的盘碟，和外祖父一起玩填字游戏，向妹妹推荐书籍，从头到尾细细检查他母亲的财务报表以确认她没有被骗钱。他专注而耐心，全身心地和他们相处。直到这一天彻底结束，该洗的餐具都已洗好，该谈的话都已谈完，所有人开始打哈欠他才起身离开。

尽管我在自私地期待着蜜月套房和这个男人的全部注意力，但他允许我看到了真实的他，向我展示了如果选择彼此，我们未来的生活可能会是什么样子。我们一点都不"轻松随意"，也没有故作洒脱，正是这一点让我开始觉得，我们将不会只是彼此生命中的过客。

确定感就是这样开始的：一个深夜，你和他从十楼的公寓出来，乘电梯下楼。你们走出电梯，迈进火奴鲁鲁温暖湿润的空气中，头顶是缀满繁星的天穹。这时，你悄悄把手伸进了他的手里。在那个瞬间，你突然意识到，这就是你的家了。

现在，贝拉克和我每年都会回夏威夷。我们一般会在圣诞节回去，我们已经长大成人的女儿们，也会从她们所在的地方，从她们自己的生活中抽身出来，飞到那里和我们相聚。我们会跟贝拉克的妹妹玛雅和她的家人们团聚，同他高中时的朋友叙旧，还会在岛上招待几位从内陆过来的朋友。在连续三十多年拜访瓦胡岛之后，现在我看到飞机舷窗外摇曳的棕榈树时，再也不会激动得喘不过气，也不会对"钻石头"火山的景色叹为观止——那是坐落在怀基基海滩东南的火山，看上去像一座巨大的绿色堡垒。

现在，让我兴奋的，毋宁说是熟稔的感觉。我对这个地方已经了如指掌，这是我小时候从没想象过的。尽管现在我仍然是个客人，但我的确已经非常了解这座岛屿，就像我了解那个带我一次次地定期如约回到这里，介绍我认识这座岛屿的男人一样。我感觉自己已经熟知从机场通向北部海岸的那条高速公路上的每一个转弯。我知道哪里能吃到超棒的刨冰和韩式烧烤。我能分辨出空气中鸡蛋花的香味。一条蝠鲼偶然在浅滩处的水底摇曳着掠过的影子，也让我欣喜不已。我已经熟悉了恐龙湾附近那片平静的海域，我们在那里第一次向当时还在蹒跚学步的女儿们示范了如何游泳。还有拉奈瞭望处多风的海蚀崖壁，我的丈夫会去那里悼念他深爱的母亲和外祖母，他把她们的骨灰撒在了附近的海域。

几年前，贝拉克和我专程回了火奴鲁鲁一次，为了庆祝我们的结婚纪念日。他私下里在城区为我安排了一场惊喜晚宴。他租下一家旅馆的屋顶露台，作为我们两个的私人庆祝场地，还雇了一支小乐队。

我们在屋顶站了片刻，欣赏美妙的风景。当时正值傍晚时分，整片怀基基海滩在我们的视野里一览无余。冲浪者们懒洋洋地站在板子上，等待一个完美的浪头。一些老年男人正在下面的公园里下着象棋。我们看见了女儿们还小的时候，在圣诞节旅行中我们经常带她们去的动物园；看见了人来人往的卡拉卡瓦大道，我们也经常带她们在上面散步，欣赏路边的杂耍艺人和许多晚上出来给游客表演的人行道艺术家。我们指给对方看这些年我们回来时住过的那些旅馆。后来我们有了足够的钱出去住，就不用再劳烦贝拉克的家人每次都求朋友借我们一个房间了。我们意识到，我们正看着的，是我们一次次回到这里的这一整段漫长岁月。这是个圆环闭合的时刻。我们回到了最初的起点。

我来到夏威夷前做的那个浪漫幼稚的美梦，今天成真了。现在我站在一个屋顶露台上，和我爱的人独自看着日落。

贝拉克和我找了张桌子坐下，点了两杯马提尼酒。我们聊了一会儿他的家人，回忆了我第一次和他到访南贝里塔尼亚街的时候，那时我们多么年轻——现在回过头去看，感觉当时我们其实一点都不了解对方。我们回忆起那张藤编的沙滩垫，还有每天从他外祖父母家走到海滩，再从海滩走回去的那段长长的路程。

我们笑了起来，两个人都意识到，我们的确走了好长一段路啊。

然后我们碰杯，看天空变成粉红色。

妈妈是我们所有人的"定海神针"

第七章

来认识一下我妈妈
MEET MY MOM

贝拉克当选总统之后，就传出了我71岁的母亲玛丽安·鲁宾逊打算和我们一起入住白宫的消息。她去帮忙照顾当时分别是7岁和10岁的萨莎和马莉娅，至少到她们两个在白宫安顿下来为止。她要确保所有人都适应了新生活，再回到芝加哥。媒体马上被这个念头迷住了，纷纷请求采访我母亲，并写出了一大堆报道，称她为"第一外婆"和"首席外祖母"。那感觉就像热门网剧里突然加入了一个非常值得期待的新角色。突然间，我的母亲就出现在了新闻里。她**就是**新闻。

然而，如果你认识我母亲的话，就会知道，她最不希望的就是出名。她答应了几次采访，把这些当成整个过渡过程中的一部分，但她不止一次表示，她十分惊讶人们竟会对她感兴趣。

在我母亲自己看来，她没什么特别之处。她也经常说，虽然她很爱我和我哥哥，但我俩也没什么特别的。我们只是两个普通小孩，得到了足够的爱和相当多的好运气，所以碰巧混得还不错。她总在试图提醒人们，像芝加哥南城这样的街区里，到处都有"小米歇尔"和"小克雷格"。他们存在于每一所学校、每一个街区。只是他们中的太多人被忽视和低估了，因此大量潜在的才能一直没有被认可。这很可能就是我母亲那个核心理念的基础："每个孩子都是很棒的孩子。"

我母亲现在 85 岁了。她的行动中有种安静而快乐的优雅。光彩和威仪对她来说没有意义。她能看穿一切外在的伪饰，相信所有人都应得到相同的对待。我见过她与教宗交谈，也见过她与邮递员说话，无论对面的人是谁，她都始终保持着同样和气而淡定的态度。如果有人问她问题，她就直截了当地回答，带着一种怡然的超脱，从来不会刻意修饰自己的回答以迎合某个具体的人。这是我母亲的另一个特点：她反对捏造事实。

这就意味着，在我们逐渐适应白宫生活期间，只要有记者向我妈妈提问，她都会坦率地回答，从不避重就轻，美化自己的真实想法，也从不理会那些紧张兮兮的公关专员事先拟定的任何对外口径。不，我们马上就明白了这一点，如果外祖母要对媒体说话，她就要实话实说，赶紧说完了事儿。

于是，她就这样上了全国新闻，讲述她的子女们如何硬生生把百般不情愿的她拖出欧几里得大道那间安静的小平房，几乎是强迫她搬到了全美国最著名的住址。

她并不是故意跟我们过不去，她只是在讲自己的真实想法。在这件事上，我妈妈在记者面前表达自己的方式，和她向我表达自己的方式没什么两样（邮递员和教宗也会得到同样的回答）。她原本不想来华盛顿特区，我就苦苦央求，后来发现这也不管用，于是把克雷格也拉进来做我的友军。母亲是这个家庭的基石，是我们所有人的主心骨。从我们的女儿还在襁褓中起，她就经常在我们对常规的育儿安排感到力不从心时伸出援手。贝拉克和我在各自的职业生涯中都经常临时起意，甚至是胡乱地改换方向，有时我们的工作任务繁重，一连好多天脱不开身，而两个小女儿的课外活动又越来越多。在这些时候，我们多要仰赖我母亲。

所以，没错，某种程度上的确是我们强迫她来的。

问题是，她本来在家里住得好好的。她不久前才退休。她喜欢待在自己家里，过自己习惯的日子，对变动不感兴趣。欧几里得大道上的家里，有她所有的小玩意儿，还有她睡了三十多年的床。她感觉白宫太像个博物馆，而不像一个家。（你猜得没错，她把这个看法直接跟一个记者说了。）但是，哪怕她让所有人知道她来华盛顿是被逼无奈的，而且只是暂时性的安排，也还是同时肯定了她对萨莎和马莉娅的爱，以及对她们成长和福祉的关心，最终胜过了所有其他考虑。"如果一定要有人陪着她们俩，而这个人不能是她们父母的话，"她耸了耸肩，对记者说，"那这个人最好是我。"[15]

然后，她表示自己受够了这些采访。

我母亲一搬进白宫就大受欢迎，尽管她并不期待如此。她成了舞会上最耀眼的明星，真的。所有人提到她的时候，都只需要说"R 女士"就够了。白宫的工作人员喜欢她，正是因为她不事张扬。这里的管家团队大部分是黑人，他们很高兴家里住进了一位黑人老祖母。他们给她看自己孙辈的照片，偶尔还会向她咨询人生建议。白宫的花艺师进来更换插花的时候，也会停下来和她聊天。每次她出门闲逛，去第十四街的药妆店或另一个方向的"法林的地下室"百货商店，或是去贝蒂·柯里（贝蒂以前是比尔·克林顿的秘书）家串门打牌，特工人员总会跟在她身后。白宫的管家们总想为她做更多事情，但她早就讲得很清楚，不希望任何人在旁服侍，或是跟在她身后打扫卫生，她完全能照顾好自己。

"告诉我洗衣机怎么用，然后你们就什么都不用管了。"她说。

我们意识到她来是在帮我们一个大忙，因此尽可能减轻她的负担。她每天陪萨莎和马莉娅一起上学、放学，帮助她们适应新的生活节奏。在我忙着履行"第一夫人"职责的日子里，母亲就要确保她们有点心吃，以及为她们准备课外活动所需的各种东西。她饶有兴致地听她们讲每天在学校里发生的事情，当年我还是小学生的时候，她也是这么听我讲的。我们一有时间独处，她就会把我错过的这部分关于孩子们的事情原原本本地转述给我，然后听我讲述自己的一天，充当我的倾听者和决策咨询人。

不需要照看孩子时，她就会刻意减少在我们眼前出现。她觉得我们应该过自己的家庭生活，那生活跟她没关系。同时她觉得，她也应该有自己的生活，是和我们没关系的。她喜欢自由。她享受自己的空间。她的总体原则是尽量不插手。她来到华盛顿特区只有一个目的，就是扮演贝拉克和我的可靠后盾，做两个孩子慈爱的外祖母。其他的一切，在她看来，都是无意义的忙乱和喧闹。

有时，我们在白宫宅邸举办晚餐会，招待重要的客人。客人们会环顾四周，问我母亲在哪里，她会不会和我们一起用餐，

这时，我经常只是笑着指指楼上。她在三楼有一间卧室，平时她比较喜欢在卧室旁边的一间客厅里待着。那间客厅窗子很大，窗外正对着华盛顿纪念碑。"不，外祖母正在她楼上的安乐窝里呢。"我会说。

这句话的实际意思是："不好意思啊，博诺[1]，现在我妈妈面前的

---

[1] 指爱尔兰音乐人、U2 乐队主唱兼吉他手保罗·休森。

折叠小桌上有一杯葡萄酒、几块猪肋排，而且电视里正在播《危险边缘》智力竞赛节目呢。你想跟这些竞争，门儿都没有……"

总体上，这种安排似乎很有效。我妈妈最终和我们一起在白宫住了整整 8 年。她一直都在，安静低调，不事张扬，这种生活态度对我们所有人都有裨益，尤其是考虑到贝拉克的工作如此高调和充满戏剧性。是她将我们拉回现实的大地上。她来到这里，不是为了追踪埃博拉病毒，不是为了阻挠议案而进行冗长的辩论，也不是为了调查什么国际争端事件。

她在这里，只是为了在旁边照看我们，看看我们一家过得是否还好。而我们需要的正是这个。我们需要她。她是我们的"定海神针"。

在这 8 年里，我们的两个女儿从天真的小学生长成了十几岁的青春少女，一心想获得独立和成年生活的种种特权。像这个年龄的孩子常会做的那样，她们试探了一些边界，也做了一些蠢事。其中一个曾因为错过宵禁时间被禁足。一个曾在"照片墙"软件上贴过一张不甚得体的身穿比基尼的自拍照，随即被白宫东翼负责公众沟通的团队指示删除了。有一次特工人员不得不现身，把其中一个从一场未经报备且缺乏监护的高中生派对上拖走，因为当地执法部门也被叫到了现场。一个曾跟美利坚合众国的总统顶嘴，因为他竟然胆敢[1]（毫无外交手腕地）询问她是如何做到一边听说唱音乐一边学西班牙语的。

---

[1]　原文是"had the audacity to"，借用了贝拉克·奥巴马自传《无畏的希望》（*The Audacity of Hope*）的书名。——编者注

女儿们在青春期的任何一次叛逆或行为失当，无论多么轻微，都会激起我的阵阵担忧。它们触发了我最大的恐惧，那就是白宫生活正在毁掉我们的孩子。而这当然是她们父母的错。每当这时，我的"老朋友"，就是充满恐惧的头脑会马上高速运转起来，并引发铺天盖地的怀疑和内疚。（我有没有提到过，恐惧心理格外偏爱孩子？它知道你所有的软肋，并会精准攻击它们。）

任何一件小事出了岔子，我的"母职内疚"都会涌现出来。我开始质疑贝拉克和我做过的每个选择，我们行经的每一条分叉路。前面就谈到过，擅长自我审视已经成了每个女性"出厂设置"的一部分，因为我们从自己还是孩子的时候起，就被推进了不平等的系统，被灌输了大量不切实际的对女性"完美"形象的期待。我们中没有任何人——真的，一个都没有——实现过那些期待。但我们仍然在不断努力尝试。与婚姻和伴侣关系中的情形一样，关于为人父母也存在着大量不切实际的幻想，这些幻想在我们的文化想象中占据重要位置，而现实永远不可能完美。

对于母亲们来说，这种"我做得不够多"的感觉往往格外刺痛。广告和社交媒体中铺天盖地的"完美母亲"形象，其危害和虚假程度丝毫不亚于那些被滤镜和修图软件加工过的女性身体——通过饿肚子、塑形手术和注射填充物获得——而那样的身体频繁地被整个社会奉为女性美的最高典范。但我们仍然被设定为对这一套照单全收的女性，我们孜孜以求的不只是完美的身体，还有完美的子女、完美的工作与生活的平衡、完美的家庭体验，以及完美的耐心与稳定情绪，尽管事实上，我们中没有任何人——千真万确，一个都没有——达到过那些完美标准。所有这些虚假的诡计会导致巨大的、破坏性的疑虑。作为一位母亲，你在环顾四周之后，心里很难不生出这样的疑问：**是不是所有人都做得很完美，除了我？**

我和其他人一样，容易落入这种自我折磨的陷阱。女儿们身上出现任何一点冲突或问题的迹象，我会立刻开始在头脑里疯狂搜寻我可能犯过的错误。我对她们太严格还是太纵容？我在她们生活中的存在感太强还是太弱？有没有哪本育儿书是我15年前本该读却没读的？这场真实的危机反映了某些更大的问题吗？还有哪些重要的人生经验我没传授给她们？现在补救还来得及吗？

如果你曾以任何方式负责过一个孩子的生活，想必就会熟知这种特殊的恐惧和忧虑，这种因为担心你的孩子而在深夜辗转反侧的折磨。这是一种昼夜侵袭的茫然无措感，你总害怕自己为他们做得不够，或者做得大错特错，于是他们现在要为你的失职或糟糕决策付出代价。我相信，我们中有很多人都强烈且几乎时刻不停地感受着这种恐惧，我们从第一次看到新生儿那张可爱、纯真而完美无瑕的小脸时起，心里就想道："**拜托，哦，拜托了，可千万不要让我毁了你。**"

为人父母，就意味着你永远要与自己的绝望搏斗，唯恐搞砸了交给自己的这份"工作"。这种绝望催生了各类庞大的产业，从幼儿智力开发机构到人体工程学婴儿推车，再到SAT[1]补习班，它们迎合并助长了父母的绝望，以图从中牟利。这种绝望就像无底洞，永远无法填满。另外，随着美国家长越来越难以承受高昂的养育成本（或可占到美国职工平均收入的20%之多）[16]，这种压力不减反增。你会深信不疑地认为，如果你懈怠了哪怕只有一点点，你的孩子就会因为你没办

---

[1]　SAT：美国高中毕业生学术能力水平考试。——编者注

法提供或给予某个微小的有利条件，而落到万劫不复的境地。

我必须很遗憾地承认，这种感觉不会在你过了某个节点之后就自动终止。无论是他们学会了睡觉或走路，还是上了幼儿园，或从高中毕业，甚至是搬进了毕业后的第一间公寓并买了一套牛排餐刀，都无法彻底驱走你的绝望。你还是会发愁！你还是会为他们担心！只要一息尚存，你就无法停止琢磨还有什么事情是你可以为他们做的。当你有一个孩子在这世界上行走，世界在你眼中就永远充满无尽的邪恶和危险，哪怕你的孩子已经成年。而且我们大多数人，为了能让自己相信我们对此有哪怕一丝一毫的掌控，简直什么都愿意去做。即便是现在，我的丈夫，这个国家的前任"总指挥"，还是会忍不住在短信上给女儿们发警示性的社会新闻——关于高速公路驾驶事故，或是一个人走夜路有多么危险之类的。她们刚搬去加利福尼亚州的时候，他用电子邮件发了一篇关于如何为地震做准备的长文给她们，还提出想让特工部门给她们做一场应对自然灾害的培训（得到一句礼貌的"不用了，谢谢"）。

悉心照料你的孩子并看着他们长大，是全世界最让人感到满足的努力之一，但同时也完全可能让你疯掉。

不过，这些年来，我始终有用来抵挡这种母职焦虑的秘密武器，那就是我自己的母亲。她是我的后盾、我的佛陀，她平静地见证了我的许多不足，却从不论断，她是我至关重要的理智之源。从我们的女儿生下来，我母亲就一直在我们身后密切关注着她们的成长和发展，但从不插手贝拉克和我的任何育儿选择。

她提供的是她自己的视角和陪伴。她是个专注的倾听者，可以飞快地驱散我头脑中的恐惧，或是在我焦虑到有些"过火"时，帮我控制情绪。她告诉我应该永远假定孩子们能做到最好——让他们努力配得上你对他们的期许和高评价，要好过让他们被你的怀疑和担忧拖下水。我妈妈说，你应该无条件地将你的信任给予孩子们，而不是要求他们做些什么才能挣得信任。这就是她对"以善意开始"的诠释。

在白宫的这些年，妈妈一直都在我身旁，时时提醒我面对现实。她会用她七旬老人那种见怪不怪的淡定目光看待萨莎和马莉娅的青春期，并把她的看法在深思后告诉我，提醒我正在发生的事情绝对不是什么失败，而是孩子成长过程中完全正常合理、在预期范围内的表现——我自己像她们这么大的时候，也做过同样的蠢事。她给我打的这些"预防针"简短又轻描淡写，这符合她的性格，但极大地安抚了我。

"那两个小姑娘没什么事，"我妈妈会这样说，以她标志性的方式耸耸肩，"她们只是在学习如何生活。"

她想对我说的是，我也没什么事，可以冷静下来，相信自己的判断。这就是我妈妈一直以来传递给我的最核心的信息。

她提供的是她自己的视角和陪伴。

如果你跟我妈妈在一起待得够久，就会注意到，她经常在日常谈话中不经意间抛落这些小珍珠般的人生智慧。通常，它们都与她的一个信念有关：无须费尽心思，不用大张旗鼓，也能养育出优秀的孩子来。她从来不会激动或是愤怒地大声宣布自己的理论。相反，你几乎需要把耳朵凑过去，仔细地倾听它们。它们常常只是一些平静地脱口而出的隽语，几乎像是不经意间从口袋中滚落的硬币。

许多年来，我一直在留心收集这些"硬币"，将它们装满口袋，把它们当作我的向导，借以消除我在育儿过程中遇到的种种疑虑和担忧。我总想，或许我母亲自己应该写一本书，向世界讲述她的人生故事，并分享那些让我个人从中受益无穷的洞见。但当我向她这样提议时，她只是摆摆手回绝，说："我为什么要做这种事？"

不过，她同意我在这里分享几条最能经受实践检验的箴言。正是她的这些教导，让我成了一个稍微更镇定、更坦然，不那么被内疚感折磨的家长。但前提是，我必须附上免责声明。这是我妈妈的原话："你得确保他们知道，我并不想教谁该如何生活。"

1. 让你的孩子学会自己起床。

当时我 5 岁，刚上幼儿园，我父母送给我一只小小的电子闹钟。它的钟面是方的，有小小的会在夜里发出绿光的时针和分针。妈妈教会我设置起床闹铃，以及闹铃响的时候该怎么关掉。然后，她又带我从后往前捋了一遍每天早上需要做的事，包括吃早饭、梳头、刷牙、找出要穿的衣服穿上、系鞋带等等，以便计算出我从起床到出门上学一共需要多少时间。她给了我所需的指导，也提供了必要的工具，但如何有效地使用这些工具，就是我需要自己搞清楚的事了。

我小时候超爱那只闹钟。

我爱它所带给我的东西，就是主导自己生活的权力和主观能动性。现在我意识到，我妈妈是有意选择了一个足够早的时间段来送我这个工具，趁我还没有长大到会怀疑"为什么要早起上学"这件事，趁她还不用自己每天把我从睡梦中摇醒。在某种意义上，这为她省了很多事，但最大的获益者其实是我自己：我可以自己起床了。**我可以自己起床了！**

如果我哪天真的睡过头，或是因为懒惰不想起床上学，我母亲也没兴趣唠叨或是哄我。她会袖手旁观，明确表示我的生活大体上是属于我自己的。"听着，我自己已经受过教育了，"她会说，"反正该上的学我上完了。你上不上是你自己的事。"

2. 这跟你们没有关系。好父母总是努力让自己无事可做。

"闹钟育儿法"代表了我父母刻意采取的一套育儿策略：帮助我们兄妹俩学会自主决定并最终自力更生，无论是身体上还是情感上。自从生下我们两个，我母亲就始终不渝地朝着一个目标努力，就是让她自己最终在我们的生活中变得多少有些多余。考虑到我自己近几年来还是需要她令人安心地陪在身边，这个目标恐怕仍未实现。但她的确尽力了。

我妈妈从不掩饰一个事实，就是她打算尽可能早，尽可能彻底地对我们撒手不管，尤其是在打理日常的实际事务方面。那一天来得越早，她就越早相信克雷格和我可以管理好自己的事情，她这个做家长的也就越成功。"我培养的不是小孩子，"她过去常这么说，"是未来的大人。"

这么说听起来可能有些刺耳，尤其是在这个"直升机式育儿"[1]已经成为常态的时代。但我相当确信，我妈妈在做大多数决定之前，会问自己一个基本问题：**现阶段我能为他们做得最少的事情是什么？**

---

[1]　"直升机式育儿"，指对孩子的事情大包大揽，时刻监督孩子的一举一动。——编者注

这绝不是因为自私或缺乏责任感，而是经过深思熟虑的。在我们家中，"自给自足"比一切都重要。我父母深知，他们手上的资源有限——无论是金钱、空间，还是特权的获取。另外，考虑到我父亲的身体状况，他不仅精力有限，就连留在人世的时间也所剩不多。这让他们学会了在所有事情上俭省。在我父亲看来，我们的运气很好，而人永远不该把好运气视为理所当然。我们被教导要珍惜眼前，为自己所得的一切赠礼感恩，无论是一碗冰激凌，还是一次去看马戏的机会。他希望我们能尽情享受当下，克制那种总要四处张望、寻找下一处欢愉或刺激的冲动，也不要嫉妒他人所拥有的东西。

他责备我们时语气温和而戏谑，但他想传达的教训是认真的。如果我们刚撕下前一个生日礼物的包装纸，就火急火燎地去拆下一个，他会轻声说："总是不满足！"如果我们一份冰激凌还没吃完，就开口再要一份，他也会说："总是不满足！"他会敦促我们用心思考自己的需求。

教会我们自强自立和想清楚自己真正需要什么，是我父母能为我们创造的唯一优越条件。他们无法提供捷径，于是致力于让我们获得技能。他们对子女的全部希望可以归结为一点：克雷格和我要想在这个世界上比他们走得更远，就需要更大的引擎和充足的燃料，以及自我修复的能力。

我妈妈相信，她事事插手，只会妨碍我们练手。如果有哪件事我们还没做过，不会做，她就会给我们做一次示范，然后马上退到旁边。这意味着，克雷格和我在双手够得到厨房水槽之前，就已经踩在踏脚凳上学会了刷洗和擦干碗碟。我们从小就被要求养成自己铺床和洗衣服的习惯。就像我前面提到过的，妈妈敦促我自己上学、放学，让我靠自己找到正确的路线。所有这些看上去都是很小的技能，但它们代表了一种循序渐进，逐渐克服怀疑和恐惧的过程，到后来，需要怀疑和惧怕的东西越来越少，而探索和发现变得越来越得心应手。先建立起一个坚实的习惯，然后我们就能以此为基础，建立更多。

很多事情我们做得不太完美，但重要的是我们自己动手在做，而不是让别人代劳。我母亲从不插手。她不会纠正我们的错误，也不会否定我们做事情的方式，虽然我们的做法常常与她的有些不同。我相信，这就是我第一次尝到权力是什么滋味。我喜欢带着别人的信任去完成某件事。当我就这个问题咨询我妈妈意见的时候，她这么告诉我："让孩子们在他们还小的时候犯错，这样更容易。让他们去犯错。同时你不能对这些错误大惊小怪，否则他们就会停止尝试。"

她就这样坐在一旁，允许我们自己去挣扎、犯错——在各个方面都是如此，包括我们的家务、学校作业，以及跟各位老师、教练和朋友的来往关系。这些与她的自我价值或自尊毫无关系，也不是为了向人夸耀。她会说，这跟她自己一点关系都没有。毕竟，她正迫不及待地要摆脱我们呢。这意味着，她的心情不会因为我们胜利与否而起伏。她快乐与否也不取决于我们有没有带"全 A"的成绩单回家，或是克雷格在篮球赛上得了多少分，又或是我有没有入选学生会。如果发生了好事，她会为我们感到高兴。如果发生了坏事，她会帮助我们消化和面对，然后回去处理自己的家务和自己面临的挑战。重要的是她爱我们，这与我们成功还是失败无关。每当我们走进家门，她的整张脸都会被喜悦点亮。

妈妈始终在安静地关注着我们生活中发生的事，但她从不会第一时间出来替我们战斗。我们要学习的东西很多是社交方面的，我们在发展社会技能，以便弄清楚我们希望哪些人出现在我们周围，愿意让哪些人的意见进入我们的头脑，以及为什么我们会这么选择。她经常抽时间去我们所在的班级做志愿服务，因此熟悉了我们每天生活的环境，这或许能帮助她更好地分辨哪些时候我们的确需要帮助，哪些时候我们只是在"学习如何生活"——这种情况占绝大多数。

有时，我回到家会因为某个老师做过的事情而心情烦躁（我得承认，这种事还挺频繁的），每每这时，妈妈就会站在厨房里听我滔滔不绝地控诉某个老师说了一句多么不公平的话，或是某项作业太愚蠢，或是某位女士显然不知道自己在做什么。

等我说完，最开始的怒气渐渐平息，可以清楚地思考之后，她就会问我一个简单的问题——她问的时候完全是真诚的，但同时也带着点儿引导式提问的意思。"你需要我出面帮你解决吗？"

这些年里有过那么几次，我的确需要我妈妈帮助，她也的确帮我解决了。但99%的情况下，我并不需要她代我出头。仅仅是问出这个问题，并且给我机会回答，她就巧妙地推动了我继续把当时的状况思考清楚。事情究竟有多糟糕？有哪些解决办法？我能做什么？

就这样，到最后我总是可以相信自己做出的回答，那就是"我觉得我能搞定"。

妈妈帮助我学会了如何梳理自己的情绪，并找到应对它们的策略。她用的方法，大体上就是给这些情绪留出空间，小心留意着不让她自己的情绪和意见压抑它们。要是我因为什么事情而过分恼火，她就会让我去做家务，不是作为惩罚，而是为了帮助我重新合理认识问题的严重程度。"去打扫一下卫生间吧，"她会这么说，"把心思放到干活儿上，就不用总纠结你自己心里那点事儿了。"

在我们的小家中，她为我和克雷格创造了某种"情感沙盒"，让我们得以安全地演练情绪，整理自己对生活中各种事件的反应。我们会大声地把遇到的问题一五一十地复述给她听，无论那问题是一个数学方程式，还是操场上发生的一起争执。有时，她会给我们建议，通常是冷峻而实用的那种。更多的时候，她只是提醒我们保持客观，从我们希望得到的最终结果出发，倒推现在应该采取什么行动——永远把关注点放在最终的结果上。

高中时我有一次很不开心，因为觉得数学老师待人傲慢，不想和她打交道。妈妈听完我的抱怨，理解地点点头，然后耸耸肩。"你未必要喜欢你的老师，她也未必要喜欢你，"她说，"但她的脑袋里有数学知识，而你需要学会它。所以，或许你应该这么想，我去学校只是为了学习数学。"

她看看我，然后笑了，就好像这是全世界最容易理解的事情似的。"你想被人喜欢的话，回家来呀，"她说，"我们永远都喜欢你。"

3. 知道什么才是真正珍贵的。

我母亲记得，她小时候在南城的家中长大，家里客厅中央摆着一张大咖啡桌，桌面是用平滑而精美的玻璃做的，很容易碎，所有人不得不小心地绕着它走，走过的时候几乎都战战兢兢。

我的母亲，她对自己的家庭有敏锐的观察。她在七个孩子里排行老四，这让她有了许多可以观察的材料。她有三个姐姐和三个弟弟妹妹，外加一对貌似个性迥异、关系不太融洽的父母。她花了很多年时间观察和理解自己身边这些人际关系的动态，在此过程中默默地，可能是下意识地形成了关于将来自己有了孩子，要怎么养育他们的想法。

她看到她的父亲，就是我的外祖父"南城的"如何把子女当小孩子溺爱，特别是对她的三个姐姐。他总是开车接送她们，这样她们就不需要搭公交车了，因为他怕车上发生什么他无法控制的意外。他每天早上都叫她们起床，不用她们自己定闹钟。他似乎很享受她们事事依赖他。

我妈妈记下了这些。

我的外祖母丽贝卡则为人拘谨，循规蹈矩，郁郁寡欢，而且有可能（我妈妈现在是这么认为的）患有临床意义上的抑郁症。她年轻的时候梦想当一名护士，但她的妈妈，一个在弗吉尼亚州和北卡罗来纳州养大了7个孩子的清洁女工，似乎告诉她上护士学校要花很多钱，而且黑人护士很难找到好工作。于是丽贝卡就嫁给了我的外祖父，然后也生了7个孩子，对生活带给她的一切始终心怀不满。（她最后还是忍不下去了，在我妈妈14岁左右的时候搬了出去，靠做护士助理养活自己。她离开之后，家里的氛围变得轻松愉快多了。）

外祖母丽贝卡在时，家里的至高法令就是"孩子们只应被看到，不能被听到"。在晚餐桌上，我妈妈和家里的其他孩子都被要求保持安静，沉默而恭敬地聆听成年人的交谈，绝不允许插嘴。我母亲至今仍对那种有一大堆话想说，却只能憋在肚子里的感觉记忆犹新。那种感觉难受极了。她一点都不喜欢那样。甚至在心理上，他们都必须时刻小心翼翼，唯恐踏错一步。

当外祖母的朋友来家里做客时，孩子们会被叫到客厅，和大人们一起待着。所有孩子——从蹒跚学步的幼童到十几岁的少年——都被要求礼貌地坐在一旁，什么话都不能说，除了问好。

我母亲向我们描述了许多个漫长的夜晚，她坐在那间客厅里听着大人们谈话，有多少次她都很想加入，有多少观点她都想要参与讨论、提出反驳，或至少想懂得更多些，但她的嘴巴被贴了封条，只能痛苦地保持沉默。整整几个小时，她都在拼命把自己的意见咽回去，同时全程盯着那张玻璃咖啡桌，无论什么时候它都光洁如新，桌面上一丁点污渍和手指印都没有。想必就是在那些沉默的时刻，我妈妈心里暗暗地，甚至是下意识地做出了那个决定：等将来她自己有了孩子，她一定要允许，不，她要鼓励他们有话就说。这将在多年以后，成为我们在欧几里得大道的家中根深蒂固的信条。所有想法都可以表达，一切意见都会得到重视。任何一个问题，只要它是真诚的，就绝不会被禁止。可以自由地欢笑和流泪。没人需要小心翼翼。

某天晚上，家里来了一个新客人。我妈妈还记得，那个女人的目光从房间里所有这些稚嫩的面孔和焦躁不安的年轻身体上扫过，终于开口问了一个合乎逻辑的问题："有这么多孩子，家里还能放一张这样的玻璃桌，你是怎么做到的？"

我妈妈不记得当时我外祖母是怎么回答的了，但她心里知道真正的答案：在她看来，自己的母亲没有学到至关重要的一课，她分不清什么是真正珍贵的，什么不是。如果你听不到孩子的声音，看到他们又有什么用呢？

她家里的孩子，没人敢碰那张玻璃桌，哪怕一下都不行，就像他们不敢说话，因为知道自己会被惩罚一样。他们只是被看管，而不被允许成长。

在我母亲大约 12 岁时的一个晚上，几个成年人朋友来他们家做客。出于某种愚蠢的原因，他们中的一个不巧坐到了那张桌子上。在我外祖母惊恐的目光和孩子们沉默的注视之下，桌子瞬间碎了一地。

在我妈妈看来，那简直就是某种天降正义。直到今天，这个故事还会让她笑个不停。

4. 接受你的孩子本来的样子。

在我父母养育我们长大的那间公寓里，没有任何像玻璃桌子那样的东西。在我们的生活中，很少有精致的或易碎的物品。一方面是因为我们的确不宽裕，买不起什么高级货；另一方面也是因为我母亲的成长经历让她对任何炫耀性的贵重物件都敬而远之。她从来不想假装我们屋檐下有任何真正贵重的物品，除了我们自己的身体和灵魂。

在家中，克雷格和我可以做我们自己。克雷格天生擅长照顾人，而且有点爱操心；而我脾气火暴，独立性强。父母看到了我们的差异，于是按照我们不同的秉性对待我们。他们在养育过程中有意鼓励我们各自的长处，激发出我们身上最好的一面，而不是试图将我们塞进任何一套事先定好的模具。我和我哥哥都能做到尊敬长辈，遵守通行的规矩，但我们也会在晚餐桌上畅所欲言，在室内玩球，用立体声的音响播放音乐，在沙发上滚来滚去。如果我们真的弄坏了什么东西，比如装水的玻璃杯、咖啡杯，偶尔还会打碎一块玻璃窗，那也没什么大不了的。

我在养育萨莎和马莉娅的时候，也试图秉持同样的态度。我希望她们觉得自己既能被看到，也能被听到——总是能说出自己的想法，无拘无束地去探索发现，永远不需要在自己的家里小心翼翼。我和贝拉克为我们的家庭制定了一系列基本原则与总体方针：和我妈妈一样，我在孩子们刚能分床睡的时候，就让她们学着自己整理床铺。和他妈妈一样，贝拉克执着于在她们还小的时候，就让她们领略读书所能给予的乐趣。

然而，我们很快就发现，抚养小孩所遵循的基本轨迹，与我们在怀孕和分娩过程中所经历的没什么两样：你尽可以花许多时间去梦想、去准备、去规划你们未来的家庭生活，指望着一切完美得如你所愿，但到了最后，你基本上都是在忙着应对各种突发状况。你尽可以建立流程和体系，从市面上浩如烟海的如何哄婴儿睡觉，如何喂养和训练婴儿的专家意见中，挑选出你最信赖的去听从。你尽可以在自己的家中制定章程，高声宣告自己所服膺的宗教或哲学体系，每件小事都不厌其烦地与你的伴侣商议。但到了最后，你几乎一定会低头认输，意识到无论你多么热切，多么努力，你能掌控的仍然只有一小部分——有时可能是非常小的一部分。你可能多年来一直是个出色的船长，把手下的远洋巨轮打理得井井有条、一尘不染，但现在你必须面对这样的事实：船上来了一群只有丁点大的"劫匪"，他们不容分说地要把整条船翻个底朝天。

尽管你的孩子爱你，但他们来到这世界上有自己的事情要做。他们是独立的个体，会以他们自己的方式明白道理、吸取教训，无论你多么周密地做计划都是枉然。他们心里有无限的好奇，去探索、尝试和触碰自己身边的一切。他们会把你的船的舰桥凿通，乱摸船上的每个地方，浑然不觉间打破所有的易碎品，包括你的耐心在内。

下面我要讲一个我不太能为之骄傲的故事。当时我们还住在芝加哥，马莉娅7岁左右，萨莎只有4岁。有天晚上，我忙了一整天工作后回到家。那段时间贝拉克经常不在家里，他总是得去千里之外的华盛顿特区，出席某场很可能让我恨得牙痒痒的参议院会议。那天也不例外。我给两个孩子做了晚饭，问她们一天过得怎么样，监督她们洗了澡，等到我收拾起剩下的碗筷时，已经累得有点站不直了，我盼着赶紧把这一天的活儿干完，好一个人安静地坐下来歇口气，哪怕只坐半个小时也好。

两个孩子这时应该去刷牙，准备上床睡觉了，我却听见她们在楼梯上跑上跑下的声音，她们冲上了三楼的游戏室，一边跑一边欢快地嬉笑。

"喂！马莉娅、萨莎，该休息了！"我站在楼梯下面朝上喊道，"马上给我下来！"

一个短暂的停顿——可能有整整三秒钟——然后她们跑得更起劲，笑得也更大声了。

"到你们该去睡觉的时间了！"我又大喊了一声。

然而，很明显我是在白费力气。女儿们对我的叫喊充耳不闻。我能感觉到自己的双颊开始变得滚烫，耐心土崩瓦解，怒气在胸中升腾，头顶马上要冒出烟来。

我只是想让这两个孩子上床睡觉，仅此而已！

从我自己还是个孩子的时候起，妈妈就始终建议我，每到这样的时刻，先努力在心里从一数到十，给自己足够的暂停时间来恢复一点理智，然后尽量用理智去回应局面，而非跟随自己的第一反应。

我想那天我尽力数到了八，再多一秒都忍不下去了。我累坏了，而且气炸了。我冲上楼梯，大声吼了女儿们，命令她们从游戏室下来，到一楼见我。然后我深吸一口气，默默数出最后那两秒，竭力压制自己的怒火。

她们出现在我面前时，两个人都穿着睡衣，因为刚才的奔跑嬉戏而脸颊发红，微微出汗，看上去完全没把我几次三番的喊叫当回事。

我告诉她们我不干了。我要辞去"她们的母亲"这份工作。

我尽力唤起自己身体里残存的最后一点冷静，然后（一点都不冷静地）开口说道："你们都不听我的话。你们似乎不需要我这个母亲了。看上去，你们很希望凡事都可以自己做主是吧。那好，现在你们想干什么就干什么去吧……从今往后，你们可以自己想办法弄东西吃，找衣服穿，想什么时候睡觉都可以。你们两个的生活再也不归我管了，自生自灭去吧。我不在乎。"我高高举起双手，向她们显示我是多么无计可施，多么受伤。我说："我受够了。"

就是在那一刻，我获得了此生最清楚的一次领悟，明白了自己正在跟什么样的人打交道。

马莉娅睁圆了眼睛，下唇开始微微颤抖。

"哦，妈咪，"她说，"我不想要那样。"她马上乖乖跑去盥洗室刷牙了。

我内心的一块石头放下了。我暗想，嘿，**这法子见效还挺快**。

与此同时，4岁的萨莎愣在原地，手里紧紧抓着那条她总是带在身边的蓝色小毯子。她先是多花了一秒钟理解我甩手不干了这件事意味着什么，然后，她自己的情感反应逐渐浮现出来。那是一种纯粹的、无拘无束的解脱感。

在她姐姐顺从地离开之后，萨莎一句话都没说，立刻转身兴高采烈地跑上楼梯，回到游戏室里，就好像在说，**终于解放了！** 这位女士**终于跟我没关系了！** 几秒钟后，我就听见她打开电视机的声音。

在一个极度疲倦和沮丧的时刻，我把那个孩子生活的主导权交到她自己手里，结果发现她开开心心地接了过去，然而事实上她要很久之后才具备自主生活的能力。尽管我很赞同我母亲关于父母的最终目标是在孩子的生命中变得多余的想法，但那时候撂挑子还是太早了。（我立刻把萨莎从游戏室喊回来，押着她去盥洗室刷了牙，然后把她塞到了床上。）

这个小插曲教会了我很重要的一课，它让我知道了应该如何与我的孩子们互动。我的两个孩子，一个想要父母给她更多的引导，另一个则相反；一个会首先对我流露出的情感做出反应，另一个则会从字面意思上解读我的话。

每个孩子都有自己的脾气秉性，自己的敏感之处，自己的需求、长处、边界，以及自己阐释周围世界的方式。贝拉克和我此后将一次又一次地发现，她们在整个成长过程中表现出始终如一的倾向。滑雪的时候，马莉娅的每一个动作都做得小心谨慎、分毫不差；而萨莎则喜欢从雪坡上不管不顾地往下直冲，敞开的夹克衫下摆在风中乱飞。你问萨莎她今天在学校过得怎么样，她会匆匆搪塞一句就跑回自己的卧室，而马莉娅则会一五一十地讲她在离开你之后的每个小时都是怎么度过的。马莉娅经常咨询我们的建议——和她爸爸一样，她也喜欢先收集各种信息和意见，反复权衡之后再做决定；而萨莎则更像小时候的我，只有当我们放手让她一切自己做主的时候，才能发挥出最佳水平。两者之间没有对错、好坏之分。只有一点，无论过去还是现在，她们都是两个个性完全不同的人。

作为一位母亲，我渐渐学会了在与孩子们的互动中更多听从自己的直觉，而不再依赖育儿书籍，或是"权威专家"的建议，这些都要归功于我妈妈的永不过时的智慧：把心态放轻松，相信自己的判断。渐渐地，贝拉克和我学会了从我们女儿的一举一动中读取线索，根据她们各自显示出的特质调整我们的教养策略，试图通过我们对她们个体天赋和需求的理解来解读她们的成长。我开始将为人父母视作一门艺术，它跟钓鱼有点像，你要在及膝深的水流中一连站上几个小时，需要计算的除了水流本身，还有风的运动和太阳的角度，而在钓鱼这项活动中，你最巧妙的操作只能通过手腕的精细动作实现。它需要你的耐心、视野和精确性。

到最后，你的孩子无论如何都只会成为他们生来注定要成为的那个人。他们终将以自己的方式学会生活的道理。对于他们的际遇，你能影响其中一部分，但绝不可能全盘掌控。你无法消除他们生命中的不幸，也无法除去困难和挣扎。你能给你孩子的——事实上，这是我们可以给予所有孩子的——是让他们有机会被看到、被听到，让他们有机会练习根据有益的价值观来做出理性决定，以及让他们感觉到，无论何时，他们的存在本身都足以让你快乐。

5. 回家来呀，我们永远都喜欢你。

我妈妈曾不止一次对我和克雷格说上面这句话。这是她向我们传达的所有信息中最最重要的一条。回到家，就是回到喜欢你的人中间。家就是你永远会被喜欢和接纳的地方。

前面，我很多次谈论到"家"这个概念。我知道自己在这一点上非常幸运，能够从小生活在一个好的家庭里。孩童时，我曾经享受家人的喜悦和接纳，这在我的整个成长过程中都是一个独特优势。因为知道被悦纳是什么样的体验，我就知道如何去主动寻求喜悦，如何寻找朋友、建立关系，并最终找到了一个可以将更多的光和喜悦带入我的世界的伴侣——然后我又试着将这些光和喜悦倾注到自己孩子们的生命中，希望她们也能得到同样美好的恩典。我为寻找和欣赏他人内在之光所做的练习，成了我用来克服不确定性、应对艰难时世的最宝贵工具，它使我的目光得以穿透愤世嫉俗和绝望的重重障碍，并且最重要的是让我始终保持希望。

我意识到，对很多人来说，"家"可能是个更复杂、更让他们感到不舒服的概念。它所代表的那个地点、那群人，或是那类情绪体验，可能是你有充分理由想要彻底摆脱的。"家"完全可能是个令人痛苦、让你永远不想再回去的地方。这也没关系。知道自己不想去某个地方，会给你带来力量。

找到自己接下来想要前往的地方，也会给你带来力量。

我们该如何为我们自己和其他人，特别是为我们的孩子，建造起能让喜悦在其中生根发芽的处所，就是让我们永远愿意回去的家？

你或许需要勇敢地将自己对家的概念打碎重塑，为自己建立一个庇护所，悉心照顾当你自己还是孩子时，心中那些无人赏识或未被点燃的火焰。你或许需要建立一个你自己选择的家庭来取代你的原生家庭，保护你的安全边界。我们中有些人，将不得不大胆地对生活做出改变，一次次地重建自己周围的空间，一次次地更换身边往来的人，才能最终知道真正的家是什么样子，知道被接纳、被支持、被爱是怎样的体验。

我的母亲，（百般不情愿地）跟我们搬到了华盛顿，部分是为了帮助照顾我们的孩子，但还有一部分原因是，我也需要她的喜悦。我自己也只是个长大了的孩子，这个孩子在度过了漫长而劳累的一天，身心俱疲，需要安慰的时候，也想走进家门，就能在门里找到安慰、接纳，或许还有一块小点心。

我的母亲，以她睿智而坦率的方式支撑起了我们所有人。她每天都为我们点亮一束光，于是我们可以继续点亮其他人。她的存在，让白宫显得不那么像博物馆而更像一个家了。在白宫的 8 年里，我和贝拉克始终想让这个家的大门，向来自不同种族和不同背景的更多人敞开，特别是向更多的孩子敞开，邀请他们进来摸一摸家具，探索里面都有些什么东西。我们希望孩子们能把自己与这个国家的历史联结起来，也希望他们懂得自己是多么重要和宝贵，因为它的未来就掌握在他们手中。我们希望白宫能成为一个满溢着喜悦的殿堂，这喜悦源于一种归属感，它传递出一个简单而有力量的信息：**在这里，我们永远都喜欢你。**

当然，我母亲决不会认为自己在这些事中有一丁点功劳。她还是会第一个告诉你她自己没什么特别的，而且不管怎么说，这和她没关系。

2016 年岁末，新总统宣誓就职前的一个月左右，我母亲高高兴兴地收拾起了行李。她离开时没有大张旗鼓地举行任何仪式，在她的坚持下，连送别派对也被取消。她就这么搬出了白宫，回到她在芝加哥欧几里得大道的家，她阔别多年的床和她的全部家当都在那里。她很高兴她的"工作"终于做完了。

第三部分

我们看不见的，我们就假定不可能存在。

这是个多么具有破坏性的假设。

——奥克塔维娅·巴特勒[1]

[1] 奥克塔维娅·巴特勒（Octavia Butler, 1947—2006），非洲裔美国科幻小说家，雨果奖和星云奖得主。1995 年，她成为第一位以科幻小说获得麦克阿瑟天才奖的小说家。——编者注

2021 年 1 月 6 日国会大厦发生了那次让我深为惊骇的事件之后，
出席这场民主仪式——2021 年 1 月 20 日的乔·拜登总统的就职典礼——
是很能提振信心的一件事

第八章

完整的我们
THE WHOLE OF US

　　有时我会读到一些收入优渥的成功女性的介绍，在里面她们声称自己做到了工作生活两不误，事业家庭双丰收。她们往往散发出某种"毫不费力"的气场——妆发精致，衣着考究，将她们碰巧在统治的无论什么商业帝国都治理得极好；与此同时，她们似乎还每晚亲自下厨为孩子们做晚餐，会把全家每一件衣物洗净、叠好，还有时间练瑜伽，或者周末逛农贸市场。有时还会有介绍她们如何做到这一切的小贴士，比如时间管理技巧，或是她们的独家生活窍门，包括睫毛膏怎么涂，用哪种熏香，往巴西莓果蔬汁里加些什么料。此外还会附上一份她们最近读过的书籍的清单，通常是五本超级文学书。

　　现在我要告诉你们的是，事实比这复杂得多。你们在这些介绍中看到的，经常只是那个碰巧坐在一座象征性金字塔顶端的人，她貌似优雅、平衡、掌控一切。然而首先，任何的平衡，都很可能只是稍纵即逝的。其次，支撑起她的高效和精致的，是整个团队的通力合作，比方说管理人员、儿童保育员、管家、发型师，以及其他专业人士。我们中的许多人，包括我自己在内，能站在今天这个位置，要仰赖他人默默的、通常是无人歌颂的付出。没有人能只靠自己成功。我认为，我们这些人既然享受了"幕后帮手"的服务，就有必要在讲述自己的故事时，专门提到她们的贡献。

如果你认识我，肯定也会认识多年来一直在我的团队中效力的那些才华出众、冷静正直的员工。他们是无数问题的解决者，纷杂细节的追踪者，我的效率和工作能力的放大器。在白宫期间，我曾得到两位精力充沛的年轻女性的协助——第一个任期里是克丽丝滕·贾维斯，第二个任期里是克里斯廷·琼斯。我在出席公众活动时，她们两个几乎与我形影不离，为我前进的每一步护航，时刻准备好应对所有突发情况。直到今天，萨莎和马莉娅仍然把她们当成大姐姐。

离开白宫之后，我开展过一系列新项目，从写书到担任电视节目的执行制作人，再到协助管理奥巴马基金会，同时始终没有放下我在投票权、女童教育和儿童健康等议题上的倡导工作。我能做到这些，全仰仗梅利莎·温特的引导。2007 年她辞去了在国会山的工作，在贝拉克竞选总统期间担任我的助理，后来又成为我在东翼的一名重要副手。15 年后的今天，她仍然在我身边，统管我手下的职员，驾轻就熟地管理我的办公室，协助我处理职业生涯各个方面的不同职责。我对她的依赖，怎么强调都不为过。

在离开白宫后的头五年里，我很幸运地拥有了一位极为能干的助手，名叫琪娜·克莱顿。她于 2015 年加入我在东翼的员工团队，后来又同意在我恢复普通公民身份的转型期，继续留在我身边。琪娜是我的"空中交通管理员"，我每日、每时、每刻的生活都由她安排协调。如果有朋友想知道我下星期二有没有空去她家里共进晚餐，我一般就会笑着回答："这你得问我'妈妈'了。"当然，我说的"妈妈"就是琪娜，她是那个管理我日程的人。

琪娜保管我的信用卡。她有我母亲的电话号码。她和我的医生交流，为我安排行程，协助特工部门跟进我的详细安排，帮我预约和朋友的聚会。她能在各种环境中应付自如，在突发事件面前处变不惊。一天里，我可能会先去学校与一群学生交谈，再去拍摄电视节目或录制播客。我可能刚刚见完某位世界领袖，或是某个慈善机构的负责人，随后就与众多一线明星共进晚餐。而我的每一步行动，都是琪娜在替我协调。

　　她的工作，意味着我们几乎无时无刻不在一起。我们一起乘车。我们一起坐在飞机上。在旅馆里，我们住在相邻的房间。共同走过的这些旅程让我们格外亲近。我们全家失去心爱的老狗阿博时，琪娜和我一起掉眼泪。她买下第一栋房子时，我和她一起庆祝。琪娜不只成了我生命中不可或缺的一部分，也成了我心中挚爱的人。

　　因此在我们搬离白宫大约一年之后，琪娜问我她可不可以跟我有一次正式的、只有我们两个人的会面时，我一下就紧张起来。考虑到我们每天待在一起的时间已经够久，这个请求极不寻常，琪娜提出时显得有些焦虑，我跟着也迅速陷入焦虑之中。我觉得这次会面只可能意味着一件事情：她打算告诉我，她要辞职了。

　　琪娜走进我的办公室坐下时，我暗暗在心里准备好了听到坏消息。

　　"嗯，夫人（Ma'am）？ 有件事我一直想告诉您……"她说。（叫我"夫人"，是在白宫工作的那段日子给她遗留下来的奇怪习惯。许多在白宫服务了很长时间的工作人员坚持使用这个惯例性的尊称。）

　　"好的，我听着呢。"

　　"那个，是关于我的家庭的。"

我看着她的身体在椅子上焦躁不安地移动。"好呀。"我说。

"具体来讲，是关于我爸爸的。"

"然后呢……"

"那个，我猜我以前从没提过，但我感觉可能应该告诉您，就是他进过监狱。"

"哦，琪娜，"我心想，这件事我之前肯定不知道。我认识琪娜的妈妈多丽丝·金，但从没见过她的父亲，她也没有告诉过我任何关于他的事，"听上去很糟糕，我为你感到难过。这是什么时候的事？"

"那个，他是在我 3 岁的时候进去的。"

我愣了一秒钟，在头脑中计算了一下。"你是说，他在 25 年前进了监狱？"

"是的，差不多那个时候。是在我 13 岁时被释放的。"她用探询的目光看了我一眼，"我就是觉得您应该知道，以免这成为问题。"

"问题？ 为什么这会成为问题？"

"我不知道。我就是担心它可能会。"

"等一下，"我说，"在为我工作的这些年里，你一直在担心这个吗？"

她浅浅地、羞涩地笑了。"有一点。没错。"

"你约我单独会面就是为了说这个吗？"

琪娜点点头。

"所以，你不是要辞职？"

这个问题似乎让她很震惊。"什么？ 不是。"

当时，我们两个一言不发地对视了几秒钟，感觉双方都如释重负，一时间不知说什么好。

最后，是我先笑了起来。"知道吗？ 我差点让你吓死了。"我说，"我还以为你要走了呢。"

"没有，夫人，我完全没有想过要走。"琪娜也笑了，"我只是想告诉您这件事。感觉是时候了。"

然后，我们又继续坐着聊了一会儿，两个人都意识到"这件事"的分量实际上究竟有多重。

对于琪娜来说，终于开口讲述自己的这部分故事，让她心里的一块石头落了地。她很久以来的心结终于解开。她向我解释说，此前她一直都羞于让别人知道自己的父亲坐过牢。小时候，她向所有的老师和同学都隐瞒了这件事，她不想因为自己的家庭结构或家里人的际遇而遭人评判，或被人们另眼相看。后来她上了大学，毕业后又进入白宫，同事们看上去都是些时尚的上流人士，她感到这件事越发难以启齿，因为自己现在所处的环境，与她的童年境遇之间的鸿沟越来越大。你该如何向你"空军一号"上的邻座同事提起，你小时候唯一见到父亲的机会，就是去探访联邦监狱？

渐渐地，将那部分故事略去不讲，已经成了她的一种习惯和策略。然而，有时为了绕过它，为了避开一切有可能谈到她童年的对话而付出的努力，让她在这些年里变得越来越小心翼翼，戒心很重，永远将自己裹在一层额外的盔甲里。她心里始终萦绕着一种恐惧，害怕自己哪天会被指控为假冒身份的骗子。而她当然不是。

那天在我的办公室里，我尽了最大努力向琪娜保证，我对她的故事——她的整个故事——一点都不介意。她愿意告诉我让我很感激。

如果说这件事让我对她有了任何改观的话，那只能是让我更敬佩她，让我对坐在面前的这位极为能干的年轻女性有了更深刻的认识。她战胜了父亲在她的整个童年时期都身陷囹圄这件事所带来的压力，这充分体现出她的顽强、独立和坚韧不拔。它打开了一扇窗，让我得以窥见她是如何成为今天这个解决问题和后勤组织方面的奇才的——因为她从小就学会了见机行事，同时多线推进、快速思考。她因为不知道如何处理自己的这部分往事而经历的挣扎，可能也解释了为什么她在我的团队中一直显得较为内向。现在我能看到的，不是这个我所敬佩的人身上的一个侧面，而是一个完整的她——或者，至少看到了她身上更多的东西。我面前的这个人，她的人生故事有着许多"章节"。

我知道琪娜小时候在迈阿密，在一位意志坚强的母亲身边长大，她母亲独自担起了抚养孩子的重任。母亲选择夜班工作，这样就可以在女儿放学后那段时间陪伴她，鼓励她抓住每一个机会。这些年里，我和多丽丝见过几次面，亲眼看见她是多么为自己的女儿骄傲。琪娜的人生道路、职业生涯，她的才华和沉稳，都让多丽丝喜不自胜。她的成功，在某种程度上是她母亲的投入和辛勤劳动的见证。

我自己的成长经历告诉我，家人的这种支持有时会化为额外的压力，尽管这可能并非他们的本意。当你实现了你的家庭中多少世代以来的新突破，比如成为第一个离开所在街区的人，成为第一个大学生，成为第一个拥有房产的人，或是获得了任何一种稳定的生活——你身上就背负了在你之前所有人的骄傲和期待，那些人一路挥着手目送你向山顶攀登，他们相信你一定会到达那里，尽管他们自己去不了。

这种感觉固然美妙，但也会成为你前进路上的额外负担，某种珍贵的、你无法淡然处之的东西。你离开家的时候，心里清楚自己手里端着一个沉甸甸的托盘，上面满载着他人的希望和付出。而你正在小心翼翼地探索着会将你视作异类，永远无法保证接纳你的学校或职场环境，就像是端着那个托盘走钢丝。

你要付出这么多的努力，而且你的处境如此岌岌可危，所以如果你不想冒险敞开心扉，分享自己的个人经历，是完全可以理解的。没有人可以责怪你的内向、谨小慎微和给自己的层层保护。事实上，你想要做的一切，无非是全神贯注，保持平衡，避免摔倒。

这几年，琪娜会说我们那次对话，帮助她解开了一个心结，让她得以摆脱一部分恐惧，不再感觉自己在职场中像个假冒身份的骗子。我们之间关系的亲近，以及我们随时间推移而建立起的信任，给了她足够的安全感，让她选择将自己埋在心底的一部分故事告诉我，袒露出她个人经历中总会让她感到脆弱、不安全的那部分，让她轻视自己的那部分。

我认识到，这种袒露仍然让她觉得有风险，哪怕我们两个之间的关系，要比绝大多数员工和上司之间的关系更亲近、更私人化。我也认识到，如果她身处其他职场环境，或者如果她在这个位置上的时间更短，资历更浅，甚至要是我们这个团队让琪娜作为女性或有色人种的身份比现在更孤立无援的话，可能她感觉到的风险还会更大。我们选择在职场环境中分享什么，选择在什么时候展示自己身上的什么东西，绝不仅仅是个人的选择，实际情况要复杂得多——经常微妙而难以把握，取决于时机、处境和小心谨慎的判断。我们需要时刻注意说出口会有什么危险，将要获知我们真相的又是谁。并不存在适用于所有人、所有情况的行事准则。

在接下来的章节里，我们将更多地谈论该在何时，以及**如何**以真诚且有效的方式向他人袒露自我。但我想先从**为什么**讲起，即为什么我认为我们应该寻找这些分享的机会，好让我们可以更坦然地面对自己，讲述自己的故事。为什么这件事至关重要。同样重要的是，我们应该创造接纳的空间和氛围，以鼓励别人讲出他们的故事——无论是在职场，还是在我们的个人生活中，或者更理想的是，在所有这些地方我们都可以畅所欲言。

在一个非常基本的层面上，当你经过权衡之后，决定冒险将某些东西向他人袒露，借以卸下"必须保守秘密"的重担，或让自己避免总是竭力弥补自己与同侪之间差异的压力——不论那差异是什么——你就会感到解脱。这经常意味着你开始将自己此前一直排斥的、不愿面对的那部分自我，整合进更大范围的自我价值感之内。这是你找到自己的光的一种方式。通常来说，一旦你找到了自己的光，接下来别人也更容易看到它。对一些人来说，这是一个极为私密的过程，他们求助于心理咨询师，只在全世界可能最安全的一种关系中开口分享。有时候，你需要等待很多年，才能找到一个合适的时刻和情境来敞开心扉。我们中的许多人，哪怕只是开始理解我们自己的故事，或是找到一种声音去讲述它，都需要等上很长时间。最重要的是，我们需要找到办法，去检视那被我们隐藏起来、怕让人看见的东西究竟是什么，并且思考将它继续隐藏下去，对我们自己有没有好处。

琪娜说，在告诉我更多她的成长经历，并意识到这完全没有改变我对她的尊重和欣赏之后，她能更自信、更坦然地向自己生命中的其他人讲述这部分故事了。后来，她就不再时常感到恐惧，整个人也更自信更舒展了。她也开始理解，之前她把太多的精力都空耗在了保守秘密上，即使她自己没有意识到。

很多年里，琪娜一直生活在恐惧中，害怕别人会因为某件完全在她掌控之外的事情而论断她。她的这种恐惧在美国极为普遍。在白宫"上层精英范儿"的氛围中工作，她感觉有一个进过监狱的父亲让她成了这里唯一的"异类"。但事实很可能并非如此。政府数据显示，全美国范围内，超过 500 万名儿童的父母曾经有过被羁押或入狱一段时间的经历，这些儿童约占美国儿童总数的 7%。[2] 有理由认为，琪娜的境遇并没有她自己以为的那么不寻常。当然，没有人会谈论它。谈论这个干吗呢？ 我们经常会觉得，将自己的脆弱隐藏起来是更安全的，而且考虑到我们生活在这样一个热衷审判他人的文化环境里，这么想也完全正确。

然而，这意味着我们中的很多人会以为自己是个"异类"，而实际上很可能不是。我们心里的"保险箱"让我们变得孤独、与他人隔绝，而这又反过来加深了不被看见的痛苦。这是一条艰难的道路。我们藏在心里不能见光的那些东西，以及出于直觉的恐惧或羞耻感而严防死守的秘密，可能会让我们产生一种更沉重的感觉，那就是我们与周围的环境格格不入或根本无足轻重——我们真实的一面，永远无法与我们所生活的这个世界的现实相符。将脆弱隐藏起来，让我们永远都没有机会知道外面的世界里还有些什么人，还有哪些人可能会理解我们秘而不宣的那部分故事，甚至可能从中得到帮助。

我们最初的那次谈话过了大约一年之后，琪娜作为嘉宾参加了我当时在网络音乐平台"思播"上主持的一档播客节目，讨论导师和被指导者之间的关系。在对话中，她谈到了自己整个童年时期父亲都在监狱里服刑的经历，并且说自己已经学会不再为那部分故事感到羞耻，而是开始意识到，正是那段经历帮助她获得了今天的成功。

通过公开自己的故事，琪娜不仅为自己，也为其他人做了一件有益的事。那期播客上线之后，我们收到了来自全国各地的留言，热心的听众们对她的故事的回应，汇成了美丽而激昂的大合唱。许多人——无论年长还是年轻，甚至还有一些是小孩子——给我们写信，说自己完全理解她所描述的那种感受，因为他们自己也曾被迫面对亲人入狱的压力，也曾不知如何向别人讲起那部分故事，不知如何将它容纳进自己的生活。

琪娜讲述这些的时候，并不是带着羞耻，而是满怀自豪和自信，这一点尤其重要。这不是她一个人的故事，而是他们所有人的故事。在某种意义上，它将他们所有人从困境中解脱出来，通过创造一个更广阔的领域，让有相同经历的人可以在其中感到自己被看见、知道自己被接纳。一个从小经常出入联邦监狱家庭探访室的女孩，长大后却能每日出入白宫，这件事对他们来说也意味着很多。

当一个人选择公开袒露她自己过往经历中被认为不够完美的地方，或是某种传统上会被视作缺陷的境遇或条件时，事实上，她所揭示的往往是她之所以能变得如此坚韧和强大的秘密。而且，正如我们在历史上经常看到的那样，一个果敢灵魂的力量，常常足以成为众人的力量。我想到这一点，是因为我有幸在2021年1月20日出席新总统就职典礼时，看到一位名叫阿曼达·戈尔曼的年轻作家身穿阳光般的明黄色大衣走到台前，用她的诗歌朗诵振奋了数百万人的心。她的那首诗，完美地契合了这个近些年来最令人担忧也最复杂的时刻。

仅在此两星期前，一群约 2 000 人的暴徒为那个即将卸任的总统闯进国会大厦，试图阻止国会正式确认乔·拜登的当选。他们砸烂窗户，冲破大门，袭击并伤害了警察，闯入参议院会议厅，恐吓我们国家的领导者，同时也让民主制本身陷入危机。贝拉克和我瞠目结舌地看完了这条新闻的实时播报。那天发生的事情使我感到惊骇。我知道当时我们的国家正深陷有害的政治分歧，但看到那些言辞演变成了肆意妄为的疯狂暴力，目的是推翻一场大选的结果，仍然让人心碎。一个美国总统竟会任由愤怒的民众围攻他自己的政府，这可能是我目睹过的最骇人的场面。

作为公民，我们并不总是赞同那些选举出来的决策者。但是作为美国人，我们历来都信赖民主这项更伟大的事业，这套理念是我们的信仰之所系。担任第一夫人期间，我曾见到许多工作勤奋、办事周全的政府雇员，他们将自己的一生奉献给了公共服务事业，其中许多人历经多次政府换届，无论掌权的是哪个党派，他们都始终恪尽职守地贡献自己的专业才能。贝拉克任伊利诺伊州参议员的时候，我也在州政府的雇员身上看到了同一种品质；我为芝加哥市长办公室效力的时候，市政府的公务员也是如此。无论领导人怎么轮换，谁当选，谁下台——自由选举是一个和平的、参与式的民主制度的基石——政府机构本身岿然不动，永远像一个稳固的、缓慢转动的轮子般恒常运行。这套体制绝非完美，但它就是我们的联邦、我们美利坚合众国立国的契约，是我们自由的根源和保障。

虽然秩序最后得以恢复，国会领导人成功地在当天夜里确认了选举结果，但 1 月 6 日发生的事件造成的破坏无法估量。这个国家的精神仿佛被撕裂了。疼痛是显而易见的，创伤实实在在地造成了。新总统就职日临近的那些天里，气氛仍然高度紧张。联邦调查局发布公告，让全部 50 个州针对下一步的潜在暴力行为进入警戒状态。老实说，那时我很害怕接下来会发生什么。

然而，很明显的是，我们要在恐惧和相信之间做出选择，不只是对于我们中那些将出席就职典礼、目睹新当选总统宣誓的人，对于更广大的公民群体来说也是如此。我们将持何种立场？甚至当疑虑萦绕耳畔时，我们还会挺身捍卫我们的民主吗？我们能否保持冷静和坚定？4 年前，我就出席了同样一场仪式，当时上台宣誓的是一位我既不支持，也不信任其领导能力的总统。我对他的就职并不感到高兴，但无论如何，我仍然出席了典礼。我在那里，是为了拥护和尊崇一个更大的进程，为了强化一个更高的信条。就职典礼正是这样一种东西，一个让我们重新认同自己对于民主之追求的仪式，它呼吁我们接受更广大的选民群体带给我们的现实，无论那是什么样的现实，然后继续向前。

这一次就职典礼的分量，显得空前地重。我们能够摒除背景的喧嚣杂音，铭记我们的信仰吗？

就职典礼几个星期前，我在我的长期形象设计师梅雷迪思·库普的协助下，为典礼挑选了一套衣服。这套服装舒适实用：紫红色的羊毛外套，搭配颜色相衬的高领衫和长裤，系一条特大号金色腰带。我挑了一双方跟靴子和一副黑色手套。我戴了口罩（这是肯定的），没有拿包。典礼举行之前，贝拉克和我连续收到了许多安全简报，因此我们出发前往国会大厦的时候，对自己的人身安全还是相当放心的。谨慎起见，我让琪娜留在家里——正常情况下，她本来会陪我一起去，并在仪式进行期间到后台等我。

我牵着贝拉克的手走上了宣誓典礼台，试图展现出这个场合似乎要求我们展现的那种大胆无畏。坐下的时候，我做了一件我在此前连续三场就职典礼开始前都做过的事：深呼吸，努力让自己平静下来。

我发誓，你能在那天上午的国家广场上的空气中感觉到这一切——紧张和坚决，对改变的渴望，疫情造成的焦虑，国会大厦那起暴乱投下的阴影，对于未来何去何从的更广泛的担忧，新的一天的阳光。一切都在那里，挥之不去又未被言明，彼此矛盾，并有些令人不安。再一次地，我们以历史的名义聚集在这里。通过民主程序，我们又一次被赋予了讲述美国故事的机会，一个让轮子再次转动起来的机会，但尚未有人用语言使其成真。

直到一位女性站起来，为我们念出了她的诗。

阿曼达·戈尔曼那天的朗诵令人振奋。她的声音充满了力量。她的演说技巧世所罕见，让人简直无法相信她只是个 22 岁的年轻人。那天，她用自己的言辞让一个情绪低迷、陷入悲伤的国家重新燃起了希望。**不要放弃**，她的诗对我们说，**不要停止努力**。

下面这几行，节选自全诗结尾处的"战斗口号"。像所有诗句一样，它们也值得被大声诵读出来：

> 那么让我们留下一个更好的国家，相比于被留给我们的那一个。
> 用我们青铜敲击的胸膛呼出的每一缕气息，
> 我们会使这个受伤的世界变成一个美妙的世界。

我们将起来，从西方那些金光勾勒出的群山之间。

我们将起来，从强风扫过的东北部，在那里我们的先辈最早实现了革命！

我们将起来，从中西部各州的湖畔城市。

我们将起来，从太阳炙烤的南方。

我们将重建、和解和恢复……

在一个亟须记起我们曾经有多么坚韧的时刻，她的诗重新讲述了美利坚民族的故事。她以这种方式，让许多人的焦虑得以平复。我想，对于我们中的许多人来说，她的表演使人心绪为之一振，奇迹般地驱散了那天空气中弥漫着的大部分恐惧，她所激发的不仅是希望，还有勇气。

我后来才知道，阿曼达·戈尔曼从小患有听觉处理障碍，因此在此前的大部分时间里她一直在与一种语言障碍做斗争——发字母 r 的音对她来说格外困难。直到 20 岁左右，她才能准确地读出自己的姓氏。

你现在可能想回去重新读一遍上面那几句诗，记下里面包含的每一个 r 音。看看这有没有增加你对她的成就的敬意。

就职典礼后没过多久，我就得到了一个与戈尔曼对谈的机会。对谈中，她解释说她渐渐学会了不再将自己的语言障碍视为缺陷，而是将其看作某种她最终会为之感到高兴的境遇。这些年来，词语发音方面遇到的重重困难诚然让她感到辛苦，但同时也成了她更深入地探索、实验音韵和语言本身的契机。她与语言的这种纠缠始于童年，一直延续了整个少年时代，直至她成为今天这位内心如狮之勇毅的年轻诗人。她为了克服自身障碍所不得不做的努力，促使她发掘出了自己身上的新才能。

"很长一段时间里，我都将其视为我的弱点，"她说，"但现在我确实认为它是我的一个优势。"[3]她将自己身上看似脆弱的东西转变成了她独一无二的财富，某种强大而有用的东西。这个曾经一直伴随她的状况，就是让她与学校里的其他孩子不同，会被大多数人视为不利条件的特质，也成就了今天的她。

她在就职典礼台上极具魄力的演出，让我看到了一位登上山巅的年轻女性。但那只是她生命中的一天，她人生故事里的一页，而她想要做的，是确保其他人也能了解她所攀登的是一座什么样的山。现在她进入公众视野，作为一颗才华耀眼的新星备受称颂，但戈尔曼会着意强调自己的成功绝非一蹴而就，而且她这一路上得到过许多人的支持，包括家人、语言治疗师、老师等等。"我想强调的是，这需要一生的准备，而且'须集全村之力'[1]。"她对我说。她最显眼的胜利，是在经历过多年的无数小挫折和缓慢进步之后才取得的。她每次成功地读出 r 音，就是向前迈出了一步。而每迈出一步，她都会对自己的力量和主体能动性多一分了解。她越是开口诵读就越坚定自信，在不断付出努力的这个过程中，她找到了自己的力量之源。

现在她明白了这一点，就知道了该如何掌控自己的力量。这力量将永远属于她，永远为她所用。而未来还会有更多的巅峰等待她去

---

[1]　这里化用了一句英语谚语：It takes a village to raise a child（"养育一个孩子须集全村之力"）。——编者注

攀登。

"对于有色人种女性来说尤其如此，我们被人们当作一道电光，或是熔炉中的金水——不可恒久长存之物，"她说，"你真的不得不以这样的信念为自己的冠冕：我要做的事，我在这世界上要完成的使命，是超越此时此刻的。我渐渐懂得，自己不是骤然而来、倏忽而逝的闪电。我是每年都会归来的那场飓风，而你们可以期待很快再次与我相逢。"

我认识的许多成功者，都学会了这样使用他们被人轻视的地方。他们将其当作一个训练场。这并不必然意味着，我们中间那些最成功的人已经以某种方式克服了所有障碍，或是在别人遭遇系统性压迫抑或面前横亘着无法逾越的高墙之处，他们却一马平川，处处遇见彩虹或独角兽。它经常意味着，这些人只是做了戈尔曼在诗中敦促我们所有人去做的事：**不要放弃，不要停止努力。**

在我周围，到处可以看见聪明而有创造力的人一步一个脚印地前行，逐渐获得更大的影响力和更高的知名度，他们中的很多人懂得如何驾驭那些将他们与别人区分开来的东西，使其为自己所用，而非将其隐藏。当我们开始这样做的时候，我们就承认了自己身上所有的冲突和受过的影响，承认正是它们使得我们成为今天这个独一无二的自己。我们让差异变得正常。我们揭开人类这块丰富而宏大的版图上更多的部分。我们帮助每个人更坦然无畏地讲出自己的故事。

我最爱的喜剧演员之一黄阿丽，是个尖刻且一针见血的讽刺天才。她最开始吸引我的注意是在 2016 年，当时她在播放平台"网飞"上线了一期单口相声特别节目《眼镜蛇宝宝》。在那期节目中，她挺着七个半月的孕肚在台上昂首阔步地走来走去，穿一条紧身短连衣裙，戴红色的尖角镜框眼镜，令人惊奇地、几乎称得上是挑衅地彰显着自己的女性特征，同时大肆开起百无禁忌的黄腔，谈论性、种族、怀孕生育和母职。她显得凶猛、性感，同时又无比真实——她浑圆的孕肚是她演出灵感的来源，也让她行动有些不便，但她的台风完全泰然自若，丝毫没有受到拘束。她向观众展示了完整的自己，并因此令人深深着迷。

《纽约客》的一位撰稿人曾问黄阿丽，她会给那些想知道如何在喜剧界获得成功的年轻喜剧演员什么建议，毕竟作为一个亚裔美国女性，还是两个幼童的母亲，她在这个圈子里属于绝对的少数群体。她回答道，对于她自己来说，成功的秘诀就是不要把其中任何一条属性当成自己前进路上的障碍。"你可以换个角度想，'等等，我是个女人！而大多数单口相声演员是男的'，"她说，"你知道男相声演员做不来的是什么吗？他们永远没法挺着怀孕的大肚子表演！所以我的思路就是，尽情利用你的这些异于旁人之处。"[4]

我们的这些不同之处既是财富，也是工具。它们有作用、有效力、有价值，而且我们很有必要分享它们。如果我们不仅能在自己身上，也能在我们周围人的身上认识到这些差异的可贵，我们就能改写更多人的故事，帮他们摆脱无足轻重的边缘处境。我们开始改变那定义了"谁属于这里"的范式，为更多的人创造出更多的空间。这样，我们便可以一步一步地减轻这种"与环境格格不入"的孤独感。

挑战在于转变我们的视角，去赞颂差异的价值，无论这差异属于我们自己还是其他人。挑战在于告诉人们，因为与众不同，我们更应该前进而非退缩，挺身而出而非默默坐下，积极表达而非缄口不言。这项工作很艰巨，经常需要胆量。你永远不知道他人对此会有什么样的反应。但每次有人成功做到，每次有一条新的清规戒律被打破，我们都能看到更多人开始转变他们的视角。一个挺着孕肚的亚裔喜剧演员曾让几百万人大笑这件事是有意义的。一个 22 岁的黑人女性站了起来，几乎以一己之力振奋了整个民族的精神，这件事是有意义的。一名穆斯林可以成为公司首席执行官，或是一个跨性别者能当选年级长，这些都是有意义的。我们感到足够安全，敢于袒露真实的自己而不感到羞耻，找到一种方式公开讲述造就了今天的我们的过往经历，这也是有重大意义的。而且，近几年发生的事情已经说明，当我们有机会站出来支持一个勇敢发声者，让他人不再感到孤立无援，哪怕只是简单说出"我也是"，我们就能产生极大的力量。

所有这些故事，都拓宽了人们对可能性的认知。它们也加深了我们对人何以为人的理解，因为有了这些故事，我们的眼界突然变得更宽广。我们在其中生活的这个世界也开始向我们展现出更广阔，内涵也更丰富、更微妙的一面——而它本来就是如此广阔、微妙而丰富。

☀

不要放弃，不要停止努力。这句箴言价值千金。但写到这里，我必须停下来讨论这条信息中隐含的不公正。被人关注、被人看见是很难的，而且责任的分配也不平均。事实上，它根本没有任何公平可言。我很清楚，身为自己所在群体的代表是个多么沉重的负担，而衡量不同群体表现时的双重标准，让我们中的许多人试图攀登的山峰变得更加险峻难行。事实仍然是，我们对被边缘化的弱势群体要求极为严苛，而对主流的优势群体又过于宽容。

所以，当我告诉你要将你的障碍当成进步的阶梯，将你的弱点转化为长处时，请记住，我绝不是在说，你随随便便就能做到。我知道这些都是非常艰难的。

我的亲身经历告诉我，风险真实存在，而斗争从未停止。不仅如此，我们中的很多人已经处在一个完全有理由感到疲倦、警惕、害怕或悲伤的境地。我之前提到过，你面临的障碍，经常是被有意放置在那里的；它们是埋在体制和结构里的"地雷"，其威力针对的只是一些人的归属感，而并非所有人的。你需要克服的困难看上去可能极其艰巨，特别是如果你觉得自己是在孤军奋战的话。而我要再一次提醒你，那些微小的行动和表态，或是那些你可能会用来重启和放松自己的小技巧，都可能蕴含着巨大的力量。并不是每个人都能成为狮子或飓风，但这不意味着你的努力就无足轻重，或是你的故事不应被讲述。

事实上，我们中的许多人一定会遭遇失望。你可能拼尽全力，才让自己来到了一个能被看见，而且在这个世界上拥有些许权力的位置，但你到达那里之后发现的东西仍然会让你沮丧万分。你可能艰难地登上了那个你渴望登临的峰顶，比如一份工作、一所学校，或是一个机会。这一路上，你昂然背负着众多亲友的希望和期许，像个超级英雄那样一次次击退羞耻感和格格不入感的侵袭。而当攀登终于结束，你筋疲力尽，汗流浃背地来到那个峰顶，魂牵梦萦的美景正在你面前展开的时候，你一定也会发现，那里早已停了一辆豪华空调大巴，一群没有付出任何辛劳的人乘大巴走了一条直达通道上来，他们的野餐垫早已铺好，正热热闹闹地开着派对呢。

这会让人非常泄气。我自己也看到过这样的事，体会过这种感觉。

会有一些时候，也许是很多次，你需要深呼吸才能让自己重新冷静下来，你可能会环顾四周并不得不提醒自己说，实际上，长途跋涉和负重攀登锻炼了你，让你变得更强大、更健美。你可以告诉自己，你不得不穿越的崎岖之路，让你变得敏捷灵巧了，而你会因此比他们感觉更棒。

这仍然不会让事情变得公平。

但当你做出努力，你就获得了技能。这些技能不会丢失，也没有人能拿走。它们将永远被你拥有，为你所用。这就是我最希望你们记住的东西。

最后，很讽刺的一点是，无论你做出了哪些努力，登上了什么高度，总会有人指控你是走了捷径才获得了这个"山"上的位置，你原本不配得到它。他们会有一大堆话来解释你的成功，比如**平权行动、奖学金小孩、性别配额、多样性雇员**等等，而且他们会把这些当作侮辱你的武器。他们想说的话其实再老套不过了：**我认为你没有资格获得你现在拥有的东西。**

我想说的是，别理他们。不要受那些有毒言论的影响。

我来给你们讲个故事。大约 20 年前，美国全国广播公司的管理层决定将一部广受欢迎的英国情景喜剧改编成美国版。为此公司雇了一个由 8 名编剧组成的团队。这 8 个人中，只有两个是有色人种，其中一个碰巧还是团队里唯一的女性成员——可能这实际上并非巧合。她那时 24 岁。这是她的第一份电视编剧工作，她心里害怕极了。她的双重少数群体身份，还有她身上背负的一层额外压力，都让她感觉自己尤其暴露在人们审视的目光下：她之所以进组，是拜美国全国广播公司刚颁布不久的一条多样性雇佣倡议所赐。她担心自己的多样性雇员身份，会让人们想当然地认为她在这里不是因为她的才能，而只是因为要完成一个任务指标。

"很长一段时间里，我非常困窘，"这名编剧在后来的一次采访中说道，"没人跟我说起这事，但他们都知道，而我也清楚地意识到他们知道。"[5]她将那种感觉比作胸前永远戴着一个"红字"，时时提示着自己是个局外人。[6]

她的名字叫明迪·卡灵。那部电视剧是《办公室》。最后，她作为剧集的主演之一参与了全部8季的拍摄。她还创作了其中22集的剧本，比其他所有编剧都多。她成了第一位获得艾美奖最佳喜剧类编剧提名的有色人种女性。

现在，卡灵经常非常自豪地提起自己当年是作为一名多样性雇员入行的，这是她人生故事中很有意义的一部分，而且她很希望让别人知道她经历了什么，才取得了今天的职业成就。这不是需要避讳的事。她说，一旦她开始明白，她的同事们是具备了哪些初始的优越条件才来到这个位置的，明白身为白人男性的他们，是如何在一个主要由和他们相似的人建立与维持的系统中如鱼得水、手握特权、轻松获得机会与人脉的，她就能摆脱紧张不安感，战胜疑虑。她说："我花了很长时间才意识到，我拿到的那张通行证，其他人其实早早就握在手里了，只是因为他们认识某人。"[7]

她本可以退缩，但是她选择了向前迈进。她忍耐了作为"异类"的不适感，在工作中努力拼搏，并用自己的成就为后来人创造出更多的空间，让更多的故事讲述者和更多的故事有机会涌现。她不折不扣地靠她的写作，让自己被看见。当然，从那以后，卡灵始终是她所在领域的佼佼者，她源源不断地创作、制作、撰写、出演了多部电视剧和电影，几乎每一部中都出现了有色人种女性的身影。她用她的工作，让更多人的天地变得宽广了。

当我们诚实地、毫无保留地分享自己的故事时，我们经常会发现自己并不孤独，而是比之前想象的更紧密地联结在一起。我们在彼此之间创造了新的平台。在生命的不同阶段，我都曾深深地体会过这一点，其中最让我羞愧的一次，是在《成为》出版几个月后。我惊讶地发现有那么多人来到我的活动现场，渴望通过我们的共同之处建立联结。他们是带着自己的故事来的。他们打开了自己的内心。他们知道有一个身患多发性硬化症的父亲是怎样的体验。他们也经历过流产，或者也被癌症夺走过好友。他们知道与某人坠入爱河，并因此改变整个人生走向是什么感觉。

"语言是个用来寻获，而非用来隐藏的地方。"[8] 作家珍妮特·温特森写道。这句话在我看来也是千真万确的。通过敞开心扉，我将自己最脆弱或最不知所措的时刻展现在世人面前，最后寻获了许许多多的同路人，其数量之多，是我此前从未想到的。诚然，那个时候的我已经算是个"名人"，但这完全是两回事。我故事的粗略版本，我自己和别人都已经不止一次讲过，但当我数十年来第一次可以不与我丈夫身处的那个政治世界捆绑在一起，有自己的空间和精力来写一本自传的时候，我发现自己在其中加入了很多之前被略去不谈的东西，那些不大可能进入维基百科页面或杂志人物特稿的更私人化的感情和经历。在这本书中，我从内到外毫无保留地袒露了自己，比以往任何时候都更少戒备，而让我惊讶的是，它让人们如此迅速地卸下了他们的戒备，以同等的真诚作为回应。

那些让读者们最兴奋也最迫切地想要和我谈论的问题，几乎没有一个是关于我们的肤色的，或是关于我们投票给哪个政党的。我们之间的共鸣似乎超越了这些东西——几乎可以说，相比之下这些东西都显得无足轻重了——我们一起探索的也绝不是什么特别高贵或光芒四射的领域。没有人来到我的新书活动现场，是为了大谈特谈他们第一次穿上舞会晚礼服，或者与某位参议员会面，或是参观白宫的经历。也没有多少人关心我的职业生涯，或是我获得了什么成就。

相反，最让我们产生共鸣的，是有多少人小时候坚持只吃花生酱，别的一概不碰，或是成年后经历了怎样一番挣扎才找到正确的职业道路，或是司法考试考了两次才通过，又或是谁家里的狗怎么都训练不好，抑或是配偶积习难改，总是迟到，诸如此类的。我发现，正是生而为人的那些平凡琐事在我们之间建起了沟通的平台，让我们之间的共通之处盖过了差异。我甚至很难向你描述下面这种事发生的频繁程度：当我在全国各大城市巡回举办新书活动的时候，无数次有女人走到我面前，紧紧握住我的手，注视着我的眼睛说："你知道吗？你在书中谈到，你午休时间去购物广场里的'小辣椒'墨西哥快餐店，买一个卷饼碗坐在车里吃掉，就算是享受了一次惬意的属于自己的休闲时间。我**完完全全**了解那种感觉。那也是我的生活。"

我们之间的每一次微小联结，都让我感觉到超越我们所分享的话题而达成理解的可能性。因为事实上，我们虽然有许多共同点，但彼此相异的地方更多。我们是不同的人。正如你不可能真正体会我的生活或情感的最深处一样，我也不可能体会你的。我永远不能完全了解，来自图森或越南，或是叙利亚的你们有怎样的体验。我不可能了解等待军队部署，或在艾奥瓦州种高粱，或驾驶飞机，或与毒瘾斗争，是一种什么感觉。我有自己作为黑人和女性的经验，但这绝不意味着我能懂得其他黑人女性的身体都经历过什么。

我能做的就只是试图靠近你们每个独一无二的个体，去感受我们之间小小的重叠所带来的联结。这就是共情。这就是差异开始将自己编织成团结的方式。共情可以填补我们之间的罅隙，但不可能彻底弥合。我们被拉进他人的生命，只能通过那些他们放心告诉我们、向我们展露的东西，以及我们对他们表示出的慷慨接纳。就这样，一点一点地，一个人一个人地，我们开始获得对世界更完整的认识。

我想，我们至多只能走到将我们自己与另一个人连接起来的桥梁的中间位置，并且为我们竟然可以走到这里而谦卑地感恩。以前，每天晚上当我躺在萨莎和马莉娅身边，快要睡觉的时候，我都会想到这些。看着她们逐渐进入梦乡，双唇微张，小小的胸脯在被单下起伏，我突然意识到：无论我怎么努力想要了解她们，都不可能知道她们哪怕一半的想法。我们每个人都注定是孤身一人。这就是生而为人的痛楚。

我们对彼此负有的义务，就是尽我们所能在彼此之间建造平台，哪怕建造它用的是花生酱和"小辣椒"卷饼碗，哪怕它只能让我们走半程，都没关系。我不是在宣扬你应该不管不顾地把你所有的秘密全爆出来。我也不是在说，你需要去做一个重大的、公开的行动，比如写一本书或上播客节目。你没必要暴露你内心承载的每一种痛苦，或你头脑中的每一个想法。或许，有一段时间，你可以只是倾听别人。或许，你可以学习成为别人的一个安全的倾诉对象，练习如何怀着善意接纳他人的真实，记住去保护那些敢于真诚分享的人的尊严。要对你认识的人和他们的故事心怀温情与信任。为他人保守秘密，克制住想要八卦的冲动。读那些视角与自己不同的人写的书，倾听那些你之前没听过的声音，寻找那些对你来说显得陌生的叙事。在它们中间，与它们互动，或许你就能为自己找到更多的空间。

我们注定无法摆脱生而为人的痛楚，但我确实认为我们可以减轻它，从挑战自己，让自己变得不那么惧怕分享，更乐于倾听开始——让你我的完整故事合到一起。**我看见了一点点的你，你看见了一点点的我。**我们不可能了解所有，但我们与彼此的距离可以更近。

任何时候，当我们与另一个灵魂双手相握，辨认出他们试图讲述的一部分故事，我们就一并承认而且肯定了两个真理：我们都是孤身一人；但是，我们并不孤独。

2008 年在丹佛举办的民主党全国代表大会

第九章

我们身上的铠甲
THE ARMOR WE WEAR

每次要发表重要演讲前，我都把整篇讲稿背熟了再上台。我会提前几个星期开始排练和准备，尽可能做到万事周全，不抱任何侥幸心理。我第一次面向全国观众做电视直播演讲是在 2008 年，在民主党的全国代表大会上发表一场黄金时段的重要演说，会场设在丹佛的百事中心体育馆。当时距离总统大选只有几个月了，贝拉克和我仍然在努力向公众介绍我们自己。在那次演讲中，出了一起小小的舞台事故。

那天晚上，我选择的暖场嘉宾是我哥哥克雷格。他做了一个迷人的介绍，并在最后请求所有人同他一起欢迎"我的小妹妹，我们国家的下一任第一夫人，米歇尔·奥巴马"上台。

我从舞台侧翼出来，走到台前时，观众席上爆发出雷鸣般的掌声。在走向演讲台的半路上，我与正在下场的克雷格相遇，我拥抱了他一下，心里有点忐忑不安，但我知道，哥哥肯定会为我准备一句在最后时刻加油打气的话，让我的心神安定下来。当克雷格张开双臂环住我的时候，我感觉他把我拉得格外近，他的嘴唇贴到了我的耳朵上，这样我才能在欢快的音乐和台下两万多人的欢呼声中听清楚他的话。我等着那句鼓励，"你肯定行！"或是"妹妹，我真为你骄傲！"，他俯身凑过来说的却是"左边的提词器**不亮了**"。

结束拥抱时，克雷格和我给了对方一个夸张的微笑，好像在告诉彼此：**我们的直播都没问题**。与此同时，我的大脑在飞速运转，试图处理这条新信息。我继续往演讲台走，向全场观众挥手致意，感觉自己的身体只是在机械地做着动作，满脑子里只有一行字：**他刚才说什么？**

我站到麦克风前，努力让自己镇定下来，利用现场观众热烈鼓掌的那点儿时间来搞清楚自己所处的状况。我朝左边看了一眼，于是明白了怎么回事。

由于一些技术故障，两台提词器中的一台坏了。这意味着，任何时候我看向舞台左侧，都无法看到投射在提词器玻璃屏幕上的演讲稿文本，那是专门安在那里帮助我保持节奏，避免忘词卡壳的。现在那块屏幕黑掉了。此时我站在实时直播的讲台上，正要做一场长达 16 分钟不间断的演讲。暂停节目或是寻求帮助都不可能。有那么一秒钟，我感觉孤立无援，处境极其危险。

我继续保持微笑，同时不停地挥手。我尽量为自己多争取一点儿时间，好让慌乱的心神镇定下来。台下的人群全站起来了，继续高声欢呼着鼓励我。我飞快地朝另一个方向瞄了一眼，确认至少右边的提词器还在正常显示。**好吧**，我想，**那就这样吧**。

我还记得，我还有另一个工具可以指望，就是所谓的"信心显示器"。那是一块巨大的电子屏幕，位于舞台正对面，略高于观众席，在那一大排用来捕捉现场每秒钟动态的摄像机正下方稍低一点的位置。和提词器一样，信心显示器也会用大号字体滚动显示我的演讲稿，让我可以在直视镜头的同时看见字幕。那天早些时候，我们在空旷无人的体育馆里排练过一次，当时一切都很完美。

是时候开始演讲了。我抬头看向场地中间信心显示器所在的方向，想确定它还好好地在那里。

这时我才意识到，出现了另一个问题。

我登台之前，民主党的工作人员制作并分发了成千上万个蓝底白字的漂亮标语牌，上面用大写字母写着我的名字：米歇尔。看上去，全场有三分之一的观众手里都举着一个标语牌，并在头顶用力挥舞。也许是为了防止挥舞时打到旁边的人，这些牌子被设计成了竖条而非横条。每个都几英尺高，细长的长方形板条下面附着一个长柄。

然而，似乎没人预料到这一点：一旦观众席上许多人同时站起来，高高举起他们的牌子以示支持，所有这些板条就会形成一片巨大的摇曳着的篱笆，又高又密，基本上会把信心显示器上的字幕全部挡住。我几乎什么都看不见。

生活教给我重要的一课，就是随机应变和准备周全这两个矛盾的事物是联系在一起的。对我来说，充分的事前准备是我身上穿着的铠甲的一部分。在做任何感觉有点像"考试"的事情之前，我都会计划、排练、做好功课。这个习惯让我可以在压力巨大的环境下更冷静地工作，因为我知道，无论发生什么意外，我都极有可能找到某种应对策略。做个条理清晰、准备充分的人，可以帮助我把脚下的路走得更平坦、更坚实。

我在《成为》中提到过，从前克雷格每隔一段时间，就会组织全家人来一次一丝不苟的消防疏散演习，确保我们都对小公寓每个可能的逃生出口的情况了如指掌，我们会演练打开所有的窗子，找到灭火器的位置。我们还会练习背着身体虚弱、行动不便的父亲跑下楼，以防万一到时候需要这样做。在当时，这一切都显得有点小题大做，但我现在懂得了提前准备的重要性。正如我在前文中说的那样，克雷格天生有点爱操心，而他通过这种方式，将自己的忧虑转化成了某种更切实可行的东西。他让我们全家人更敏捷更灵巧了。他向我们展示了每一条逃生路线、每一种在危难中幸存的可能方式。他希望我们了解所有选项，并且更进一步地练习使用手边可用的每一样工具，这样一旦灾难降临，我们就可以有很多办法应对。这一课我始终铭记在心。周全的准备成了抵挡恐慌的良方。而往往是恐慌让你陷入灾难。

那天晚上在丹佛，我最后依靠的是那件我可以百分百无条件信赖的东西，就是我自己的事前准备——在接下来的 8 年里，它曾一次又一次地为我保驾护航。之前好几个星期，我仔仔细细、略带焦虑地做的那些功课，在那一刻成了我抵御恐慌的铠甲。那篇演讲的每一个字，我都牢牢记住并反复排练过。我对讲稿了如指掌。我花了很长时间准备讲稿、练习、来来回回地朗诵，直到每句话都能顺利地脱口而出，每个抑扬顿挫都显得流畅自然——一如我真实情感的自然流露。在那个脆弱而孤立无援的时刻，我仍有最后那层铠甲可以凭恃：我做过"防火演习"了。我无须为那些坏掉的或被挡住的设备而惊慌失措，因为我还可以依靠自己头脑和心里的东西。事实证明，仅凭这些我就足以完成演讲，即使我心里其实慌得一塌糊涂，即使是在成千上万人的注视之下，即使我的提词器坏了，信心显示器又被蓝色标语牌的海洋遮住。在接下来的 16 分钟里，我一个字都没有漏。

从很小的时候起，我就爱上了那种成就感，就是咬紧牙关最终完成挑战，给自己加油鼓劲以战胜恐惧。我想过一种轰轰烈烈的生活，尽管我当时并不知道轰轰烈烈的生活究竟是怎样的，也不知道一个来自芝加哥南城的小孩该如何获得它。我只是知道我想飞得越高越好，想变得优秀。

和许多孩子一样，我也痴迷于那些先驱者、探险家、跨越障碍的人和新领域的开拓者——他们挑战了极限或是扩展了可能性的边界。我从图书馆借阅关于阿梅莉亚·埃尔哈特[1]、威尔玛·鲁道夫和罗莎·帕克斯[2] 的书。我崇拜长袜子皮皮，那个童话里的红头发瑞典女孩，她带着她的宠物猴子和一个装满金子的行李箱周游世界，航行七海。

晚上入睡时，我脑海里全是她的那些冒险。我自己也想成为一个扩展边界、打破藩篱的勇者，但我也并不幼稚。即使在很小的时候，我就意识到，世界为像我这样的孩子预备的故事，往往与冒险和挑战截然相反。那时我已经感觉到了来自别人的低期待的压力，普遍流行的观念是，作为一个出身工人阶层的黑人女孩，我注定走不远，也不会有太大出息。

这种氛围在我的学校里，在我生活的城市中，乃至在整个美国都普遍存在。这是一种奇怪却真实，而且我相信也极为常见的处境——一个小孩，知道自己聪明，并且有能力取得各种成就，但同时又认识到这个世界对你有着完全不同的看法。这是个困难的人生起点。它可能会让你产生某种绝望，因此需要一定程度的警觉。早在一年级的时

---

[1]　阿梅莉亚·埃尔哈特（Amelia Earhart, 1897—1939），历史上第一位独自飞越大西洋的女性飞行员。——编者注

[2]　罗莎·帕克斯（Rosa Parks, 1913—2005），美国黑人民权运动先驱，1955 年她因拒绝向白人让座而被捕，由此引发了蒙哥马利巴士抵制运动。——编者注

候，我所在的学校就开始把学生分成"快班"和"慢班"，挑选出一小部分成绩优秀的孩子，教他们更高阶的课程，其他学生在这个体系里则被归为次等的，得到的资源和关注都更少。我们当时可能太小，无法确切地表达出自己身边正在发生什么，但我想很多人察觉到了。你意识到，只要你犯了一个错误，或是跌倒了一次，又或是家里出了什么让你分心的意外，你就可能会被立即打入那个次等群体，而且很可能永无翻身之日。

如果在这种环境里长大，你很可能早早地就感觉到自己的机会很少，而且转瞬即逝。成功就像一条必须拼尽全力跳上去的救生艇。你努力追求卓越，是因为只有这样才不至于被淹死。

好消息是，在你年轻的时候，志向可以纯粹得让人着迷。你心中搏动着一个强烈的信念，相信自己必将无往不胜，成功只是手到擒来。这种梦想与驱动力的结合在你心中如火焰般灼灼闪耀。这就是我前面提到的那个女孩蒂法尼，在她宣布"我希望像碧昂斯那样征服世界，**但还要超越她**"的时候所要表达的东西。

然而到了某个时候，生活将不可避免地让所有梦想都变得举步维艰，无论是闯进某个职业领域，登上更大的舞台表演，还是推动有意义的社会变革。局限性无处不在。阻碍纷至沓来。反对者开始出现。不公平阻碍了前进的道路。现实的担忧常常会让你打退堂鼓。经济状况捉襟见肘。时间越来越不够用。你需要做出许多权衡和取舍，而且往往不得不做出让步和牺牲。去问任何一个哪怕只是部分实现了自己梦想的人，他们都会这么告诉你。到了某个时候，朝着自己的梦想前进，几乎一定会让你觉得像是在进行一场战斗。

这时，灵活性就开始变得至关重要。你必须开始同时做到进攻和防守：一边冲锋陷阵，一边回头护住自己的资源储备；在向目标进发时不忘保存力量，以免它被消耗殆尽。事情很快就会变得复杂。用铠甲保护自己很有必要。我发现，如果你想要冲破阻碍、推倒高墙，就需要找到并保护自己的边界，小心保守自己的时间、精力、健康和士气。这个世界原来到处都是界限和障碍，其中有一些很难跨越，有一些必须跨越，还有一些最好彻底破除。我们中有许多人，需要花费一生的时间才能分辨出哪些需要跨越，而哪些不需要。

事情的关键是，没有人能毫无防御地走过英雄的征程并幸存下来。想要过上轰轰烈烈的生活，挑战就在于，你要设法保护自己的梦想和驱动力，保持坚强又不过分地戒备，灵活而心态开放，不排斥成长，允许其他人看到你真实的一面。你要学会保护自己的火焰，同时不让它的光芒被遮蔽。

几年前，我认识了一个聪颖健谈的年轻姑娘，名叫泰恩。她在出版界工作，曾和几位同事一起到访我们位于华盛顿的办公室，讨论关于这本新书的想法。

在那场谈话中，泰恩提到了《成为》中让她印象最深的一个细节，那只是个简短的逸事。我初次作为第一夫人访问英国的时候，在白金汉宫举办的招待会上与英国女王产生了片刻亲切的共鸣，于是不由自主地伸出手臂搂住了她的肩膀。当时已经82岁的女王陛下似乎一点都不介意我那么做。事实上，她还把一只手亲密地放在我的后腰上作为回应。然而，我们那样的接触被一台摄像机拍到了，并立即在英国媒体上引发了轩然大波，继而登上了全世界报刊的头条。"米歇尔·奥巴马竟敢拥抱女王！"我被指责为一个不够恭敬，无视既有秩序，破坏王室规矩的莽撞角色。言外之意显而易见：我是个擅自闯入的局外人，本不配与这个圈子里的人物交往。

在此之前，没人告诉过我不该碰触英国女王的身体。那一年，我刚成为第一夫人，尚不适应，再加上身处王宫这样一个陌生的环境，我当时只是在试图遵从自己的内心行事。

这个故事在我那部自传里所占篇幅不过一页，却让泰恩久久不能忘记。这是为什么？因为她可以读出故事背后更多的意味。同为有色人种女性的她，从中感受到某种我们共有的感觉，我们共同面对的那种无止境的挑战——当你在所处的环境中是少数群体时，你该如何努力让自己感到自在。

对她来说，进入图书出版业这个传统上由白人主导，并因此被白人的关切所形塑的领域，和我被邀请到白金汉宫参加招待会具有同样的象征意义。我们都很熟悉那种紧张不安的感觉。限制无处不在。这些地方有大量不成文的规矩和历史悠久的传统，因此每个新进入者都要面临极高的，甚至根本无法跨过的学习门槛，而且没有任何地图可供参考。有无数微妙的细节，时时提示着我们并不真的属于这里，我们的存在几乎只能算是试验性质的，而试验能否继续，取决于我们有没有乖乖地遵循其他人对"良好行为"的规定。这一点不需要任何人明确说出来，因为历史的印迹已经足够深：在此前的许多年里，像我们这样的人一般在大门口就会被拦下来。

我后来知道，即使你成功地进入了那个圈子，也很难摆脱那种身为局外人的感觉。紧张感犹如一团如影随形的云雾，始终包裹着你。有时你会忍不住问自己：什么时候才能轻松一点？

我们中的许多人学会了"语码转换"这项生存技能，我们熟练地改变自己的举止、外表，或是说话方式，以便更好地融入我们所在职场的文化。像其他很多孩子一样，我在很小的时候就发觉，在社会交往中，语码转换这块敲门砖往往必不可少。我父母在我们很小的时候就反复告诉我们，他们被教导的所谓"标准"用词是多么重要。比如，如果我要表达"不是"，就应该用"aren't"而不是"ain't"。但是如果我与邻居交往时也使用这种措辞，就会被别的小孩指责为"装腔作势"或"学白人女孩讲话"。因为不想被排斥，我在他们面前会稍加调整，表现得和他们更像一点。但后来我来到普林斯顿大学和哈佛大学这样的地方，就完全需要依靠那些"装腔作势"的讲话方式来让自己在同学中间不至于显得太格格不入，避免被以刻板印象看待。

渐渐地，我变得越来越擅长解读自己所处的环境，捕捉周围散落的微妙线索。我几乎总能下意识地转换自己的行为模式，以适应当时当地的氛围和语境，无论是在为芝加哥市政府工作时，参加那些到场者大部分是蓝领非洲裔美国女性的南城社区集会，还是参加充斥着富有的白人男性的公司董事会会议，还是被英国女王接见。我变得灵活多面，与三教九流都能毫无障碍地交谈，并感觉这有助于我跨越种族、性别和阶级的界限，与更多人建立联系。对此我并没有想太多，因为在我的大部分人生里，我感觉自己除了做出这些调整外别无选择。

在这个意义上，语码转换长久以来一直是许多黑人、土著和其他有色人种必备的生存技能。它往往是对刻板印象的回应，因此也承担了某种"通行证"的功能：我利用它让自己走得更远，跨越更多的边界，进入那些本来不会接纳我的空间。

然而，认为这种做法正常，或将其视为一条通向公平的可持续路

227

径，也有一些弊端。许多人抗议的是被迫一直做出此类调整所带来的压力，还有这样做的前提中隐含着根本性的不公，特别是这些调整时常需要隐藏或弱化一个人的种族、民族或性别身份，以换取职业上的发展，或是为了让那些"主流人士"感到更舒服。我们在牺牲什么？这牺牲又是为了谁的利益？为了获得接纳，我们是否做出了太多让步，或者压抑了本真的自我？这向我们提出了一个有关包容性的至为重要的原则问题：凭什么个体必须努力去改变自己，而实际上，他们所在职场的文化才是真正需要改变的？

困难在于，这些问题牵涉的范围太广，背后的社会议题错综复杂。解决它们是很艰巨的工作，特别是考虑到我们中间大部分人只求顺利地度过每个工作日而已。语码转换固然劳心费神，但挑战系统性偏见也并不轻松，哪怕只是一点微不足道的抵抗，比如穿你感到最舒服自在的衣服，或是顶着你天生的一头细卷发去上班，也需要承受很大压力。无论顺从还是抵抗，你都要付出代价。

那天在华盛顿特区，泰恩提到，尽管已经在这一行耕耘了许多年，晋升了好几次，但她在工作中仍然有时会感觉自己像个局外人，正在举步维艰地试图解读一种对她而言十分陌生的文化。泰恩说，她发现她常常估测自己的边界在哪里，因为她感觉自己能否被人接纳，在某种程度上取决于她能否遵从他人的规范——或者说，能否让自己在别人眼里显得不那么"异类"。她说，她一直刻意限制自己，避免在职场上做太多的语码转换，希望这样就能不再时时敏感于自己作为白人主导的空间中唯一黑人的身份。她希望，她可以不再花那么多时间纠结于自己是否破坏了什么不成文的规矩，而是能更自在地做自己，这实际上可能有助于她职业的发展。当然，她也在权衡这样做的风险，毕竟对于她这样的人来说，浑不在意的潇洒往往会被斥为不自量力的僭越。

"基本上，我觉得我每天上班的时候，"她的语气里带着几分疲惫，几分幽默，"都需要在抱与不抱女王之间做出艰难抉择。"

自那以后，我对泰恩的这句话想了很多，这个比喻的力量让我大为震撼。我熟悉她所描述的这种感觉，我自己职业生涯的大部分时间里，也始终在与这种感觉做斗争。这与我的许多朋友所讲述的，他们在职场中感觉到的那种紧张也很相似，困难在于你要尽力穿越大片无标识的雷区，还得搞清楚"积极努力"和"不自量力"的界限在哪里。

和泰恩一样，他们也发现自己总是在权衡风险和收益，总是在踌躇要不要卸下一部分铠甲，让别人看到和听到一个更完整、更真实的自己。**我遵守的游戏规则是谁制定的？我应该多警惕才对？多坚决才对？多真实才对？**很多时候，他们都在试图弄清楚自己能否在这个岗位上待得长久——能否找到足够的发展空间，或者自己是否会被过多的掩饰和担忧压垮，变得状态低落，疲惫不堪。

许多年前，我初入律师这一行时，认识了事务所中几位职级更高的女性，她们往往是克服了种种不利条件，才当上我们所在的那家跨国企业的合伙人。她们花了许多年时间攀爬职级阶梯，艰难地试图在一个由男性建立、维持和守护的权力结构中立足——这个权力结构可以追溯到企业诞生之初，事务所是 1866 年由两名南北战争的退役军人创办的。这些女性对我个人总是充满善意和支持，真心实意地希望我成功，但我也无法不注意到，她们的言谈举止间始终带着那种拓荒者的粗粝气质。

她们大多数都有钢铁般的意志，日程排得极满，能把办公室里大小事务管理得滴水不漏。她们几乎从不谈起自己的家庭。在我的记忆中，她们从没发生过匆匆赶赴一场少年棒球联赛或请假带孩子看病这样的事。她们的工作与生活泾渭分明。她们穿上了全副铠甲，堪称奇迹般地彻底隐藏了自己的私人生活。温情和柔软跟她们一点都不沾边。恰恰相反，她们的优秀几乎带着一种强硬的锋芒。刚开始工作不久，我就意识到几位女上司似乎在有些狐疑地审视我，像是在问："**她到底是不是那块料？**"她们在暗暗掂量我的法律技能和敬业程度是否够得上她们自己的水平，我能不能跟上这里的节奏，会不会影响这个公司里女性员工的整体口碑。当然，这也是作为"仅存的少数"，身处一个并非为我们建造的城堡时被迫面临的另一种不公。我们被自动当成一个整体看待，这给每个人都造成了额外的压力。我们成了某种命运共同体。**要是你搞砸了，他们就会觉得我们都不行。**每个人都知道自己肩上的担子有多重。

这几位女性合伙人传达或者她们不得不传达的信息就是，她们自己需要达到的标准，比公司里其他所有人的都高很多。她们已经跨过那道门槛，挤进了精英们的俱乐部，但仍然不能有丝毫松懈，就好像她们的会员身份永远是附带条件的，随时可能被收回，就好像她们必须时时证明自己有资格留下。

我还是个年轻女律师的时候，在《纽约时报》上读到过一篇调查文章，说的是律师在他们的职业生活中感到多么疲劳和不满，女律师的情况尤为严重。它向我提出了一系列令人烦恼的问题，我想到自己入行时间不长，却已经为这段职业生涯付出的很多东西，我借的那些学生贷款，我已经登记在册的那么多计费工时。我必须思考我希望拥有怎样的未来，我愿意接受或忍受多少痛苦。我有什么责任事事追求完美，拼命做到出类拔萃，只为了向别人证明我配得上占据这个位置，而无须将它让给某个男人？我有什么样的力量去改变一个基于这些规范而运行的社会？我能召唤出多少能量，在这样一个领域，打这样一场仗？

总的来说，看到那些在律师行业闯出一片天地的女性，我觉得自己既不想过她们那样的生活，也不确定自己是否准备好了，或者能不能做出她们所做的那些牺牲。但是，我之所以有机会看到这些——甚至只是有机会进入那间事务所——并觉得我可以自由选择未来的生活道路，很大程度上是因为她们曾经付出的努力，还有她们穿上的铠甲。这些女性先驱者挺身对抗了重重阻力，为我们冲开了一扇扇此前紧闭的大门，给新一代人铺就了更容易前进的道路，给我们创造了改变的空间或想撤退时的余地。我现在立足其上的平台，是她们建造的。

批判自己的前辈和她们的选择是容易的。对她们所做的妥协说三道四，或将她们无法改变的东西归咎在她们头上也十分容易。上一代人披挂的厚厚铠甲，在新一代看来往往显得僵化过时，但我们有必要考虑其时代背景。如今，越来越多的黑人女性可以自由地将自己的全部审美带入职场，可以随心所欲地梳一头麻花辫或脏辫去上班；年轻人可以尽情展示自己的身体"改造"，或把头发染成各种颜色而不会被视为异类；女性在工作单位争取到了哺乳空间：这些都离不开我所在事务所里的女合伙人这样的女性做出的努力。她们必须一边前行一边证明自己，为的是我们这些后来人最终可以无须证明这么多。

最后，我划定了一条对我自己来说可行的界线。我决定冒这个险，放弃律师生涯，转而去寻找那些职场氛围不会如此严格的工作，那些至少能让我偶尔抽空去看一场舞蹈表演或带孩子去看医生的行业。我离开了律师行业，因为知道自己去其他地方工作会更富有激情和成效。

但是我在那间律师事务所里学到的东西，特别是从女上司们身上学到的那些，仍然让我受益终生，直到进入白官之后，我还在践行她们的指导。她们让我学会了要慎重选择自己的战场，善加管理手上的资源。她们教会了我，要想改变一个社会范式，哪怕只是撼动一点点，就要足够"厚脸皮"，还需要一丝不苟地坚守职业纪律，并加倍努力地工作。

这些都算不上理想，但就是当时的现实。在某些方面，它们也是对我的一次再教育，关于在任何一种"前沿阵地"的生活是怎样的。它们验证了我先在普林斯顿大学，后来在哈佛大学法学院里得到的一些教训，这些不是通过书本，而是通过身为双重少数群体的切身体验，或者说在这两所充满"自己人小圈子"习气的机构中身为局外人的经历学到的。你必须穿上全副铠甲，同时保持灵巧。你必须坚韧强硬才能生存下去。

我想，几乎每个人在工作场合，都或多或少地穿着一些铠甲，而且应该如此。从某些方面讲，这就是身为专业人士的题中之义：你的任务就是将一个更坚韧、更强大版本的自己带到工作中。你克制住脆弱和不安全感，把个人的麻烦留在家里。你划定清晰的边界，并期待你的同事和上司们也这么做。毕竟，你们上班是为了工作，而不是为了找到相伴终生的挚友，或是解决他人的私人问题。无论你从事的工作是教育中学生、经营诊所、制作比萨，还是管理科技公司，你都被期待为更大的事业贡献力量、严守纪律，将大部分个人情感抛到脑后。工作才是你关注的焦点，是你的义务，也是别人付给你薪水的原因。

然而，没有哪项人类活动可以做到如此泾渭分明，没有哪条界限可以一直保持清晰。而这场疫情又推倒了许多堵高墙，暴露出我们之间更多的差异和更多的真相。在有些情况下，这对我们有益，在另外一些例子中则并非如此。当我们一边参加远程视频会议，一边将动来动去的幼童抱在膝上，身后却是只收拾了一半的厨房，或当我们许多人艰难地继续开展业务，尽管狗狗在身旁狂吠，而其他室友正在离你不远处盯着他们的屏幕时，我们看到工作和生活之间的区隔在崩塌，人们生活中的烂摊子变得越发显眼。所有这一切可能都强化了那条长期不变的真理：我们是些完整的、有血有肉的、丰富的人，过着完整而丰富的生活。我们生活中的麻烦，有时也会被带到工作中去。我们的不安全感会时时浮现，我们的忧虑会溢出。我们自己的人格，更不要说我们身边其他人的人格，很难被塞进某个僵化的模子中去。

我能适应我的工作吗？我的工作适合我吗？我可以做出哪些调整？我可以合理期待我周围的人会做出哪些调整？我们在多大程度上被允许表露自己人性的一面？界限在哪里？我要与谁打交道、处关系？我该如何应对困难？这些似乎是泰恩那天所考虑的一部分问题。

经验告诉我，我们身上的铠甲常常对我们有利，其中的一些可能永远都是必要的。但我也相信，在很多情况下，它也可能会让我们感到挫败，至少会让我们感到精疲力竭。穿着太重的铠甲行走，处处防备，时刻准备好去战斗的状态会让你行动不便，举步维艰，妨碍你的灵活性和在工作中取得进展的能力。当你将脸隐藏在面罩之后，你甚至可能也疏远了自己。当你试图显得强硬和刀枪不入，你就可能错失建立真正职场人脉的良机，而良好的关系会有助于你的成长、升迁，让你充分发挥自己的全部才能。如果你把周围的人往坏里想，他们可能也会把你往坏里想。我们所做的每一个决定都对应着某种代价。底线是，当我们花了太多时间去担心我们有没有融入群体，是不是真正属于这里，是否必须在工作中不断扭曲、调整、隐藏和保护自己，我们就很可能无法让别人看见我们最好、最真实的一面，无法展现出我们是多么善于表达、富有成效和充满想法。

这就是"感到自己身为异类"所带来的挑战和消耗。我们中的许多人不得不将宝贵的时间和精力虚掷在琢磨这些"王室规矩"，或"积极努力"与"不自量力"之间那条只可意会不可言传的界限上。我们被要求努力思考我们的资源有哪些，以及应该怎么使用它们。在会议上表达自己的观点安全吗？基于自己的差异性身份，对某个难题提出可能的解决方案或看待它的不同视角，这样做可以吗？我的创造性会被视为不服从吗？我看待事情的方式会被论断为不懂尊重或对规范的不受欢迎的挑战吗？

2009年刚搬到华盛顿的时候，我对白宫的生活几乎一无所知。但我对开始一份新工作是什么感觉，可谓了如指掌。

那时我已经换过好几份工作，在之前担任过的各类管理职位上，也带过许多新员工。作为一个曾供职于律师事务所、市政府、非营利性机构和医疗保健机构等多个地方的人，我很清楚，你不可能一进入某个新的岗位，就期待这个角色与你完美适配。你必须做足功课，先退后观察一段时间，然后在你学习和适应新职责的过程中有策略地思考。一开始你必须先遵守界限，然后才能开始思考该如何尝试将其重新划定。

我之前写过，担任美国第一夫人十分奇特，它的权力异常地大，却不是一份真的工作。美国第一夫人没有薪水，没有上司，也没有员工手册。作为一个终生习惯了履行任务清单的人，我努力确保自己不犯错。我要在履职前做好充分准备。贝拉克刚一当选总统，我马上就开始打听人们会对我有哪些期待，以及我可以如何尽力做到最好，同时将我自己的能量和创造性带给这个岗位。而且我想，如果我做得足够出色，或许可以改变人们对这个角色的一些固有看法。

我入驻白宫后最先做的一件事，就是请我的办公室的新任幕僚长，过一遍劳拉·布什在担任美国第一夫人期间每一周、每一日的官方活动日程，并总结出一个她都出席了哪些场合、组织了哪些活动的列表。我计划在我的第一年里有针对性地去做劳拉做过的每一件事，同时逐渐开发出一套我自己的优先事项和发起倡议的计划。在这期间，我不允许自己被人抓到走捷径。这是某种形式的"保险单"，是另一种工具。作为首位担任美国第一夫人的黑人女性，我意识到自己的处境就像在走钢丝，我很清楚我一路上必须靠自己的表现来赢得接纳。这意味着，我必须做得格外出色才行。我想确保人们明白，我有能力完成我接手的每一项任务，以避免被指责为懒惰或不尊重这个角色。

后来我发现，第一夫人的许多职责是积年累月的传统遗留，往往已经延续了数百年。任何一项职责都没有明文规定，这些期待早已成了该角色固有的组成部分。我被期待主持一系列活动，从国宴到每年一度的复活节滚彩蛋游戏。我还应该陪来访的各路政界要人的配偶喝茶，并为每年的圣诞节装饰提供思路。除此之外，我就可以自行选择要支持和倡导哪些事业，就哪些我感兴趣的议题发言了。

我没能预料到的，是与这个角色相关的一些更微妙、更少被人提及的期待。比方说，早在我们为贝拉克的就职宣誓做准备的时候，我就被告知，在我之前的连续四任第一夫人在就职日当天，拿的都是同一位纽约设计师为她们定制的精美手提包。我还得知，另一位大牌设计师奥斯卡·德拉伦塔经常谈起，从贝蒂·福特开始的每位第一夫人都在他那里定制礼服，这暗示他期待我也会做出这样的选择。在这些事上，没人要求我非得做出与前几任相同的选择不可，但我的确能感觉到人们假设你会这么干。

当贝拉克和我搬进这座历史悠久的宅邸，开始担当这两个历史意义重大的角色时，我们产生了一种感觉，好像事情自古以来一直都是按照某种特定的方式进行的，就连那些细枝末节的传统也都作为一种荣誉的形式，或者作为从一个时代延续到下一个时代的优雅格调而存在。选择不遵守其中的任何一条规矩，都会让你显得有些傲慢放肆。而任何一个在我们这个国家长大的黑人，都很清楚被贴上傲慢放肆的标签会带来多少危险。

在就职日那天，我最后还是没有拿那个指定品牌的手提包。而且直到 6 年以后，我才穿上由奥斯卡·德拉伦塔为我设计的第一件衣服。相反，我选择了用这个机会帮助一些之前没有得到足够曝光的设计师展示才华。我感到在这些事情上我可以安全地行使自己的判断力，高调宣告自己的态度，部分是因为它们是关于我自己的外表，以及在我自己身上穿戴些什么东西的。尽管如此，我还是会小心翼翼地注意自己的形象、言论、计划和开展的项目。我意识到了被人认为"不自量力"的危险，因此做每个选择时都慎之又慎。对某些人来说，我们能入主白宫这件事本身就是激进派的胜利，是对既有秩序的颠覆。我们深知，要想推动进步，我们就必须谨慎考虑要如何赢得和使用自己的信誉。

贝拉克从前任那里继承的遗产里，包括了两次错综复杂的对外战争和一场形势日益严峻的经济衰退。西翼的公众沟通团队清楚地表示，他的成功与否，至少部分取决于我的表现。（**要是你搞砸了，他们就会觉得我们都不行。**）我的任何失言，犯任何一个小错，在公开场合的任何一个声明或举措招致非议，都可能降低贝拉克的公众支持率，继而减损他在立法机构中的影响力，让他在国会通过重要法案的努力付诸东流，而这当然又很可能导致他输掉下一次大选，继而让他手下行政机构里的很多人失去工作。不仅如此，我还意识到如果第一位非白人总统出师不利、匆匆折戟的话，此后白宫的大门或许就会对一切有色人种候选人永久关闭。

这些警告与我如影随形，时时在我的脑海里回荡。每当我接受记者的采访，每当我以第一夫人的身份发起一项新的倡议，这些警告都会响起。每当我从后台走出来，走到观众面前，瞥一眼台下高高举起的手机摄像头的海洋，看到那成百上千个亮晶晶的手机屏幕，想到所有将要被制造出来的个人印象，这些警告都会响起。

然而我也深知，如果过多地担心这些事情，我就永远无法做我自己。我必须在别人的担忧和我自己的担忧之间划定界限，我必须相信自己的直觉，牢记自己的核心，并避免因为担心别人的眼光而过于紧张僵硬，或因为焦虑或戒备的心理而过度武装自己。我试图让自己保持灵活，在"谨慎"和"大胆"这两条熟悉的海岸线之间来回巡航。我按照小时候在欧几里得大道的家中学到的处世准则生活，那就是，永远把准备周全和随机应变放在恐惧之前。

但与此同时，我一直在与另一个标签抗争，一个更加阴险的、我似乎无法摆脱的标签。

跟孩子们在一起，是最好的解毒剂，帮助我面对不公、恐惧或悲伤所带来的挑战

第十章

行高处的路
GOING HIGH

　　贝拉克竞选总统的那段时间，我迅速得到了一个伤人的教训，关于刻板印象是如何被重构为某种形式的"真相"的。随着我越来越频繁地在公众面前为他助选，我的影响力与日俱增，与此同时，我的一举一动也开始越来越经常被操纵和曲解，我的言语被歪曲，我的表情也开始被漫画式丑化。我对我丈夫的竞选事业和他有能力领导好这个国家的强烈信念，被不止一次地刻画为某种不合宜的狂怒。

　　如果你相信了其中的一些漫画形象和右翼分子的闲言碎语，就会认为我是只面目狰狞的喷火怪兽。我走到哪里都会眉头紧锁，心中永远充满了愤怒。很不幸，这也符合学界近年来关于职场研究的一个受众更广也更根深蒂固的看法：如果一个黑人女性表露出任何类似愤怒的情绪，人们往往更倾向于认为那是她固有的人格特质，而不是将其与某种刺激性的具体情境相关联，而这必然会让她更容易被边缘化，更容易被视若无物。[9]你做的任何事，你的任何一个行为，都会被视作越界。事实上，他们甚至会讥讽你整个人出现在这里就是越界的，你应该老实待在边界的另一边。一旦他们给你贴上"**愤怒的黑人女性！你们天生就是这样的！**"这种标签，所有具体情境都变得无关紧要。

　　这与某个街区被贴上"贫民窟"的标签不无相似之处。贴标签是一种快速而高效地贬低对方的方式，是一种根深蒂固的偏见，它警告其他人远离这里，把本想来投资的人吓跑，去别处寻找机会。它无视你的财富、你的活力，还有你的独特性和潜能，而将你驱逐到社会边缘。如果你因为被困在社会边缘而愤怒，会发生什么？如果被迫居住在一个资源匮乏的区域，导致你确实露出了贫无立锥之地而绝望之人所拥有的那种态度，又会发生什么？你的这些表现只会证实和强化那些关于你的刻板印象，导致你的生存环境进一步被挤压，你对此想说的任何一句话可能会更让人无法接受。你会发现自己无话可说，你的呼号无人听见，你真的活成了其他人为你设定的那个失败的样子。

这种感觉极其糟糕。我也亲身体会过。

无论我多么努力地保持冷静，多么兢兢业业地履行第一夫人的职责，有时候，我还是会感到我那个"愤怒，攻击性强，因此不值得尊重"的形象几乎不可能消除。2010年，当我开始向公众宣传美国儿童肥胖症的流行，并倡议我们可以推动一些相对容易的改变，促使学校提供更健康的食物选择时，一群著名的保守派评论员便老调重弹，再次借助那个陈旧的刻板印象发起攻击。他们将我刻画成了一个恣意妄为、气势汹汹地挥舞着拳头的破坏者，执意要毁掉孩子们的幸福童年，贸然闯进一些我本不该待的地方指手画脚。他们暗示说，我要把吃炸薯条的人都关进大牢，又或是我在推行政府强制规定的饮食方案。各种阴谋论的论调由此绵绵不绝地散布开来。"要是允许政府决定我们的食谱，接下来会发生什么？"福克斯新闻台的某位评论员嚷嚷道，"是不是今后我们跟谁结婚，去哪里工作全都由政府说了算？"[10]

当然，这一切全都是捕风捉影。但当谎言建立在根深蒂固的刻板印象之上时，它们就会变得格外难缠。而消除刻板印象既困难又令人厌烦。我很快意识到，处处都埋伏着陷阱。如果我选择与刻板印象正面对抗，在一期氛围友善、积极向上的访谈节目里公开谈论它（比如，2012 年，我曾在哥伦比亚广播公司的《今晨》节目里与盖尔·金对谈），就会得到下面这种反应：

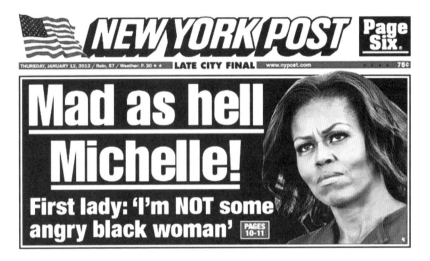

《纽约邮报》第六版头条
米歇尔气疯了！
第一夫人说：“我不是你们口中的‘愤怒的黑人女性’。”[11]

　　我可以因为自己被视为永远在生气而生气吗？　当然可以，但那又称了谁的心呢？　那会让我变得更强大吗？

　　不会。所以我必须行高处的路。

　　在我被问到的所有问题中，有一个比其他任何问题都出现得更频繁，简直从不缺席。几乎每次接受专访，或者和一群新人坐下来聊天，我都可以预料一定有人会提出这个问题，而其他人也会很感兴趣地凑过来等我回答。

"行高处的路"到底是什么意思？

看起来，这个问题我可能还得回答很多年。所以我还是试着在这里统一解释下吧。

我第一次提出"当他们降低自己的底线，我们就得行高处的路"这句口号，是在2016年费城的民主党全国代表大会上。当时希拉里·克林顿和唐纳德·特朗普都在竞选总统。我的任务是去号召民主党选民团结起来，提醒每个人积极参与选举活动，做好自己分内的工作以力保他们支持的候选人当选，包括在选举日出门投票。正如我经常会做的那样，我谈到了作为两个女儿的家长，当下的各种社会议题与我多么休戚相关，以及贝拉克和我在做出选择时，如何始终遵循我们希望孩子们能珍视的那些原则。

说实话，我真没想到，"行高处的路"这个说法会在此后好几年里跟我牢牢绑定，几乎成了我的代名词。我当时所做的，不过是分享了一句我们全家试图遵循的座右铭，是贝拉克和我用来提醒自己的一句话（"当看到其他人丢弃诚信时，我们仍要坚守原则"）的简略表达。"行高处的路"描述的是我们试图做出的一个选择，即总是选择更努力地尝试和更周全地思考。它是我们的理想的简缩版本，是一锅汇集了各种原料的汤，包含了我们从各自的成长经历中收获的，又因经年累月的浸润而内化成我们的一部分的品格：**说真话，尽可能与人为善，保持客观的视角，保持坚强**。基本上，这就是我们的人生准则。

私下里，贝拉克和我曾一次又一次地下决心坚持"行高处的路"

的理念，特别是在我们经历艰难的竞选活动和政治斗争，并尝试适应在公众的目光下生活的时候。每当感觉受到考验，我们就会用这句箴言激励、提醒自己在道德挑战面前守住立场。当别人露出他们最恶劣的面目时，你要怎么做？当感觉自己受到攻击时，你该如何应对？有时，我们很容易知道自己该怎么做，答案一清二楚；还有些时候，做决定显得更困难，情况更复杂暧昧，要想找到正确的道路需要更多的思考。

行高处的路，就像在沙地上划出一条线，我们先清晰地标示出分界线，然后再驻足考虑片刻。我们想要站在界线的哪一边？它提醒我们暂停行动，仔细思考，它呼吁我们同时倾听自己的头脑和内心。在我看来，行高处的路是一场永久的考验。这就是为什么，我觉得自己必须要在 2016 年的那场大会上，向所有人提出这个口号：作为一个民族，我们正在经受考验。我们面临的是一项道德挑战。我们被要求做出回应。当然，这不是我们第一次经受这样的考验，也绝不会是最后一次。

不过，我想，这种简洁的箴言有个共同的问题，就是它们更容易被记住、被重复（或被印在咖啡杯、T 恤、帆布袋、棒球帽、一盒 HB 铅笔、不锈钢水瓶、运动休闲打底裤、吊坠项链、壁毯上，所有这些都可以在网上买到），而非在日常生活中践行。

小事别太放在心上？保持冷静，继续前行？

没错，所有这些箴言都好极了。但你倒是告诉我怎么做到啊。

近来，当人们要我解释"行高处的路"是什么意思时，我有时会感到他们实际想问的是另一个稍有些不客气的问题，带着一种自然的怀疑主义，一种从疲劳中滋长出来的挫败感——当我们的努力似乎没有结果，考验似乎永无休止的时候，人就很容易产生这种感觉。

得了吧，你倒是睁开眼睛看看，世界已经成了什么样子？都快烂到不能再烂了。哪还能提起劲儿来战斗？

2020 年 5 月，在明尼阿波利斯市的一个街角，乔治·弗洛伊德被一名警察按倒在地，后者用膝盖抵住乔治的脖颈致使他窒息而死。这件事发生之后，很多人写信问我，今时今日，"行高处的路"是否真的还是正确的回应。在国会大厦遭暴徒闯入之后，在共和党官员继续支持那些关于总统大选的虚假和具有破坏性的言论之后，人们也提出了类似的疑问。激起我们愤怒的事件无休无止。我们已经看到超过一百万美国人死于现今这场疫情，它凸显出我们文化中的种种不平等。我们看到俄罗斯军队的作战行动波及乌克兰平民。在阿富汗，女孩受教育的权利受到限制。在美国，我们自己选出的领导者谋求将堕胎入罪，与此同时，许多社区里的枪支暴力和仇恨犯罪已经成了家常便饭。跨性别者权利、同性恋权利、投票权、女性权利——所有这些仍在遭受攻击。每当出现一起新的践踏公义的事件，一轮新的暴行，一次领导者丧失公信、腐败或侵犯权利的行径，都会有人写信或发电子邮件给我，以某种形式提出相同的问题：

我们仍然要行高处的路吗？

好吧，那么现在呢？

我会回答"是的"。现在仍然是的。我们需要一直努力行高处的路。我们必须一次又一次地下决心坚持这个理念。在行动中持守正道至关重要，永远如此。它是你的工具。

不过，这样说的时候，我要澄清一点：行高处的路需要你实际去践行，而不仅仅停留在感受的层面上。它绝不是呼吁你满足于现状，静静等待变革发生，或在其他人斗争时袖手旁观。它绝不是要你接受现实境况中的压迫，任凭残暴和强权肆虐而不与之对抗。行高处的路这个观念，不应让人问出我们是不是有义务力争让世界变得更公平、更正派、更符合公义这样的问题，我们应该问的是，我们该如何战斗、如何尝试去解决我们遇到的问题，以及如何保护好自己，才能更持久地施加影响，而不致过早让自己耗尽力量，无以为继。有些人将这个观念看作一种不公平又无效的妥协，某种"体面政治"[1]的延伸，是在提倡屈从于现行规则，而非挑战它们，只是为了能继续过太平日子。人们完全有理由纳闷：**凭什么我们总得这么讲道理啊？**

我能理解为什么有人会认为理性与愤怒不能兼容。我能理解为什么有人会感觉行高处的路意味着你要采取剥离情感的超然立场，对那些本应让你愤慨痛恨的事无动于衷。

但实际上根本不是这样。

2016 年，在费城那场大会的演讲台上第一次说出这句口号时，我既非超然，也不是无动于衷。事实上，我相当激动。那个时候，我已经被共和党官员持续不断口吐恶言的行径彻底激怒。在过去将近 8 年的时间里，我几乎每一天都会看到我丈夫的工作被拆台，人格被污蔑，甚至还有人恶毒褊狭到造谣他并非美国出生的合法公民。（前面提过的指控再次冒头：**在我看来，你没有资格享受你拥有的东西。**）而让我尤为愤怒的是，这些恶毒偏见的主要煽动者当时正在竞选总统。

---

[1] "体面政治"是某些边缘化群体、少数群体的代表人物或学者提出的一种道德话语，倡导有意识地减少，甚至放弃那些有可能得不到更广泛社会尊重的文化行为或道德行为。——编者注

但我的力量究竟在哪里？我知道，它不在我受伤和愤怒的情绪中，至少不是它们原始的、未经处理的形式。我的力量在于我可以如何处理这些伤害和愤怒，可以让它们发展到哪一步，选择让它们导向哪种结果。这取决于我能不能将这些原始的感受提升为某种别人更难等闲视之的东西，它可能是一条清晰的信息，一个行动的倡议，或者一个我愿意为之努力的结果。

这就是我所理解的"行高处的路"。它需要我努力将一种抽象且常常令人沮丧的感觉转化为某种可实施的计划，并穿越这些原始的感受，向着更大的解决方案前进。

我想说明的是，这个过程经常很漫长，并非总能一蹴而就，需要大量的时间和耐心。如果你想坐下来沉思一会儿，在不公、恐惧或悲伤引发的焦躁中停留片刻，或尽情表达你的痛苦，那也没关系。给自己留一些空间去恢复或疗愈，这完全合情合理。对我来说，行高处的路通常需要在凭直觉做出反应前停下来思考片刻。这是一种自我控制的方式，是在我们最好的和最坏的冲动之间划定界限。行高处的路，意味着克制浅薄的狂怒和腐蚀心性的轻蔑，转而去弄清楚如何以清晰坚定的声音，回应你周围那些浅薄的、腐蚀人心的力量。这就是当你止住一个下意识的反应，并使其转化成一种成熟的回应时发生的事情。

因为问题的关键在这里：情绪不等于计划。情绪不能解决问题，也不能匡正任何错误。你能感觉到它们——实际上，你不可避免地一定会感觉到它们——但千万要当心，别让它们将你引入歧途。愤怒可以变成一块污秽的挡风玻璃。受伤犹如一只失灵的方向盘。失望一无是处，只能瘫在后座上毫无用处地生闷气。如果你不拿它们做些建设性的事情，它们就会把你的车径直带到沟里。

我的力量，全在于我能驾驭它们，不让它们将我引入歧途。

当人们问我行高处的路是什么意思时，我就会解释说，对我而言，它意味着做一切让你的工作变得有价值、让你的声音被听到的事情，不要在意那些轻视与侮辱。如果你能保持灵活，与时俱进的话，这会很有帮助。而且我发现，当你做好充分准备，并且练习过使用各种工具时，这一切都会更容易实现。行高处的路，也绝不只是关于一天、一个月或一个选举周期内发生的事。它发生在一个人的一生或一代人的时间里。行高处的路是一个宣示性的姿态，你努力向你的子女、朋友、共事者和你所在的社区展示，一个人在爱中生活并且正直地做事是什么样的。因为至少在我的经验里，你向他人展现的东西，无论是希望还是仇恨，最后都只会衍生出更多的同类。

不过，请不要误会我的意思。行高处的路是一项劳作——往往很艰难、很乏味，也会经常带来不便，或让人伤痕累累。你需要无视那些仇恨和怀疑你的人。你需要在自己和那些想看到你跌倒的人之间筑起城墙。当周围的人可能已经厌倦或愤世嫉俗并放弃时，你需要继续努力。已故的民权运动领袖约翰·刘易斯就曾试图如此提醒我们。"自由不是一种状态，而是一个行动，"他写道，"它不是坐落在某个遥远高原上的魔法花园，只要找到它，我们就可以一劳永逸地坐下休息。"[12]

在我们生活的这个时代，根据直觉做出反应已经变得太容易、太方便了。愤怒、伤痛、失望和恐慌变得极易扩散。正确的信息和错误的信息似乎在以同样的速度传播。我们动动拇指就会让自己陷入麻烦，或尽情发泄怒火。我们可以随手敲出几行暴躁的文字，并将它们像火箭一样发射到互联网，却对它们将击中哪里、如何击中或击中谁一无所知。诚然，我们的愤怒常常是有原因的，我们的绝望也一样。但问题是：我们要拿它们做些什么？我们能不能给它们套上轭，以纪律约束之，以期创造出比喧哗鼓噪更持久、更有益的东西？如今，"自满"常常隐藏在"方便"的面具之下：我们可能只是花上不到三秒钟时间"点赞"或转发了某条言论，就自诩社会活动家了。我们习惯了制造出一些动静，并为此互相道贺，但有时我们会忘记做出实实在在的努力。只需付出三秒钟时间，你就能制造一个关心世界的人设，但这离推动变革还差得很远。

我们是在回应，还是在凭直觉做出反应？有时值得停下来想一想。我在社交媒体上发表任何内容，或是公开发表任何言论之前，都会问自己这个问题。我是不是一时冲动，意气用事，只是为了让自己爽一把？我是努力将自己的感受与某种切实的具有可操作性的东西联系起来，还是任由情绪来操控自己？我准备好付出实际行动来推动变革了吗？

对我而言，写作的过程极有裨益，帮助我行高处的路。通过将我的情感一五一十地形诸文字，我可以梳理它们，将它们过滤成有用的形式。在贝拉克竞选期间以及我在白宫的这些年，我有幸与数名才华横溢的演讲稿撰写人一起工作，他们会和我一起坐下来，耐心地听取我向他们口头表达的想法，在我艰难地试图表达自己内心最深挚的感受时记笔记，帮助我理清自己的思绪并开始将其形塑为篇章。

向一个值得信赖的倾听者大声说出内心所想的，总是能促使我从一个客观的外部视角检视自己的想法。我可以暂时放下自己的愤怒和担忧，开始寻求更广阔的思路。我可以分辨清楚哪些想法富有成效而哪些不是，为自己探索出一套更高层次的真理。我从中学到，自己最初产生的那些念头往往没有多大价值，它们只是我们前进的起点。将所有这些念头写成文字，落到纸面上之后，我就可以继续完善、修改和反思，以设法达成那些真正有意义的目标。写作，已经成了我生活中最强大的工具之一。

如果说，2008 年在丹佛那场大会上初次登台演讲对我而言是个新的开始，是我步入第一夫人生活的入口；那么 2016 年的那次演讲就有点像是出口，它标志着一个时代的结束。

我的讲稿、我要传达的信息、我要表达的核心情感，都已经准备停当。在反复记诵和排练之后，它们早已深植于我的脑海。然而，谁料到又出了一点意外。这次的问题不是提词器坏掉，而是一场声势浩大的夏季雷暴，在我的飞机即将降落时出现在费城上空。

和我一起在飞机上的，是几名工作人员。在我的大会演讲原定开始时间前一个小时左右，飞机突然开始颠簸，把座位上的我们甩得东倒西歪。对讲机里传出我们那位空军飞行员的声音，告诉大家系好安全带。他提到因为前方的天气状况，我们可能需要离开原定航线，在特拉华州着陆。这立刻在我的团队成员中间引发了一场恐慌的讨论，关于该如何应对这次延误：我是当晚大会的主题报告人，整个黄金时段的议程都是围绕我的演讲展开的。

事实证明，开始的颠簸还只是道开胃小菜，因为大约一分钟之后，飞机就猛烈地向一侧倾斜，仿佛被某个漂浮在暴雨中的巨大夜行怪物抓起来，一把甩了出去。有那么几秒钟，机身好像在倾斜着直线坠落，感觉完全失控了一般。我听见周围的人们开始尖叫哭泣，舷窗外电闪雷鸣,飞机穿过云层向下跌落。我能隐约看见下方城市的灯火。我当时没有想到死。我只是想做那场演讲。

此时,我担任第一夫人已经快 8 年。我曾坐在一些身负重伤的军人床边,他们正努力从毁灭性的战争创伤中复原。我曾与一位伤心欲绝的母亲一起哭泣,她 15 岁的女儿在放学回家的路上,穿过芝加哥的一座公园时被枪杀。我曾站在关押纳尔逊·曼德拉的那间狭小囚室,他在那里孤独地度过了 27 年牢狱生涯的大部分时间,却始终没有丧失坚持下去的勇气。我们曾一起庆祝《平价医疗法案》的通过、最高法院对婚姻平等原则的确立,以及另外数十个大大小小的胜利。我也曾走进那间椭圆形办公室,双臂环住贝拉克,两人悲痛心碎,相对无言,因为那天刚刚发生一起校园枪击案:康涅狄格州一名持枪歹徒杀害了 20 名小学生。

一次又一次地,我因我们生活的这个世界而感到困惑、卑微和震惊,这份工作让我时而陷入低谷,时而又情绪高涨。我感觉自己接触到了人类境况的每一个侧面,欢乐和悲痛的浪潮交替冲击着我,时刻提醒着我世事难料,每当我们朝前迈出几步,就会不可避免地发生一些事情来撕开旧日的伤口,将我们打回原地。

我几乎每一天都会想起我的父亲,那场逐渐剥夺了他的力量和行动能力的疾病,以及他在与病魔造成的情绪问题和身体障碍搏斗时表现出的耐心和风度——他始终如一地关心照顾家人,几乎每天都能重新唤起对希望和可能性的信念,来支持自己继续前行。他向我示范了"行高处的路"是怎样的。我理解 2016 年时我们这个国家需要共同面临多大的挑战,就是另一场选战,但这次的选择比我记忆中的任何一次都更生死攸关。坐在那架飞机上的时候,我感到忐忑、焦虑。但我也已经穿上了全副铠甲。我知道，如果有什么能在这个时刻让我偏离航线，那一定是比费城上空的一阵扰动气流强大很多的东西。

飞机最后成功降落。我们成功抵达会议中心。转眼间，我就换上了礼服裙、高跟鞋，涂好口红走上了演讲台。我调整状态让自己冷静下来，检查了提词器和"信心显示器"，微笑着向台下的人群挥手，然后开始演讲。

这么说可能很奇怪，在挺过最开始那一两次之后，再面对整个体育场的观众讲话时我已经开始变得轻车熟路，但这的确是真的。或者更准确地说，我更习惯了那种不适感，可以与恐惧安然共存。肾上腺素狂飙导致的神经紧张、面对现场情绪激昂的观众所带来的不确定感，这些对我的影响已经不像之前那么大。整体感觉更像热血沸腾的兴奋，而非恐惧，尤其是当我有重要的信息非常想要交流的时候。

那天晚上我在费城的演讲，和多年前在丹佛的第一次演讲一样，字字发自肺腑。不同的是，这次我们很快就要离开。无论大会或随后的大选中发生什么，无论谁成为下一任总统，我们一家都会在大约 6 个月之后搬出白宫，开始度假。不管怎样，美国总统这份工作从此就与我们无关了。

那天晚上我心潮澎湃。但我试着将这些情感引导到一个计划中去。我提醒人们，胜负未定，现在预测结果为时尚早。我说，对于即将到来的大选我们断不能掉以轻心，我们承担不起疲惫、沮丧或悲观的代价。我们必须选择行高处的路。而且我们必须赢得这场胜利，我们要敲响每家每户的门，确保所有人都出来投票。我演讲的最后一句话是，"所以，我们是时候开始努力了"。

然后，我就回到机场，回到那架飞机，在仍未恢复平静的气流中再次起飞。

　　我那天晚上的演讲，可能让"当他们降低自己的底线，我们就得行高处的路"这句话有了更广泛的时代精神，但我想传达的其他信息最终并没有奏效。无论是否听到了我的呼吁，我们中的太多人都忘了做出实际的努力。2016 年选举日当天，有超过 9 000 万人待在家里，没有出门投票。就这样，我们把自己带到了沟里。这样做的后果让我们忍受了四年。我们现在仍在忍受着它的后续影响。

　　身处一场没有减弱迹象的风暴之中，我们该如何持守自己的航线？当我们周围的空气动荡，脚下的土地震颤，我们该如何稳固地立足？我想，在一定程度上，当我们能够在不断变化的混乱湍流中，找到个体的能动性和使命感时，或者当我们能够记住，再微小的力量也有意义时，一切就开始了。投下一张选票有意义。帮助一个邻人有意义。将时间和精力贡献给一项你认同的事业有意义。当你看到一个人或一群人被污蔑或折辱时，站出来仗义执言有意义。向另一个灵魂表达喜悦，无论那个人是你的孩子、同事，还是在街上与你擦肩而过的陌生人，有意义。借由这些微小的善行，你将让世界看见自己，向世界彰显你的坚定以及你与他人的联结。它们可以时时提醒你，你的存在也是有意义的。

　　环顾周围，问题正变得越来越复杂。我们需要重新发现我们对他人的信任，重拾一部分我们失落的信念——所有那些在过去几年里从我们身上震落的东西。而所有这些我们都无法独自实现。如果我们只把自己封闭在狭窄的同温层里，只与那些和我们观念完全一致的人交流，总是高谈阔论而不愿倾听，这一切就都不会发生。

在我费城演讲的前几天，在线杂志《石板》刊登了题为《2016 年是史上最糟糕的一年吗？》的文章。文章里列举了那年发生的一系列事件作为证据，从特朗普貌似走红到警察枪击平民，到"寨卡"病毒，再到英国"脱欧"。[13] 但是你看，那是因为我们还没看到 2017 年呢。盖洛普关于情绪健康的全球民调结果显示，2017 年堪称"这个世界，至少十年来最糟糕的一年"。[14]

当然，这之后的年头每况愈下，每一年都有新的危机和新的灾难。《时代》杂志宣布 2020 年为"史上最糟糕的一年"，[15] 尽管很多人可能会辩称，2021 年也好不到哪里去。关键是，不确定性成了常态。我们还将继续挣扎，与恐惧斗争，在这个不确定的世界里苦苦寻找某种控制感。我们也不一定能在身处的这个历史时刻找到自己的立足之处。事情正在变得更好，还是更坏？好和坏是对谁而言的？我们又怎么可能去衡量呢？对你来说是美好的一天，对你的邻人而言可能是个糟糕透顶的日子。一个国家繁荣的时候，另一个国家可能正在遭受苦难。欢乐和痛苦常常比邻而居，交织在一起。我们中的大多数人生活在中间地带，遵循着人类最与生俱来的冲动，那就是坚持希望。**不要放弃**，我们勉励彼此，**不要停止努力。**

这也是有意义的。

当我成为母亲并开始向我自己的母亲寻求育儿建议时，她教会我的一件事情是："永远不要假装你知道所有问题的答案。老实承认'我不知道'也没关系。"

这本书以我讲述别人向我提出的一些问题开篇，而在本书的最末，我打算提醒读者，我实际上没有太多的答案给你们。我相信，真正的答案来自更长久、更深入的对话——而我们都在致力于实现这样的对话。

我们无法准确地预知未来，但我的确认为，记住我们在种种担忧面前绝非无能为力，这一点至关重要。我们能够主动创造自己想要的改变，以之主动回应外界的变化，而不是被动地做出反应。我们可以从希望而非恐惧出发去行动，将理性与愤怒配合起来。但我们需要一次次重新唤起自己对可能性的信念。我想到了我父亲那个无声的信念，每次他的手杖不听使唤，让他整个人摔倒在地上的时候，他都在心里对自己说：你摔倒，你爬起来，你继续往前走。

像"行高处的路"这样的箴言，如果我们只是听到并重复它，将没有任何用处。我们不能仅凭着言语生活。我们不能口头宣告自己感到悲伤、愤怒、坚信或满怀希望，然后就坐下来歇着了。这是我们注定会反复犯下的那种错误。我们在 2016 年的大选中已经看到，你不能贸然假定一切都会向着对你有利的方向发展，在选择自己国家的领袖时，将自己的命运完全交到别人手上是危险的。我们必须怀着希望做出选择，必须一次又一次地决意为我们的理想付出努力。就像刘易斯所说的那样，自由可不是什么魔法花园。它是一副沉重的杠铃，我们必须一次次拼尽全力，才能将它举过头顶。

有时，行高处的路可能意味着你必须做出选择，在某些被划定的边界内开展工作，尽管那些边界本身很可能就让你气愤。你可能需要先爬到巨型阶梯中间的某个位置，才能让舞池里的人群更清楚地看见你，听见你要对他们说的话。

当我们还住在白宫时，我清楚自己必须一直穿着铠甲，同时接受某些妥协，因为我知道我所代表的绝不仅仅是我自己。我需要时刻忠于我的工作、我的计划和我的希望——专注于如何行动，而非盲目听从情绪反应。时刻准备反击只会让你事与愿违。我必须慢慢建立自己的合法性和可信度，尽我所能绕开路上的陷阱，让自己不致掉到沟里。这么做需要谋划和妥协吗？是的。有时你必须先扫清前方道路的障碍，以便自己能够走在上面，也为想走这条路的其他人做好准备。就像我说过的，这经常是一种乏味、不便，还会让人受伤的工作。但在我的经验里，这是你为试图进入一个新的疆域必须付出的代价。

有一个问题，我经常从年轻人那里听到。这些年轻人有动力而缺少耐心，他们已经受够了现状。这个问题触及行动主义、抵抗运动和更广泛意义上的变革之本质：我们应该遵从多少，又该拒斥多少？我们是一把火烧了整个系统，还是保持忍耐，谋求从内部一点点推动变革？从哪里倡导改变会更有效，边缘还是主流？真正的勇敢无畏是什么样的？文明有礼什么时候成了不作为的借口？

这些问题都不是新问题了。类似的辩论也发生过许多次。每一代人都会重新发现这些疑问，而答案绝非一目了然。这就是为什么辩论会常演常新，问题仍然没有定论。而且，如果你足够幸运，总有一天你会看到自己的子女和孙辈同样满怀激愤、挫败感和不耐烦，时刻准备着挑战一切，在你曾设法为他们拓宽的边界处举棋不定，然后，他们将带着一模一样的问题来向你寻求建议。

约翰·刘易斯曾与另外大约 600 名民权运动倡导者，顶着信奉种族隔离主义的地方警察与州警的猛烈攻击，游行穿过亚拉巴马州塞尔马的埃德蒙·佩特斯桥，试图引起民众关注，推动联邦政府保护少数族裔投票权。那年我只有一岁。后来，马丁·路德·金博士站在位于蒙哥马利的州议会大楼台阶上发表演讲，其听众不只是最终加入刘易斯游行队伍的约 25 000 人，还有终于将目光投向这场斗争的全国人民，但当时我还太小，尚未记事。马丁·路德·金博士那天说了很多话，其中包括斗争远远没有结束，目的地尚未到达。"我知道你们今天要问什么，"他对人群说道，"你们想问，究竟还要多久？"[16]

他号召美国人民坚持非暴力原则，始终不懈地为实现正义而努力，呼吁大家继续心怀信念和力量，同时给出了他的答案："不久了。"

有时，我觉得当我们争论变革和进步的本质时，实际上是在争论金博士的"不久了"是什么意思。我们需要多长时间才能接近公正与和平的理想，几年、几十年，还是几代人的时间？需要采取何种策略？什么样的妥协是必要的？需要做出哪些牺牲？"**不久**"到底是多久？

贝拉克的父母 1961 年在夏威夷结婚的时候，跨种族婚姻在全国将近一半的地方尚未合法，在 22 个州被禁止。直到我 10 岁那年，美国女性才获得了自主申领信用卡的合法权利，而无须经过她们丈夫的批准。我的祖父是在南方长大的，他年轻的时候，黑人仅仅因为露面投票就会被枪杀。我每次站在白宫的杜鲁门阳台上，看着我的两个黑皮肤的女儿在草坪上玩耍时，都会想到这件事。

作为唯一的非洲裔第一夫人，我是个"异类"。这意味着我在努力调整自己来适应这个角色的同时，也需要帮助这个世界调整自己来适应我的存在。身为总统的贝拉克也一样。诚然我们与其他人不同，但说到底，其实并没有那么不同。我们必须一次又一次地向别人展示这一点，并忍受他们对我们品格的质疑。我们必须保持灵活，以免陷入各种圈套。我认识的许多人，在他们各自的私人生活和专业领域里，也被迫肩负起了同样的任务——需要教育、解释，以及担任自己群体的代表——尽管他们不想要也不享受这份额外的工作。它需要耐心、机敏，有时还需要额外穿上一层铠甲。

尽管白宫看起来和感觉上都像一座宫殿，但住在里面的我还是我。渐渐地，我在那个空间里变得越来越自在，越来越大胆地展示真实的自己。如果我想跳舞，我就可以跳。如果我喜欢讲笑话，我就可以讲。随着慢慢熟悉这份工作，我开始更多地尝试打破边界，允许自己更多地表达想法，发挥创造力，为第一夫人这份工作注入更多我自己的个性。于是，我开始在电视节目里与吉米·法伦共舞，或是与埃伦·德杰尼勒斯一起做俯卧撑，来宣传我关于儿童健康的倡议——"让我们动起来！"。我可以在白宫草坪上跟孩子们跳绳、踢足球。我可以和《周六夜现场》的明星一起表演说唱，为的是告诉年轻人拿个大学文凭为什么重要。我的目的始终是以欢乐的方式做严肃的工作，向人们展示如果我们一贯选择行高处的路，可以做到什么。

我觉得，抗击丑陋刻板印象的最佳手段，莫过于做真实的自己，不断用实际行动来证明它是多么错误，尽管这可能要花上很多年时间，尽管总有些人油盐不进，只会死死认定那一套。与此同时，我也坚持不懈地力图改变那些最初制造了刻板印象的系统。我必须审慎地增强自己的力量，明智地使用自己的声音，因为我希望这样可以为后来者争取到更大的活动空间。我知道，如果我有针对性地把所有力量都用于实现我作为第一夫人为自己设定的目标，且能避免因为那些乐见我失败的人而走偏或分神，我就有更大的机会成功。我将其视为一个挑战，或者说某种道德考验。像往常一样，我小心翼翼地分配着我的能量，数着脚下的步子。

最高法院大法官凯坦吉·布朗·杰克逊，讲过她在哈佛大学读本科期间的一个很有意义的故事。1988 年她从佛罗里达州南部考入哈佛大学，渴望学习政府管理。她热爱戏剧，对参加选角试镜兴致勃勃。她还加入了黑人学生联合会。

当一个白人学生在宿舍窗外正对着校园广场的显眼位置，悬挂了一面邦联旗帜时，黑人学生联合会立刻组织了一系列抗议活动。杰克逊就是暂停了所有其他事务，投身于传递请愿书、发放传单和协助组织集会的积极分子之一。他们大多数是黑人学生。他们成功地向校方施压，并使得整个美国新闻媒体进行了大范围报道。他们的反击奏了效，但这位未来的大法官当时就敏锐地意识到，这里面有一个陷阱。

"当我们忙着做所有这些非常可贵的事情时，我们就没法在图书馆里学习了。"她后来回忆道。做这些工作是有代价的，因为他们被置于不得不反击的处境。这偷走了他们的精力，让他们错过剧组排练，不能去自习，也参加不了社会活动。这阻碍了他们在其他领域里崭露头角，让他们无法展现自己创意十足、富有成效和充满新奇想法的一面。"我记得，当时我就在想，这对我们是多么不公平。"她说。[17]

当时她就意识到，这背后有一套更大的机制在运作，这个机制在系统性地阻止那些"边缘人"进入中心地带，把他们赶下台阶、踢出舞会。她说："这正是那个挂旗子的学生的真正目的，他想把我们搞得心烦意乱、无暇用功，于是我们会挂科，就正好强化了黑人在哈佛这类学府一定会掉队的刻板印象。"

身为边缘人是艰难的。在边缘位置上为公平和正义而战更是困难重重。这就是为什么我认为你需要慎重选择你的战场，小心节制你的感情，多想想自己的长远目标。我们中间最富有成效的人都知道这本身就很重要——是行高处的路必需的品质。

我经常遇到这样的年轻人：他们苦于不知道如何最有效地利用自己的精力、时间和资源。他们常常感受到压力，在两个世界之间进退两难，与某种"幸存者的负疚感"做斗争，因为他们为了追寻新的梦想，将自己的家庭或社区抛在身后。当你开始在世界上有所成就时，那些之前熟悉你的人会对你另眼相看，或觉得你"变了"。在他们看来，既然你已经进入那扇大门，现在肯定飞黄腾达了。这成了你背负的另一重压力，需要你更小心地应对，更巧妙地与他人协商。或许你得到了一笔大学奖学金，随即成了整个家族的骄傲，但这并不意味着你就有办法付清你舅舅的电费账单，或是能每个周末回家照顾你上了年纪的祖母或襁褓中的弟弟妹妹。成功也意味着你要做出很多艰难的选择，并相应地在自己周围划定边界，相信只要确保自己走在正确的轨道上，假以时日，你的进步必将带来更丰厚的回报。你只需要不断提醒自己：**不久了**。

杰克逊大法官曾说，她小时候，父母给她的最珍贵的礼物就是坚韧的品质，一种倔强的自信。她从小顶着一个具有强烈非洲裔特征的名字长大，无论是读书时，还是后来进入法律界工作，都经常是房间里唯一的"异类"。这让她学会了在自己和他人的品头论足之间筑起心理隔墙，一门心思专注在自己更大的目标上，拒绝被不公或他人的挑衅打乱阵脚。她将自己的成就归功于三样东西——勤奋工作，重要的机缘，还有她比较"厚脸皮"。"厚脸皮"意味着你知道如何处理自己的愤怒和委屈，如何安放这些情绪，如何将它们转化成实际的力量。

它意味着选定一个目的地，并知道需要走很远的路才能到达。"保持专注，就是你能为自己和你的社区做的最好的事。"杰克逊 2020 年对一个黑人学生团体这样说道。[18]

行高处的路，就是学着让自己百毒不侵，保有力量。这意味着你必须明智地使用精力，并坚守你的信念。在某些场景里，你应该主动出击；而在另外一些场合，你最好暂避锋芒，给自己机会养精蓄锐，恢复元气。你最好明白一点，就是我们每个人都在有限的"预算"下工作。我们的注意力、时间、信用，以及我们可以付出的和从别人那里得到的善意，都属于存量有限但可再生的资源。在这一生中，我们要不断地消耗它们，然后重新充满。我们赚取，积蓄，再花掉它们，周而复始。

"我们是有钱人吗？"当我们还是小孩子时，哥哥曾这么问父亲。

父亲当时笑了，说："不是。"然而下一次拿到工资支票时，他去银行把支票兑现了，而不是直接存进储蓄账户。他拿着厚厚一沓钞票回到家，然后把纸币全部摊开堆在床脚，让克雷格和我清楚地看到其中的每一美元。在我看来，那些钱似乎非常多。

有那么几分钟，我们甚至真的像是有钱人了。

然后，父亲拿来了我们每个月都会收到的那摞账单，他一个个打开信封，向我们解释我们要分别为哪些东西付多少钱——要交多少钱电费，还多少钱车贷，煮饭用的燃气和冰箱里的食材又要花上多少。他一边将数目大致相当的钞票依次装进每张账单的信封里，一边继续列举其他我们要花钱的地方，比如给汽车加油，每个月交给姑婆罗比的房租，我和哥哥上学穿的新衣服，全家人每年夏天去密歇根的民宿度假一周的费用，另外还要存下一部分钱以备日后取用。

他每列出一项，就从面前那堆小山似的钞票里取走一些，直到最后床脚只剩下一张孤零零的 20 美元钞票，这就是我们每月剩下的零花钱，用来买冰激凌，或去露天汽车影院看电影。

父亲想告诉我们，我们不是有钱人，但我们很明智。我们谨慎而头脑清醒。我们可以看到诱惑，但不意味着我们会在上面跌倒。他试图告诉我们，如果我们用钱足够仔细，就能一直生活无忧。我们会有冰激凌吃，有电影看，将来也会有大学读。精明节俭能让我们走得更远。

我把这种态度也带进了我第一夫人的工作中，我始终对自己手上的资源保持清醒——需要花出去多少，有多少还需要去赚。我努力在开始行动前规划充分，按照可执行的策略行动，不动脑子、动辄发火这样的事就留给别人去做吧。我穿上了我能找到的最健康的铠甲。我保持身体强健，吃得健康，把睡眠放在首位。我通过花时间和朋友、家人相聚来获得快乐与安定，并从我的"厨房餐桌"上汲取力量。当心中升起恐惧时，我就与自己交谈来让恐惧平息。当我感到自己的情绪剧烈波动时，比如发生了某件让我愤怒的事，或者感到万分沮丧，随时可能崩溃，我就会先花些时间私下处理这些情绪，经常是求助于妈妈或朋友，请她们做我的倾听者，努力找到更好的应对办法。

我熟悉自己的故事。我了解我自己。我也知道我不可能满足所有人的要求。这让我在面对苛责和误解时可以保持镇定。我了解我的优先事项，而且多年来一直在练习维护自己的边界，这让我能够清晰而优雅地对蜂拥而至的各路请求说"不"，只选择专注于几个对我而言最有意义的议题，并且从不忽视家庭责任。我也试图善待自己，守护和分享我自己的光，同时从其他人慷慨提供的无限的光中汲取力量。我一路上有幸与许多的人相遇相识，他们的身影遍布这个美丽而残破的世界。

　　每当我感到压力大增，或愤世嫉俗感开始在心头涌动时，我都会特地去拜访一所学校，或邀请一群孩子来白宫参观，这会让我看问题的方式瞬间恢复客观冷静，帮助我再次明确自己的目标。小孩子总是能提醒我，我们所有人天性都是充满爱意、心态开放、没有仇恨的。他们就是我们其他人要保持"厚脸皮"并不断试图开拓前行道路的原因。看着一个孩子长大成人，你就能理解这个过程可以如此庸常，又如此深刻，可以让人同时感到度日如年，又像白驹过隙，像是一小步一小步地往前挪，但一不小心就走出了很远。这时，你就会懂得"不久了"是什么意思。

☀

　　我的两个女儿喜欢翻看家里的旧照片，一边看一边咯咯发笑——她们不只是笑自己婴儿时期的萌照或孩童时代开生日派对的照片，她们对年代更久远的那些照片也有浓厚兴趣。她们可能会找到我 17 岁时的照片，那时我顶着个"爆炸头"发型，穿着 20 世纪 80 年代风格的牛仔服；或者找到贝拉克还是个圆脸小男孩时在夏威夷海边玩水的照片，然后笑个不停。她们还会对我母亲的一张肖像照片惊叹不已，在那张 20 世纪 50 年代后期拍摄的老照片中，她看起来青春而优雅。她们会说，照片里的我们和现在简直一模一样，觉得人的面容竟可以跨越漫长的岁月而始终如一，几乎像是某种奇迹。

　　有趣的是，这既是真的，又不是真的。我们的确和照片里的自己相似——岁月没有改变我母亲脸颊那熟悉的轮廓，也没有带走贝拉克活力四射的孩子气的笑容。不过，我们当然还是与当年很不一样的。我们的穿着、头发、皮肤的光洁度，还有照片本身的质地，所有这些都见证了流逝的时光，我们走过的旅程，一路上的收获与失落，以及时代车轮永不停歇地滚滚向前。这就是翻看旧照片的魅力和乐趣所在：既让我们认出自己身上始终如一的部分，又让我们看到自己发生了多大改变。

有一天，我们会回望自己现在所处的这个时代。我们会带着不同的历史视角，从一系列未来的境况出发去审视它，而这些视角和境况都是现在的我们无法想象的。我想知道，到那时我们将如何看待这个时代，会感到哪些事物依旧熟稔，又有哪些彻底成了历史。会有哪些故事被讲述？我们将会实现哪些变革？我们会遗忘些什么，又会铭记些什么？

我们可能很难开口谈论那些乐观的想法，比如修补、恢复和再创造，部分是因为，近些年发生了太多让我们感到恐惧和悲伤的事，种种有形和无形的苦难让我们早已遍体鳞伤。相比之下，那些乐观的想法仿佛只是些苍白无力的抽象概念。但进步需要创造力和想象。始终如此。胆略是独创性之母。我们必须先在头脑中设想什么是可能的，先将那些尚不存在的事物，或我们想要生活在其中的世界，从"未知"的混沌里召唤出来，然后才开始谋划如何企及。

沉寂的梦想，只有在某人为之感到喜悦时才会被唤醒。当一个老师说，*我很高兴你今天来上学了。*或当一位同事说，*我很高兴你说出了自己的想法。*或当你的人生伴侣说，*我真高兴，这么多年过去了，我每天早上醒来时还有你在身边。*我们可以记得先传达这些信息，把它们放在第一位。*我很高兴我们能并肩奋斗。我喜欢你，因为你是你。*

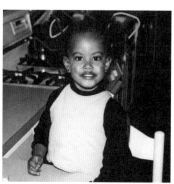

我也喜欢我自己。这就是我们携带的光，我们能够与其他人分享的光。

那么，"行高处的路"呢？今时今日，我们还可以这样做，还应该这样做吗？在遍布这个世界的悲惨、无情、令人痛苦又让人愤怒的事物面前，这样做有用吗？在艰难时世里，坚持为人正直有什么好处？

我听出了包裹在这些问题里的所有感受，包括愤怒和失望，伤痛和恐慌。我们中的很多人会有这种感受，这完全情有可原。但要记住，它们很快就会把我们带进沟里。

我想说，也一直想提醒你们的是：行高处的路是一个承诺，它并不特别光鲜亮丽，而是意味着你要排除万难，前行不辍。只有付出努力，才能看到成效。

一句箴言，如果我们只是口头上说说，或将其印在小商品上，挂到"易集"网站售卖，那它始终是空洞的。我们需要在生活中践行，将我们自己，甚至是我们的挫败和伤痛，一并倾注其中。只有当我们真的举起"杠铃"时，我们才会收到成效。

我想说的其实是保持活力和信念，心怀谦卑和同理心。讲实话，与人为善，保持客观的视角，理解历史和具体的语境。保持谨慎明智，保持坚韧，保持愤慨。

但最重要的是，不要忘记付出努力。

我会继续读你们的信，也会继续回答你们的问题。对于"行高处的路"有没有意义这个问题，我会一直给出相同的答案。

答案就是"是的"。永远都是。

致谢
ACKNOWLEDGMENTS

在这本书的出版过程中，我有幸得到了许多很优秀的人的协助。我想发自内心地对每个人说：遇到你们，我很高兴。

萨拉·科比特，谢谢你这些年来一直做我真正的伙伴和朋友。感谢你对这本书的热情、始终不渝的投入和坚定不移的信念。谢谢你优雅而无畏地投身于这项工作，陪我走遍整个国家，听我分享我的思想和观点。你的敏锐和乐于倾听，使我愿意邀请你进入我的思想和生活——我无法想象和其他任何人一起做这项工作。你真的是上天赐给我的礼物。

在皇冠出版公司，吉莲·布莱克熟练地把控着整个出版过程的每一步：作为编辑，她充满智慧、不知疲倦、才华横溢，她将自己的很大心力倾注进了这本书，使它大为增色。玛雅·米利特也以她博大的胸怀和敏锐的才智投入这本书的编辑工作，提出了许多关键的建议和鼓励。她们两个合力协助我打磨想法、组织观点，在那紧张而忙乱的几个月里，她们一直坚定地与我并肩作战。丹尼尔·克鲁也从英国发来了很好的编辑上的建议。对他们，我深表感激。

四年内出版两本书的部分乐趣在于，你可以与许多人第二次合作，而且合作得只会越来越好：戴维·德雷克在两本书的出版过程中都发挥了至关重要的作用。他毫不吝惜自己的智慧，对不拘一格的思想保持开放，并加班加点地工作以确保每件事都尽善尽美。他已经成为我的团队中所有人的朋友。麦迪逊·雅各布斯一直是我们所有人的坚强后盾，她参与了出版的各个方面，我们真心地喜爱她。

我要再次感谢克里斯·布兰德美丽的封面设计和创意指导，感谢丹·齐特制作有声读物。感谢吉莲·布拉西尔回来提供研究协助和专业的事实核查。她是个梦幻般完美的工作伙伴，严谨、充满好奇、活力四射、效率极高。米勒·莫布利，这个星球上我最喜欢的摄影师，为我两本书的封面拍摄了照片。他和他的团队专业而充满活力，一直让我很安心。我尊重并欣赏你们所有人。

我一直从造型师梅雷迪思·库普的才华中受益，她有一双完美的眼睛和一种美好的精神。叶妮·达姆图和卡尔·雷在这段旅程中一直陪在我身边，带来了他们的艺术品位和热情，增加了我的信心。卡蒂娜·霍伊尔斯以无数种方式为我们所有人提供支持。这些人对我的意义，绝非他们的头衔所能涵盖的。他们在我的"厨房餐桌"上占据重要的位置，对我来说就像家人一样。

在我们华盛顿的办公室里，我得到了一个由众多出色女性组成的团队的支持，每一天，她们都与我分享她们的光，她们的勤奋、努力和乐观是我做一切的动力。感谢克丽丝特尔·卡森、琪娜·克莱顿、梅罗内·哈勒梅什科尔和亚历克丝·梅－西利。当然，还有梅利莎·温特：全赖你冷静的判断和卓越的领导力，这一切才可能发生。我为能和你们中的每个人共事感到高兴。

我始终对企鹅兰登书屋的杜乐盟先生坚定的伙伴关系心存感激。他对高质量出版的持久热情和承诺令人瞩目。马德琳·麦金托什、尼哈尔·马拉维亚和吉娜·琴特雷罗以她们一贯的优雅和高标准，专业而出色地指导了这个出版项目。谢谢你们所做的一切。

我非常感激皇冠出版团队，萨莉·富兰克林、林内亚·克诺尔米勒、伊丽莎白·伦德弗莱施，和马克·伯基等人的辛勤工作，也感谢丹尼丝·克罗宁帮这本书找到它在海外的读者。米歇尔·丹尼尔、珍妮特·雷纳、洛里·扬、莉兹·卡博内尔和特里西娅·怀加尔做了出色的文字编辑与校对工作。斯科特·克雷斯韦尔协同制作了有声书。珍妮·普埃克帮助调研了图片。米歇尔·延克奇和她在"多样化报道"的团队提供了文字转录支持。"北市场街图文"在排版方面提供了帮助。我为有你们每一个人而感到高兴。另外，还要感谢企鹅兰登书屋诸位才能卓著的工作人员：伊莎贝拉·阿尔坎塔拉、托德·伯曼、柯克·布利默、朱莉·切普勒、丹尼尔·克里斯滕森、阿曼达·达阿切尔诺，安妮特·达内克，迈克尔·德法西奥，卡米列·杜因－巴列霍、本杰明·德雷尔、休·德里斯基尔，斯基普·戴伊，莉萨·福伊尔、兰斯·菲茨杰拉德、莉萨·冈萨雷斯、卡里萨·海斯，妮科尔赫西、布里安娜·库西莱克、辛西娅·拉斯基、萨拉·莱曼、埃米·李、卡萝尔·洛温斯坦、休·马隆－巴伯、马修·马丁、露露·马丁内斯、安妮特·梅尔文、凯特琳·穆泽、塞思·莫里斯、格兰特·诺伊曼、泰·诺维茨基、唐娜·帕桑南特、莱斯利·普里韦斯、阿帕尔纳·里西、凯特琳·鲁宾逊、琳达·施密特、马特·施瓦茨、苏珊·西曼、达米安·尚德，斯蒂芬·绍丁、彭妮·西蒙、霍利·史密斯、帕特·斯坦戈、安克·施泰内克、凯斯利·蒂菲、蒂安娜·托尔伯特、梅甘·特里普、萨拉·图尔宾、亚齐·厄普代克、瓦莱丽·范德尔夫特、克莱尔·冯·席林、吉娜·瓦赫特尔、尚特尔·沃克、埃琳·沃纳、杰茜卡·韦尔斯和斯泰茜·威特克拉夫特。

这本书的主题源于过去几年里我与各种团体展开的一系列圆桌对话，既有网上的，也有面对面的，包括：与芝加哥、达拉斯、夏威夷和伦敦的年轻女性群体的对谈，与来自全国 22 所大学的学生进行的一次难忘讨论，以及在《成为》巡回宣传期间，与书友会和社区团体的无数互动。这些经历深刻而令人振奋，它们始终在提醒我们这个世界上什么才是真正珍贵的。感谢每一个与我分享他们的想法、担忧和希望的人，感谢他们对我的信任，愿意将完整的自己袒露在我面前。你们不知道你们的光对我有多重要。

泰恩·亨特、埃博妮·拉德勒、玛杜丽卡·西卡和杰米亚·威尔逊：我特别感谢你们在本书写作初期贡献的洞察力、坦率和深刻思想。与你们的交谈启发我产生了这本书的一些核心想法。

最后，感谢我的家人和我的"厨房餐桌"的其他成员。你们的爱和坚定是无法估量的。是你们让我在这些陌生而充满不确定性的时期脚踏实地、心怀希望。谢谢你们在我人生旅程中的恒久支持和陪伴。

注释
NOTES

1　*"If someone in your family"* Alberto Ríos, *Not Go Away Is My Name* (Port Townsend, Wash.: Copper Canyon Press, 2020), 95.

序言

1　*Young adults are reporting* Barbara Teater, Jill M. Chonody, and Katrina Hannan, "Meeting Social Needs and Loneliness in a Time of Social Distancing Under COVID-19: A Comparison Among Young, Middle, and Older Adults," *Journal of Human Behavior in the Social Environment* 31, no. 1–4 (2021): 43–59, doi.org/10.1080/10911359.2020.1835777; Nicole Racine et al., "Global Prevalence of Depressive and Anxiety Symptoms in Children and Adults During COVID-19: A Meta-Analysis," *JAMA Pediatrics* 175, no. 11 (2021): 1142–50, doi.org/10.1001/jamapediatrics.2021.2482.

2　*more than 7.9 million children* Imperial College London, COVID-19 Orphanhood Calculator, 2021, imperialcollege london.github.io/orphanhood_calculator/; Susan D. Hillis et al., "COVID-19–Associated Orphanhood and Caregiver Death in the United States," *Pediatrics* 148, no. 6 (2021): doi .org/10.1542/peds.2021-053760.

第一部分

1   *"Nothing can dim"* Maya Angelou, *Rainbow in the Cloud: The Wisdom and Spirit of Maya Angelou* (New York: Random House, 2014), 69.

2   *those who are happier in life* Kostadin Kushlev et al., "Do Happy People Care About Society's Problems?," *Journal of Positive Psychology* 15, no. 4 (2020): 467–77, doi.org/10.1080 /17439760.2019.1639797.

3   *Fox News was running chyrons* Brian Stelter and Oliver Darcy, *Reliable Sources,* January 18, 2022, web.archive.org /web/20220119060200/https://view.newsletters.cnn.com /messages/1642563898451efea85dd752b/raw.

4   *a type of "rocket fuel"* CBS Sunday Morning, "Lin-Manuel Miranda Talks Nerves Onstage," December 2, 2018, www .youtube.com/watch?v=G_LzZiVuw0U.

5   *he was looking for the exit signs* The Tonight Show Starring *Jimmy Fallon,* "Lin-Manuel Miranda Recalls His Nerve-Wracking Hamilton Performance for the Obamas," June 24, 2020, www.youtube.com/watch?v=wWk5U9cKkg8.

6   *"I'm really nervous"* "Lin-Manuel Miranda Daydreams, and His Dad Gets Things Done," *Taken for Granted,* June 29, 2021, www.ted.com/podcasts/taken-for-granted-lin-manuel -miranda-daydreams-and-his-dad-gets-things-done-transcript.

7   *"When a kid walks"* The Oprah Winfrey Show, "Oprah's

Book Club: Toni Morrison," April 27, 2000, re-aired August 10, 2019, www.facebook.com/ownTV/videos/the-oprah -winfrey-show-toni-morrison-special/2099095963727069/.

8 *when teachers take the time* Clayton R. Cook et al., "Positive Greetings at the Door: Evaluation of a Low-Cost, High-Yield Proactive Classroom Management Strategy," *Journal of Positive Behavior Interventions* 20, no. 3 (2018): 149–59, doi.org /10.1177/1098300717753831.

9 *More than three-quarters* "Toughest Admissions Ever," *Princeton Alumni Weekly,* April 20, 1981, 9, books.google .com/books?id=AxNbAAAAYAAJ&pg=RA16-PA9; "Slight Rise in Admissions," *Princeton Alumni Weekly,* May 3, 1982, 24, books.google.com/books?id=IhNbAAAAYAAJ&pg=RA 18-PA24.

10 *one in eight in my class* "Toughest Admissions Ever."

11 *"It is a peculiar sensation"* W.E.B. Du Bois, *The Souls of Black Folk* (New York: Penguin, 1989), 5.

12 *The Mellon Foundation* Monument Lab, *National Monument Audit,* 2021, monumentlab.com/audit.

13 *Stacey Abrams, the voting-rights activist* Stacey Abrams, "3 Questions to Ask Yourself About Everything You Do," November 2018, www.ted.com/talks/stacey_abrams_3 _questions_to_ask_yourself_about_everything_you_do /transcript; Jim Galloway, "The Jolt: That Day When Stacey Abrams Was Invited to Zell Miller's House," *The Atlanta Journal-Constitution,* November 10, 2017, www.ajc.com /blog/politics/the-jolt-that-day-when-stacey-abrams-was -invited-zell-miller-house/mBxHu03q5Wxd4uRmRklGQP/.

14 *"I don't remember meeting"* Sarah Lyall and Richard Fausset, "Stacey Abrams, a Daughter of the South, Asks Georgia to

Change," *The New York Times,* October 26, 2018, www.ny
times.com/2018/10/26/us/politics/stacey-abrams-georgia
-governor.html.

15   *"I've spent my life"* "Stacey Abrams: How Can Your Re-
sponse to a Setback Influence Your Future?," *TED Radio
Hour,* October 2, 2020, www.npr.org/transcripts/919110472.

第二部分

1   *"We are each other's"* Gwendolyn Brooks, *Blacks* (Third
World Press, 1991), 496.

2   *a 2021 survey* Daniel A. Cox, "The State of American Friend-
ship: Change, Challenges, and Loss," June 8, 2021, Survey
Center on American Life, www.americansurveycenter.org
/research/the-state-of-american-friendship-change-challenges
-and-loss/.

3   *"Men, women, children"* Vivek H. Murthy, *Together: The
Healing Power of Human Connection in a Sometimes Lonely
World* (New York: HarperCollins, 2020), xviii.

4   *people tend to feel embarrassed* Ibid., xvii.

5   *A lonely brain becomes hyper-tuned* Munirah Bangee et al.,
"Loneliness and Attention to Social Threat in Young Adults:
Findings from an Eye Tracker Study," *Personality and Indi-
vidual Differences* 63 (2014): 16–23, doi.org/10.1016/j.paid
.2014.01.039.

6   *Disconnection from others* Damaris Graeupner and Alin
Coman, "The Dark Side of Meaning-Making: How Social Ex-
clusion Leads to Superstitious Thinking," *Journal of Experi-
mental Social Psychology* 69 (2017): 218–22, doi.org/10.1016
/j.jesp.2016.10.003.

7   *"She has similar hair"* Tracee Ellis Ross, Facebook post, De-

cember 27, 2019, facebook.com/TraceeEllisRossOfficial/posts /10158020718132193.

8   *you are likely to live longer* Julianne Holt-Lunstad, Timo-thy B. Smith, and J. Bradley Layton, "Social Relationships and Mortality Risk: A Meta-Analytic Review," *PLOS Medicine* 7, no. 7 (2010): doi.org/10.1371/journal.pmed.1000316; Faith Ozbay et al., "Social Support and Resilience to Stress," *Psy-chiatry* 4, no. 5 (2007): 35–40, www.ncbi.nlm.nih.gov/pmc /articles/PMC2921311/.

9   *Scientists have linked* Geneviève Gariépy, Helena Honkani-emi, and Amélie Quesnel-Vallée, "Social Support and Protec-tion from Depression: Systemic Review of Current Findings in Western Countries," *British Journal of Psychiatry* 209 (2016): 284–93, doi.org/10.1192/bjp.bp.115.169094; Ziggi Ivan San-tini et al., "Social Disconnectedness, Perceived Isolation, and Symptoms of Depression and Anxiety Among Older Ameri-cans (NSHAP): A Longitudinal Mediation Analysis," *Lancet Public Health* 5, no. 1 (2020): doi.org/10.1016/S2468-2667 (19)30230-0; Nicole K. Valtorta et al., "Loneliness and Social Isolation As Risk Factors for Coronary Heart Disease and Stroke: Systematic Review and Meta-Analysis of Longitudinal Observational Studies," *Heart* 102, no. 13 (2016): 1009–16, dx.doi.org/10.1136/heartjnl-2015-308790.

10   *Even small social interactions* Gillian M. Sandstrom and Elizabeth W. Dunn, "Social Interactions and Well-Being: The Surprising Power of Weak Links," *Personality and So-cial Psychology Bulletin* 40, no. 7 (2014): 910–22, doi.org/10 .1177/0146167214529799.

11   *"society's default emotion"* Edelman Trust Barometer, "The Trust 10," 2022, www.edelman.com/sites/g/files/aatuss191 /files/2022-01/Trust%2022_Top10.pdf.

12   *Jonathan Haidt has pointed out* Jonathan Haidt, "Why the

Past 10 Years of American Life Have Been Uniquely Stupid," *The Atlantic,* April 11, 2022, www.theatlantic.com/magazine /archive/2022/05/social-media-democracy-trust-babel /629369/.

13   *"She is a friend"* Toni Morrison, *Beloved* (New York: Knopf, 1987), 272–73.

14   *Researchers at the University of Virginia* Simone Schnall et al., "Social Support and the Perception of Geographical Slant," *Journal of Experimental Social Psychology* 44, no. 5 (2008): 1246–55, doi.org/10.1016/j.jesp.2008.04.011.

15   *"If somebody's going to be"* Scott Helman, "Holding Down the Obama Family Fort, 'Grandma' Makes the Race Possible," *The Boston Globe,* March 30, 2008.

16   *which can consume about 20 percent* Matt Schulz, "U.S. Workers Spend Up to 29% of Their Income, on Average, on Child Care for Kids Younger Than 5," LendingTree, March 15, 2022, www.lendingtree.com/debt-consolidation /child-care-costs-study/.

第三部分

1   *"What we don't see"* *Octavia E. Butler: Telling My Stories,* gallery guide, Huntington Library, Art Collections, and Botanical Gardens, 2017, media.huntington.org/uploadedfiles /Files/PDFs/Octavia_E_Butler_Gallery-Guide.pdf.

2   *Government statistics show* David Murphey and P. Mae Cooper, *Parents Behind Bars: What Happens to Their Children?,* Child Trends, October 2015, www.childtrends.org/wp -content/uploads/2015/10/2015-42ParentsBehindBars.pdf.

3   *"For a long time, I looked"* " 'Unity with Purpose': Amanda Gorman and Michelle Obama Discuss Art, Identity, and Op-

timism," *Time*, February 4, 2021, time.com/5933596/amanda -gorman-michelle-obama-interview/.

4 *"You just shift your perspective"* Ariel Levy, "Ali Wong's Radical Raunch," *The New Yorker,* September 26, 2016, www.newyorker.com/magazine/2016/10/03/ali-wongs-radical -raunch.

5 *"For a long time, I was"* Hadley Freeman, "Mindy Kaling: 'I Was So Embarrassed About Being a Diversity Hire,'" *The Guardian,* May 31, 2019, www.theguardian.com/film/2019 /may/31/mindy-kaling-i-was-so-embarrassed-about-being-a -diversity-hire.

6 *She likened the feeling* Antonia Blyth, "Mindy Kaling on How 'Late Night' Was Inspired by Her Own 'Diversity Hire' Experi- ence & the Importance of Holding the Door Open for Others," *Deadline,* May 18, 2019, deadline.com/2019/05/mindy-kaling -late-night-the-office-disruptors-interview-news-1202610283/.

7 *"It took me a while"* Freeman, "Mindy Kaling."

8 *"Language is a finding place"* Jeanette Winterson, "Shafts of Sunlight," *The Guardian,* November 14, 2008, www.the guardian.com/books/2008/nov/15/ts-eliot-festival-donmar -jeanette-winterson.

9 *researchers have documented recently* Daphna Motro et al., "Race and Reactions to Women's Expressions of Anger at Work: Examining the Effects of the 'Angry Black Woman' Ste- reotype," *Journal of Applied Psychology* 107, no. 1 (2021): 142–52, doi.org/10.1037/apl0000884.

10 *"If the government is allowed"* John Stossel, "Michelle Obama and the Food Police," *Fox Business,* September 14, 2010, web.archive.org/web/20101116141323/http://stossel .blogs.foxbusiness.com/2010/09/14/michelle-obama-and-the -food-police/.

11 *Mad as hell Michelle! [image] New York Post,* January 12, 2012, nypost.com/cover/post-covers-on-january-12th-2012/.

12 *"Freedom is not a state"* John Lewis, *Across That Bridge: Life Lessons and a Vision for Change* (New York: Hyperion, 2012), 8.

13 **Slate** *ran a story* Rebecca Onion, "Is 2016 the Worst Year in History?," *Slate,* July 22, 2016, www.slate.com/articles/news _and_politics/history/2016/07/is_2016_the_worst_year_in _history.html.

14 *according to news coverage* Jamie Ducharme, "Gallup: 2017 Was the World's Worst Year in at Least a Decade," *Time,* September 12, 2018, time.com/5393646/2017-gallup-global -emotions/.

15 *"The Worst Year Ever" Time,* December 14, 2020, cover, time.com/5917394/2020-in-review/.

16 *"I know you are asking"* Martin Luther King Jr., "Our God Is Marching On!" (speech, Montgomery, Ala., March 25, 1965), American RadioWorks, americanradioworks.publicradio.org /features/prestapes/mlk_speech.html.

17 *"While we were busy"* Ketanji Brown Jackson, "Three Qualities for Success in Law and Life: James E. Parsons Award Dinner Remarks" (speech, Chicago, Ill., February 24, 2020), www.judiciary.senate.gov/imo/media/doc/Jackson%20 SJQ%20Attachments%20Final.pdf.

18 *"The best thing that you can do"* Ibid.

图片版权
PHOTOGRAPH CREDITS

PAGE 2: Courtesy of the Obama-Robinson Family Archive

PAGE 10: Photos by Isaac Palmisano

PAGE 20: Photo by Merone Hailemeskel

PAGE 44: Photos by Pete Souza, courtesy Barack Obama Presidential Library

PAGE 66, 上: Photo by Chuck Kennedy, courtesy Barack Obama Presidential Library

PAGE 66, 左中: Photo by Amanda Lucidon, courtesy Barack Obama Presidential Library

PAGE 66, 右中: Photo by Chuck Kennedy, courtesy Barack Obama Presidential Library

PAGE 66, 下: Photo by Samantha Appleton, courtesy Barack Obama Presidential Library

PAGE 76: Courtesy of the Obama-Robinson Family Archive

PAGE 104, 上: Photo by Lawrence Jackson

PAGE 104, 下: Photo by Jill Vedder

PAGE 130: Courtesy of the Obama-Robinson Family Archive

PAGE 164: Courtesy of the Obama-Robinson Family Archive

PAGE 192: © DOD Photo/Alamy

PAGE 218: © Gary Caskey/UPI/Alamy

PAGE 238, 上: Photo by Sonya N. Herbert, courtesy Barack Obama Presidential Library

PAGE 238, 中: Photo by Lawrence Jackson, courtesy Barack Obama Presidential Library

PAGE 238, 下: Photo by Samantha Appleton, courtesy Barack Obama Presidential Library

PAGE 264, 全部: Courtesy of the Obama-Robinson Family Archive

关于作者

    米歇尔·奥巴马曾于2009—2017年担任美国第一夫人。作为普林斯顿大学与哈佛大学法学院毕业生，米歇尔曾就职于芝加哥的盛德律师事务所，并在那里遇到了她未来的丈夫贝拉克·奥巴马。随后她分别在芝加哥市长办公室、芝加哥大学和芝加哥大学医学中心工作。她也是非营利性组织"公众联盟"芝加哥办公室的创始人，这一组织帮助立志从事公共服务事业的年轻人做好就业准备。她是畅销书《成为》和《美国式种植》的作者。她和丈夫目前居住在华盛顿特区，他们有两个女儿，马莉娅和萨莎。